PAUL BAILLIÈRE

Poètes lyriques
d'Italie et d'Espagne

PAGES VIVANTES
ESQUISSES DU TEMPS ET DES HOMMES

PRÉFACE PAR GASTON DESCHAMPS

PARIS

ALPHONSE LEMERRE, ÉDITEUR

23-33, PASSAGE CHOISEUL, 23-33

M DCCCCXI

PAUL BAILLIÈRE

Poètes lyriques d'Italie et d'Espagne

PAGES VIVANTES
ESQUISSES DU TEMPS ET DES HOMMES

PRÉFACE PAR GASTON DESCHAMPS

PARIS

ALPHONSE LEMERRE, ÉDITEUR

23-33, PASSAGE CHOISEUL, 23-33

M DCCCCXI

Poètes lyriques

D'ITALIE et D'ESPAGNE

12344-10. — Corbeil. Imprimerie Crété.

Poètes lyriques
D'ITALIE
et
D'ESPAGNE

PAGES VIVANTES
ESQUISSES DU TEMPS ET DES HOMMES

PAR

PAUL BAILLIÈRE

Préface par GASTON DESCHAMPS

PARIS
ALPHONSE LEMERRE, ÉDITEUR
23-33, PASSAGE CHOISEUL, 23-33

M DCCCCXI

Chi pensasse il ponderoso tema,
E l'omero mortal che se ne carca,
Nol biasmerebbe, se sott' esso trema.

DANTE, Paradiso, XXIII, 64.

Mesurez le fardeau qui repose sur moi,
L'effort que je demande à des forces mortelles,
Et vous excuserez mon trouble et mon émoi.

PRÉFACE

 OUTES *les personnes, éprises de littérature et d'art, qui se sont senties attirées par le génie merveilleux de l'Italie, éprouvent* ne sérieuse difficulté à trouver une orientation armi cette prodigieuse fécondité d'œuvres et d'évéements, d'où résulte l'histoire italienne, — cette istoire tellement belle et grandiose qu'elle ressemble une légende, et qu'on y trouve sans cesse la grâce npérieuse de la poésie mêlée, par une sorte de iracle, au charme souverain de la vérité.

. Partout, au pays de Dante, du Titien, de Michelnge, de Raphaël, chaque ville aurait droit à une iographie détaillée. Rome, Florence, Bologne,

Naples, Pérouse, Assise ont un caractère individuel qui les distingue des autres cités, de même que tel peintre, tel écrivain, tel virtuose de la guerre ou de la politique, un Léonard de Vinci, un Boccace, un Jean des Bandes-Noires, un Machiavel sont des échantillons magnifiques de la plante humaine.

On éprouve donc le besoin d'avoir une indication générale, et, pour ainsi dire, un fil conducteur, afin de s'orienter à travers cette matière infiniment riche, ondoyante et diverse.

Les études particulières, les monographies relatives à l'Italie sont tellement nombreuses, qu'on est obligé de faire un tri dans cette vaste bibliothèque, et d'en extraire l'essentiel. Je ne puis nommer tous les exégètes qui, dans ces derniers temps, ont entrepris l'exploration de ce riche domaine. En cette affaire, il faut se résigner aux dénombrements imparfaits. Et, ne pouvant les nommer tous, je craindrais d'oublier ceux qui, précisément, méritent le mieux d'être cités.

Du reste, l'auteur du présent volume, M. Paul Baillière, déjà connu par ses élégantes traductions des poètes allemands et des poètes anglais, a pris

soin de donner à chacun, dans ses notices aussi in-
formées que délicates, la part de louange qui lui
est due. Je ne puis qu'engager le lecteur à lire atten-
tivement ce livre, où les poètes italiens nous sont
présentés dans le cadre de leur vie habituelle, au
milieu des hommes et des femmes qui, partageant
leurs joies ou leurs peines, furent émus par les
mêmes spectacles, et agités par les mêmes émotions.

Pour résumer, en un bref et saisissant raccourci,
la vie orageuse de Dante, l'auteur de cette précieuse
anthologie ne pouvait mieux faire que de s'adresser
à Dante lui-même. C'est pourquoi la biographie du
poète de la Divine Comédie est faite ici avec toutes
les confidences que nous livrent ses chefs-d'œuvre.
Depuis l'éveil ingénu de ses premiers rêves, bercés
aux rythmes légers de la Vita Nuova, jusqu'au
sombre crépuscule de cette existence magnifiquement
tragique, on assiste aux éblouissements et aux an-
goisses du génie dantesque, ainsi que l'on ferait aux
péripéties d'un drame grandiose et merveilleux. En
présentant au public lettré les œuvres d'un Laurent
de Médicis, d'un Machiavel, d'un Sannazar, d'un
Brunelleschi, l'ingénieux exégète de la littérature

italienne nous introduit dans les mystérieuses profondeurs de la politique florentine, en même temps
qu'il nous initie aux élégances d'une société singulièrement éprise de luxe et de beauté. Mais les plus
émouvants épisodes de la littérature italienne appartiennent, sans contredit, à cette époque toute récente,
dont les ombres mélancoliques ont précédé le splen-
dide soleil de Solférino. Les douloureuses lamentations de Leopardi, les tristesses de Giovanni Berchet,
les indignations de Prati alternent, dans cette période,
avec le lugubre martyrologe des poètes du Risorgi-
mento.

Le renouveau de la littérature et de l'art a toujours
suivi la renaissance de la liberté. La libre Italie a
vu s'épanouir dans une maturité féconde le génie
bienfaisant d'un Fogazzaro, éclore le talent brillant
et la virtuosité voluptueuse d'un Gabriele d'Annunzio,
fleurir les idylles d'un Pascoli....

Les deux idées qui dominent les pages qu'on va
lire pourraient se résumer ainsi : l'Italie est, de
tous les pays, celui où l'on remarque le mieux l'étroite
union de la vie et des livres. Ceux-ci reflètent,
comme dans une infinité de miroirs, les aspects

nultiples de celle-là. Et, en s'adaptant, par le son es mots, à l'expression des choses, la langue italienne nous frappe par la beauté de cet accent où 'on retrouve l'écho de l'éloquence romaine.

La littérature espagnole, elle aussi, doit à ses orines latines une éminente dignité. Malheureusement, s conditions politiques et sociales où cette littérature 'est développée lui ont interdit, pendant trop longtemps, s grands sujets. Bannie de la vie publique, elle a dû e réfugier dans le domaine romanesque du sentiment de la fantaisie. Ce n'est pas que les écrivains pagnols, — un Fernando de Herrera, par exemple, n Miguel Cervantes, un Francisco de Quevedo, un uintana, — aient été étrangers ou indifférents aux ands événements de leur époque. Les poètes popuires du Romancero leur avaient donné l'exemple 'une ardente sympathie pour les vicissitudes d'une ation héroïque et combative. Mais le Saint-Office, ar ses excessives sévérités, nuisait à l'essor complet u génie littéraire de l'Espagne. Ce génie a donc cellé, presque malgré lui, dans ce genre picaresque u notre Lesage, en son Gil Blas de Santillane, nous donné une si plaisante adaptation.

M. Paul Baillière a pris la peine de transposer en vers français les poèmes qu'il a choisis, pour notre plaisir et pour notre profit, dans l'opulent répertoire de l'Italie et de l'Espagne. C'est une œuvre de longue patience et d'ingénieux labeur, où il a triomphé de toutes les difficultés d'une lutte agréable à sa studieuse vaillance et à son amour des bonnes Lettres, — et dont nous devons le remercier, en le félicitant.

GASTON DESCHAMPS.

INTRODUCTION

UNE des résidences seigneuriales qui font la gloire des vieilles cités espagnoles se trouve décrite dans la seconde satire de Jovellanos, et l'on a la surprise d'y reconnaître les éléments d'une des scènes capitales d'*Hernani*.

La porte d'entrée est dominée par un blason de marbre largement sculpté en haut relief; on franchit le seuil, et l'on pénètre dans la file des antichambres, à travers l'embarras d'un mobilier antique et fastueux. Soudain s'ouvre une galerie de tableaux. Ce sont des figures hautaines et sévères d'ancêtres, en armures de guerre, en vêtements graves et sombres. Ils semblent faire revivre le passé; tout parle ici de mœurs simples, de vertus, de droiture, et l'on entend résonner les grands noms des Guzman, des Ponce de Léon et des rois de Grenade.

Laissons à l'auteur espagnol le soin de tirer du sujet la leçon qui convient ; il nous suffit de montrer ici, comme lui, réunis en un groupe familial, les personnages illustres dont nous allons évoquer les œuvres et la vie : les glorieux poètes de l'Italie et de l'Espagne.

L'assemblée est imposante. Ce ne sont point de simples ouvriers en rimes, façonniers habiles de la pensée, sachant la mettre en valeur, la parer, la sertir et

Sur un bel axe d'or la tenir balancée (1).

La plupart ont rempli des rôles importants sur la scène du monde. Princes ou gentilshommes, guerriers, diplomates, poètes, dames illustres, ce sont des âmes délicates et sonores. Ils ont agi et souffert ; ils ont été les porte-paroles de leur temps et l'écho de la conscience humaine, dont ils ont excellemment traduit les trois inspirations maîtresses : l'amour, le patriotisme et la foi.

En même temps ils représentent deux des branches les plus nobles de la famille latine et attestent la communion des esprits dans la race méditerranéenne. Si les XIIe et XIIIe siècles au moyen âge, si les XVIe et XVIIe siècles aux temps modernes ont le mieux manifesté ces rapports, le lien cependant n'a jamais été rompu. Il se reprend encore aujourd'hui ; la lecture des modernes nous ramène aux anciens, et nous fait mieux goûter une pensée semblable à la nôtre, plus familière à la fois et plus vigoureuse, et souvent parée d'une élégance classique supérieure.

Lamartine ne pensait-il pas à Dante quand il décrivait l'apparition chaste et troublante qui « le força d'aimer » !

Saint éblouissement d'une heure de ma vie (2).

Les rêveries patriotiques et douloureuses de Leopardi et de Pétrarque n'ont-elles pas hanté dans les heures sombres les esprits généreux, mûris par la réflexion et par la souffrance? Ne vibrons-nous pas encore, comme Herrera, à l'espoir d'un triomphe suprême? Et Cino da Pistoja désa-

(1) A. de Musset.
(2) Lamartine, *Nouvelles méditations* : à de Musset.

busé du monde et de la science, Michel-Ange, vieilli et sentant venir le déclin de ses forces avant la réalisation de ses rêves gigantesques, ne sont-ils pas l'emblème immortel des illusions qui nous fuient et de la résignation qui s'impose !

Certes, ces grands hommes sont bien nos ancêtres ; nous nous sentons héritiers de leur vie et de leur âme, et en écartant de leurs tombeaux la poussière des siècles, nous ne faisons que remplir un devoir pieux.

Il y a quelques années, nous nous étions imposé la tâche d'étudier les principaux représentants de la poésie germanique et anglo-saxonne et de chercher dans leurs œuvres l'expression de la pensée nationale. A la profondeur d'esprit, à la force, à l'esprit de suite et de persévérance qui caractérisent le génie des races du Nord, on pourra comparer l'esprit synthétique et la grâce accueillante de la race latine. Rien n'empêche même la réflexion d'aller plus loin, de spéculer sur l'avenir, et de se demander quelle part sera réservée à ces qualités différentes dans le lotissement de l'empire du monde! Peut-on espérer des luttes d'intérêt moins âpres et moins rigoureuses, quand la pénétration intellectuelle se fera plus complète et plus cordiale? L'adoucissement des mœurs suivra-t-il la facilité croissante des communications et des échanges?

En dehors même des échappées que la littérature comparée peut offrir sur les rapports internationaux, quels aperçus n'ouvre-t-elle point sur l'histoire intérieure des peuples?Il y a de grands courants d'idées qui se répandent tout à coup avec l'intensité et la violence d'une tempête. Il y a, au contraire, des infiltrations lentes, qui agissent dans l'obscurité, et modifient lentement l'état social sans apparaître d'abord à la surface. Il suffit de comparer entre eux l'élan des croisades, et les progrès de l'esprit philosophique au XVIIIᵉ siècle. Quelle part revient aux écrivains et aux poètes dans ces mouvements divers? N'en sont-ils pas les témoins, les indices ou la cause?

Interrogeons-nous enfin nous-mêmes? Que sommes-nous au regard de nos prédécesseurs? Comblés des bienfaits de la civilisation et de la science, avons-nous suivi la même ascension morale? avons-nous conservé le courage des anciens, leur désintéressement, leur dévouement au bien public? C'est bien là ce qui importe dans le monde, car « c'est là tout l'homme », disait déjà Bossuet.

A ces problèmes d'histoire et de philosophie nous espérons plutôt faire songer que répondre. Puissent seulement ces quelques lignes appeler un instant l'attention sur eux et présenter aux esprits d'élite quelques éléments de réflexion et d'enquête.

***

Nous avons encore un agréable devoir à remplir : il nous faut acquitter notre dette de vive et sincère reconnaissance envers les illustres représentants de la poésie italienne et de la poésie espagnole qui ont bien voulu nous encourager et nous autoriser à reproduire quelques traductions de leurs œuvres : Mme Ada Negri, MM. Fogazzaro, Gabriele d'Annunzio, G. Pascoli, Ersilio Bicci et M. Gaspar Nunez de Arce, héritier du nom et des droits du noble poète.

Pourquoi faut-il que la mort récente de M. A. Fogazzaro, survenant si rapidement après celle de Carducci, de De Amicis, de Nunez de Arce, jette un voile de deuil sur la joie que nous éprouvions à présenter au public français quelques-unes de ses belles poésies !

Notre reconnaissance doit remonter plus loin encore dans le cours des années et rappeler ici les noms de

MM. Austin, le poëte lauréat d'Angleterre, et du frère de M. G. Rossetti, dont la sympathie nous a si profondément touché au moment de la publication de notre premier volume : *Poëtes allemands et Poëtes anglais*. Elle doit s'adresser aussi à la presse française et étrangère (1), si libéralement bienveillante.

Enfin nous mentionnons avec un sentiment de gratitude les grands hommes de lettres et de science dont le labeur a éclairé notre route par la richesse de ses recherches et l'ingéniosité de ses aperçus, Sismondi, Perrens, Mūntz, Burckhardt, Gebhardt, Gaston Paris, Gregorovius, d'Ancona, Carducci,... ainsi que la glorieuse phalange des modernes, éminents écrivains d'histoire ou d'art, fantaisistes délicats et critiques exercés : MM. André Michel, Hauvette, Morel-Fatio, P. Thureau-Dangin, E. Mérimée, Léo Rouanet, Reynier, André Maurel, René Schneider, Comte de Puymaygre, Jean Dornis, Maurice Muret, Rodocanachi, Tannenberg, H. Cochin, etc.

Pour l'histoire contemporaine, nous avons surtout consulté Pietro Orsi (*l'Italia moderna*, Milan, 1910) et les histoires générales de Giovanni de Castro (Milan, 1884) et de Luigi Sforzosi (Florence, 1886).

Nous nous sommes empressé de donner, sous le texte des auteurs contemporains traduits, le nom des éditeurs dont la bonne grâce a facilité notre tâche, et il nous est particulièrement agréable d'inscrire ici le nom d'un ancien et précieux ami, l'éminent éditeur florentin, M. Piero Barbera.

(1) En Allemagne : *Deutsche Rundschau* (10 juin 1087) ; *Littérarische Echo* (15 octobre 1907).
En Angleterre : *Athenæum* (10 août 1907) ; *Journal de l'Éducation de Londres* (avril et mai 1907).

PAUL BAILLIÈRE.

Signore

Le sue traduzioni a giudicarne dal saggio, sono molto belle, e le mie poesie, a loro confronto, non so se abbiano a compiacersi o a dolersi. Quanto a me la ringrazio. Ella puo stampare nella sua antologia i suoi delicatissimi saggi ; io ne sono contento.

Suo devotissimo,

GIOVANNI PASCOLI.

Bologna, 3 décembre 1910.

———

Vous avez déjà reçu de Milan... mes salutations et mes remerciements pour la traduction de mes vers faite vraiment d'une manière exquise.

Et puisque vous avez su revêtir ces poésies des élégances de votre langue fraternelle, vous avez bien le droit de vous en servir...

Votre

ERSILIO BICCI.

5 décembre 1910.

———

Monsieur,

Je vous remercie de l'honneur que vous voulez me faire, et je vous donne mon consentement pour introduire dans votre recueil votre jolie traduction de ma poésie « Birichino de Strada ».

ADA NEGRI.

10 décembre 1910.

POÈTES ITALIENS

Italie et Espagne.

Après les Invasions des Barbares

LE COMMENCEMENT DE LA LANGUE

A chute de l'empire Romain ouvre pour l'Italie la série effroyable des invasions étrangères et des guerres civiles. Les mêmes villes sont indéfiniment brûlées, saccagées et détruites, les habitants dispersés et massacrés. On compte au nord, Pavie, Padoue et Novare, Asti, Chiéri, Tortone; Milan est ravagée deux fois, Creme atrocement brûlée en 1160. Au centre, Rome est déchirée par les factions et saccagée par les Sarrazins, les Allemands, les Normands, précurseurs des soudards de Charles-Quint. Une seule invasion suffit pour qu'Aquilée et Luni disparaissent de la carte. Au sud, Bari, Tarente, Palerme, Syracuse sont assiégées, prises et reprises par les Grecs, les Sarrazins, les Germains, les Normands. Bari subit quatre assauts.

Et cependant la vitalité du peuple persiste. Les éléments de la cité municipale, si fortement organisés par l'Empire, survivent et se consolident. La Lombardie et la Ligurie se relèvent les premières, grâce à la fertilité du sol et à une merveilleuse situation maritime. Milan, Brescia se livrent à l'industrie. Pise, Venise et Gênes ouvrent leurs ports, et leurs flottes reviennent de l'Orient, chargées d'épices et de denrées précieuses. La vie matérielle s'épanouit. Les villes, avec une coquetterie jeune et vaillante, transforment en bijou d'art la ceinture aiguë de leurs remparts et de leurs tours. Les cathédrales se dressent sur les places publiques, comme l'âme de la cité, parées de lignes d'arcades et de sveltes colonnettes, et diaprées de marbres multicolores.

Seule, la littérature reste quelque temps en arrière, embarrassée par le conflit des langues et la multiplicité des dialectes.

La langue du « Si », moins favorisée que les langues d'« Oc » et d' « Oïl », et même que la langue espagnole, se borne à satisfaire aux nécessités de la vie courante et populaire. Quelques vers des chansons de Rambaut de Vaqueiras, quelques fragments d'un dialogue de Cielo dal Camo nous sont restés, documents rares et précieux; ce ne sont ni des œuvres, ni des modèles.

La société cultivée préfère se servir du latin, du provençal ou du français du Nord.

Le latin est en honneur dans les monastères de Bobbio et du mont Cassin. Il exprime la pensée des grands papes Grégoire le Grand (590-604), Gerbert (999-1003), Grégoire VII (1073-1085), et de ces hommes de génie, les deux Anselme, Pierre Lombard, saint Thomas d'Aquin (1). Il se prête aussi à la composition de chants d'église populaires comme le *Dies iræ* et le *Stabat mater*.

Le français du Nord est d'usage courant dans les cours seigneuriales. On y lit avidement les *Romans de la Table Ronde*, et la tragique aventure de Françoise de Rimini est amenée par la lecture du roman de Lancelot (2).

(1) DANTE, *Par*, 10, 99. — (2) ID., *Inf.*, 5, 127.

Quant au provençal, les affinités sont encore plus grandes. Il reste la langue préférée du Mantouan Sordello « qui a la mine d'un lion à l'arrêt (1) » et d'Arnaud de Riberac « *que plor e va cantan* (2) ».

L'éblouissant poème de Dante donnera seul à la langue italienne sa primauté définitive.

(1) DANTE, *Purg.*, 6, 66. — (2) ID., *Purg.*, 26, 139.

La Poésie Franciscaine

SAINT FRANÇOIS D'ASSISE
1182-1266

IACOPONE DE TODI
1228-1306

Les premières effusions lyriques de la poésie semblent bien remonter à saint François d'Assise et à son école.

Comme l'alouette de Dante qui « s'envole dans l'air, et chante, puis se tait, heureuse de la joie qui l'enivre » (1), le « poverello » s'élève au-dessus des misères du siècle, ravi dans le renoncement et dans l'extase.

Aux révolutions et aux guerres qui déchiraient l'Italie, se mêlaient l'angoisse religieuse et le bouleversement des consciences. Saint François (1182-1226) sut rendre aux âmes la résignation, le calme et la foi, et répandre partout cette suavité délicieuse dont il était imprégné. On sait même qu'au besoin il agissait directement et qu'il rétablit à Assise, en 1210, la paix entre les riches et les pauvres par l'institution d'une sorte de charte.

Nous n'essaierons pourtant pas de rendre les hymnes exquises où il a versé le trésor de son âme. La rime en est absente, la cadence imprécise, et l'harmonie invisible

(1) DANTE, *Par.*, 20, 73.

repose sur le tour des idées, le ton de la phrase et l'accent des syllabes.

Leur vrai commentaire, ce sont les admirables fresques que par deux fois Giotto (1) a prodiguées sur les murs d'Assise.

Nous sommes plus à l'aise avec l'un de ses disciples, Iacopone de Todi (1230-1306), qui se sert de la rime et de la strophe. Etrange destinée, que M. Gebhardt a racontée dans *l'Italie mystique* ; âme délicate et pieuse que tourmentent la politique et les passions religieuses, et qui s'assombrit à la fin dans un long et implacable emprisonnement !

LA RONDE DES SAINTS

Una rota si fa in cielo...

Les Saints, dans les jardins du Ciel,
Forment une ronde dansante
Auprès de l'Amour éternel
Que sa propre flamme alimente.

Mêlés à la ronde sans fin,
Tournent aussi des groupes d'anges,
Et tous, devant l'Epoux divin,
Dansent et chantent ses louanges.

(1) DANTE, *Purg.*, 11, 95.

C'est un frémissement d'amour,
De bonheur pur et d'allégresse,
Une chaîne ondoyante, autour
Du Sauveur qui fait leur ivresse.

Leurs clairs vêtements sont tissés
De pourpre et de blancheur parfaite
Ils ont tels que des fiancés,
Des festons de fleurs sur leur tête.

Ils sont jeunes comme à trente ans
Sous ces belles grappes fleuries,
Tout leur est joie et passe-temps,
Et leurs cortèges éclatants
Semblent des flots de pierreries.

ÉLOGE DE LA PAUVRETÉ

*Dolce amor di povertade — Quanto ti deggiamo
amare...*

Doux amour de la pauvreté (1)
Combien est grande ta plaisance !
O Pauvreté, l'Humilité
Sourit en sœur à ta naissance,
Pour boire et manger ta chevance
Te suffit l'écuelle au côté.

Pauvreté ! pour ta nourriture
Que te faut-il? pain, herbe, eau pure,
Et le sel fait bonne mesure
S'il est, par surcroît, ajouté !

Pauvreté sans crainte chemine,
A tout venant fait bonne mine
Et n'a pas peur qu'on l'assassine
Pour quelque trésor suspecté !

(1) DANTE, *Par.*, 13, 52.
Saint François aymoit surtout la pauvreté qu'il appelloit sa
Dame. (SAINT FRANÇOIS DE SALES. Intr., III, 1).
Heureux mille et mille fois, le pauvre François, le plus ardent,
le plus transporté, et, si j'ose parler de la sorte, le plus désespéré
amateur de la pauvreté qui ait peut-être été dans l'Eglise. (BOSSUET,
Panégyrique de saint François.)

Pauvreté, qui heurte à la porte,
N'a musette ou sac qu'elle porte,
Et son échine est assez forte
Pour transporter tout son goûté !

Pauvreté n'a point de couchette,
Point de toit ni de maisonnette,
De table, de linge ou fourchette,
Son siège est sur l'herbe apprêté.

Pauvreté meurt calme et tranquille,
Sans testament ni codicille,
Rien ne divise sa famille,
Sur sa dernière volonté.

Pauvreté, fille de misère,
Le ciel est ta cité première,
Et tu ne vois de bien sur terre
Qui vaille d'être souhaité.

Pauvreté, tu fais l'homme sage
De tout ce qui n'est qu'esclavage,
Grâce à ton aide, il se dégage,
Et sait vivre en joie et gaîté.

Pauvreté, grande souveraine,
Tu tiens le monde en ton domaine,
Car il n'est rien qui n'appartienne
A celui que rien n'a tenté.

O Pauvreté, le cœur qui t'aime
Trouve joie et calme en toi-même,
Car c'est toi la source suprême
De toute la félicité.

Que valent ces richesses vaines,
Dis-tu, ces gloires hautaines,
Ces honneurs, ces grandeurs humaines,
Quand pour mort un homme est compté !

Pauvreté vient et nous enseigne
Qu'on soit sans peur, qu'on se dédaigne,
Et qu'on n'ait rien, pour que l'on règne
Avec Christ, dans l'Éternité.

FRÉDÉRIC II

1194-1250

Frédéric II, empereur d'Allemagne, et roi de Sicile et de Jérusalem du chef de sa seconde femme Yolande de Brienne, est un personnage singulier.

Il était bien proportionné sans être grand, avec une figure belle et régulière et des cheveux blonds, qu'il transmettra à ses descendants. Les récits du « Novellino » le donnent comme un prince avisé, railleur, libéral et affable.

Il se plaît dans une société de savants et d'artistes : sa cour est élégante et lettrée ; lui-même est poète, compose un traité de la Chasse, et, s'il ne continue pas à Palerme les magnifiques palais et jardins des rois Normands, c'est que ses luttes avec la Papauté l'obligent à résider dans la Pouille. Il y bâtit Aquila, et crée à Lucera un palais et une forteresse, aux appartements luxueux, avec des jardins, des constructions pour ses troupes sarrasines et pour son harem.

Singulièrement dégagé de toute croyance et de tout scrupule, il fait preuve d'un scepticisme sans bornes qui dépasse de loin les subtilités scolastiques d'Abelard ou d'Arnauld de Brescia, comme les computations mystiques de Joachim de Fiore, et qui plonge ses racines jusque dans le nihilisme d'Averroès.

Comme politique, il a des rêves troublants et mystérieux. Il conserve l'idée de l'empire universel dont il a reçu la tradition héréditaire, et veut étendre sa main sur l'Italie et l'Allemagne, mais en déplaçant l'axe de sa domination, qu'il tente de fixer en Italie et de prolonger jusqu'en Asie.

Mais son nom a des taches sanglantes. Sa cruauté a été effroyable. Il fait arracher les yeux à son ancien favori Pierre des Vignes (1), et aux prisonniers de la Capraja que l'on jette ensuite vivants dans la mer (1249). Il allume le bûcher des Vaudois, il invente le supplice de la chape de plomb qui fond à grand feu sur la chair nue des victimes (2).

La vie de Frédéric épuise toutes les extrémités du bien et du mal, de la fortune et de la misère. Il a pour tuteur Innocent III, est couronné par Honorius III, excommunié par Grégoire IX et Innocent IV. Il sollicite la main de sainte Elisabeth de Hongrie et de sainte Agnès de Bohême, et il se fait à Lucera un harem de femmes sarrazines. Il conclut la croisade de 1227 par un traité d'alliance avec Saladin. Enfin ce triomphateur de la Sicile et de la Lombardie, comblé de tous les enivrements de la gloire, de la richesse et de l'art, échoue misérablement au siège de Parme, et meurt à Fiorentino, tué par la fièvre ou peut-être empoisonné. Aujourd'hui, sa dépouille repose sous les voûtes de la cathédrale de Palerme, à côté des sarcophages des autres rois et reines de Sicile, dans le faste funèbre d'un mausolée de porphyre, et enveloppée d'un riche costume arabe.

On trouvera ici la traduction d'une des cinq canzones qu'il a laissées. Conçue dans le goût de la poésie provençale, elle emprunte une saveur singulière à la vie de son auteur. Fut-elle écrite au moment de son étrange croisade ? Était-elle adressée à la belle Yolande de Brienne, la seconde femme qu'il venait d'épouser au milieu des fêtes en 1225, et qu'il rendit d'ailleurs malheureuse. Etait-elle destinée à l'une de ses nombreuses maîtresses,

(1) DANTE, *Inf.*, 13,58. — (2) ID., *Inf.*, 23, 66.

comme cette cousine de Yolande qu'il avait séduite sans scrupule peu de temps après son mariage? Le problème a été posé, il n'est pas résolu.

***

ADIEUX

*Dolce mio drudo, e valene. — Mio sire, adio, t'aco-
mando. — Che ti departi da mene.*

« Partez donc ! puisqu'il faut vous dire
Adieu ! mon doux maître et seigneur !
Partez ? mon cœur qui se déchire
Pour compagne aura sa douleur :
Ma vie est désormais flétrie,
La mort, mon unique désir ;
Puis-je espérer d'être guérie,
Quand est forclos tout mon plaisir !

« Mon cœur me mène grande guerre,
De voir que vous partez d'ici
Et qu'une contrée étrangère
Ravit mon bien et mon souci !
Ce qui fut toute ma tendresse,
Mon amour, s'en va ! je te hais
Toscane ! douce enchanteresse
Qui m'arraches ce que j'aimais ! »

— « O douce Dame, ma partance
N'est pas effet de mon vouloir ;
Je dois prêter obéissance
A qui sur moi tient tout pouvoir.
Je pars, mais n'en prenez de peine,
Demeurez sûre et sans émoi ;
Vers nulle autre Amour ne me mène,
Amour vous maintiendra ma foi ?

« Votre amour, maître sans partage,
Me garde en suzeraineté ;
Je vous aime en loyal hommage,
Et suis à vous sans fausseté.
Conservez de moi souvenance
Sans oubli, sans mauvais vouloir.
Puisque sur toute ma plaisance
Vous garderez un plein pouvoir.

« Du congé que je vous demande,
Dame ! octroyez-moi la faveur ;
Car voyez ! je vous recommande
Et dans vos mains laisse mon cœur.
Et telle est sur moi la puissance
De souvenirs d'amour si doux,
Que je ne pars, si n'ai licence
De ce faire, ô Dame ! par vous ! »

IL DOLCE STIL NUOVO

Autour de Frédéric II et de ses fils naturels, Enzio et Manfred, gravite une suite de courtisans lettrés, de savants et de poètes : Pier della Vigna érudit, ami du roi et ministre, qui tint « les deux clefs de son cœur (1) » et paya cher une faveur éphémère ; Iacopo da Lentino, dit le notaire (2), Sicilien à qui l'on attribue l'invention du sonnet, J. Mostacci, son fauconnier, Ruggieri d'Amici... Ces Occidentaux vivaient à côté de poètes ou de philosophes grecs, ou de savants arabes comme Abd-er-Rhaman de Butera, Edresi ou le géographe, Ibn-Djobaïr ; et sans doute échangeaient-ils leurs entretiens dans ces jardins et ces palais superbes qui s'étalent autour de Palerme « comme un collier sur la gorge d'une jeune fille ».

L'Italie centrale a son groupe personnel : Cavalcante dei Cavalcanti (3), l'impérieux Gibelin qui chasse deux fois les Guelfes de Florence, et son fils tendrement aimé, Guido Cavalcanti (4). Celui-ci longtemps exilé à Toulouse, en rapporte le modèle d'une poésie nouvelle, le « dolce stil nuovo » qui fait pâlir l'ancienne poésie. Guittone d'Arezzo, qui chante la bataille de Montaperti, se convertit ensuite, entre dans l'ordre du *frati gaudenti* et consacre à la louange de la Vierge des poésies dont l'authenticité est un peu discutée. Tous sont d'ailleurs surpassés par Guido Guinicelli (5) qui donne à ses vers

(1) DANTE, *Inf.*, 13, 58. — (2) ID., *Purg.*, 24, 56. — (3) ID., *Inf.* 10, 60. — (4) (5) ID., *Purg.*, 11, 97.

une portée morale et philosophique. La femme, pour lui, n'est plus seulement la merveille du monde, le charme et la joie des yeux, elle devient la source de toute grâce et de toute vertu, le principe de l'intelligence, et l'émanation même de la divinité (1).

Cino da Pistoja, de la noble famille des Sinibuldi, jurisconsulte et poète, chante dans ses vers plusieurs dames dont l'une qu'il nomme Selvaggia est restée particulièrement célèbre. Contemporain et ami de Dante, il fait la transition entre le « Dolce stil nuovo » et Pétrarque.

Des relations amicales sont établies entre plusieurs de ces poètes. Ils s'envoient réciproquement leurs œuvres et font échange de réflexions et de sonnets. On trouvera plus loin deux sonnets adressés par Guido Cavalcanti et par Cecco Angiolieri en réponse aux sonnets de Dante. On sait d'ailleurs que la mode de ces communications amicales et de ces énigmes proposées subsista longtemps entre savants ; c'est ainsi que Galilée publiait un journal, le *Nuntius sidereus*, que Copernic, le père Mersenne, etc.., entretenaient une large correspondance.

(1) ÉTIENNE. *Histoire de la littérature italienne* (Hachette et Cie). H. HAUVETTE. *Littérature italienne* (Armand Colin).

IACOPO DA LENTINO

1233

VŒU (1)

De Dieu je serai serviteur
Pour qu'au Paradis il m'admette ;
Car là de sa gloire parfaite,
Provient toute aise et tout bonheur.

Mais j'aurais ma joie incomplète
Sans l'œil clair et le front vainqueur
De la dame qui tient mon cœur ;
Loin d'elle rien je ne souhaite.

Et sachez bien que mon désir
D'aucun péché n'offre l'image ;
Si j'aspire après son visage,

Son air doux, ses yeux de saphyr,
C'est que j'aurai tout mon plaisir
A lui voir la joie en partage.

(1) Ce sonnet a été recueilli dans les œuvres de Gabriele Rossetti
et traduit d'après la version anglaise.

GUIDO GUINICELLI

1276

L'AMOUR

Al cor gentil ripara sempre Amore

Vers noble cœur Amour vole et s'élance
Comme l'oisel aux branches des forêts,
Sans noble cœur Amour n'aurait naissance,
Et sans Amour noble cœur n'est jamais.
    Le jour a dû commencer d'être
    Aux premiers rayons du soleil,
    Il le suit d'un destin pareil ;
    Et, comme au feu qui la pénètre
    La chaleur s'anime et prend l'être,
    Ainsi l'on voit Amour paraître
    Dans noble cœur, et prendre éveil (1).

L'Amour est tel que pierre précieuse ;
L'Astre n'y joint ses dons mystérieux,
Que si déjà sur la nature heureuse
Le pur soleil a déversé ses feux.
    Il faut que la pierre plus fine
    Aux feux du soleil élimine

(1) Voir la même théorie. LANSON. *Corneille*, p. 116.

Ce qu'elle a d'épais et de lourd ;
L'Astre y joint alors sa lumière ;
Ainsi dans l'âme noble et fière
Comme l'Astre anime la pierre.
La Dame fait éclore Amour (1).

Dans noble cœur Amour tient même place
Que tient la flamme au sommet du flambeau,
Il est brillant, il est clair et vivace,
Et la hauteur sied à ce feu si beau.
  Mais une nature mauvaise,
  Telle qu'eau froide en la fournaise,
  Vainement s'approche d'Amour ;
  Et comme un diamant en mine
  Qu' du fer tient son origine,
  Ainsi dans le cœur qu'il anime,
  Amour grandit par son séjour.

Que le Soleil tout le jour sur la boue
Brille, il n'en peut rien bannir de vilain ;
L'homme orgueilleux qui d'ancêtres se loue,
Sans cœur noble, est fange, où Soleil est vain.
  Gentillesse en âme loyale
  N'acquiert sa dignité royale
  Que quand elle naît de vertu.
  Sans vertu, ce n'est qu'un mirage ;

(1) *Nuls hom non pot ben chantar sans amar.*
                          (BERNARD DE VENTADOUR.)

Ainsi l'eau reflète l'image
D'un astre merveilleux et sage
Qui demeure en ciel suspendu.

Dieu resplendit dans la beauté du monde
Mieux qu'un Soleil n'illumine nos yeux ;
Ce Dieu caché, sous la règle féconde,
Fait obéir le firmament joyeux.
    Et la création s'ordonne
    Suivant la volonté qu'il donne ;
    Ainsi se révèle le vrai
    Dans l'éclat des yeux d'une Dame,
    Et celui que sa grâce enflamme
    Ne peut plus en être distrait.

Quand, devant Dieu, j'irai l'âme tremblante :
« Quelle est la Dame à qui tu fis honneur »,
Me dira-t-il ; « Fut-elle si puissante?
« Tu m'oublias pour un amour trompeur !
    « Que n'as-tu gardé tes louanges,
    « Pour moi, pour la Reine des Anges,
    « Par qui tout mal est condamné? »
    Répondrai-je? : « Elle était si belle,
    « Que j'ai cru voir une immortelle ;
    « Pardonnez-moi, si devant elle
    « Mon cœur ravi s'est incliné ! »

GUIDO CAVALCANTI

1259-1300

ERREUR D'AMOUR

Una giovine donna di Tolosa

A Toulouse, une jeune dame (1)
Fut si belle et plaisante à voir,
Qu'en elle l'objet de ma flamme
Se reflétait comme un miroir.

Aussitôt près d'elle mon âme
En hommage vint se mouvoir.
Mais, confuse, et craignant le blâme,
Elle hésitait, sans bien savoir

Quelle était sa reine et maîtresse.
La dame, affable à sa détresse,
Lui fit accueil d'un doux regard ;

(1) Cette dame s'appelait, dit-on, Mandetta (HAUVETTE, *Litt. italienne*, p. 80).

Puis s'en vint, la laissant blessée
D'une flèche des yeux lancée
Dans l'adieu même et le départ.

BALLADE

Perch'io no spero di tornar giammai...

Puisque je ne dois plus m'attendre
A jouir jamais du retour,
Va-t-en, Ballade douce et tendre,
Vers la Toscane, mon amour,
Vers la Dame courtoise et sage,
Qui, bienveillante à ton hommage,
Doit te faire honneur à son tour.

Dis que mon âme est toute pleine
De soupirs, de peur et de deuil,
Mais défends-toi bien de l'accueil
De personne basse et vilaine,
Car à voir que l'on te reprenne
J'aurais trop amer déplaisir,
Et sentirais grief et peine,
Même après trépas, me saisir.

Tu vois comme la mort me presse,
Et que ma vie est à sa fin ;
Mon sang est froid, mon cœur s'affaisse,
Mon esprit en suit le déclin.
Et mon être entier, qui meurt, cesse
De sentir même la douleur.
Daigne m'être compatissante,
Ballade, et fais-moi la faveur
D'accueillir mon âme dolente
Quand elle fuira de mon cœur.

Recueille-la, je la confie
O Ballade, à ton amitié,
Pour que vers la Dame bénie
Toutes les deux, de compagnie,
Vous alliez quérir sa pitié.
Lorsque tu seras devant elle,
Tu pourras dire et soupirer ;
« C'est l'âme d'un servant fidèle
Qui près de vous veut demeurer ;
Elle brûle encore du zèle
De celui qui vient d'expirer. »

Et toi, faible et tremblant murmure,
Qui sors de ce cœur malheureux,
Suis ma chanson, je t'en conjure,
Suis mon âme, au jour des adieux :

Va trouver la Dame charmante,
Si bien disante et bien pensante ;
Car ce sera tout ton plaisir
Comme à mon âme, devant elle,
Dans une allégresse éternelle,
D'adorer toujours son désir.

GUITTONE D'AREZZO

1230-1294

PRIÈRE A LA VIERGE

Donna del cielo, gloriosa madre.

O toi ! Reine du ciel, o mère glorieuse
Dont le doux fils subit la mort et ses tourments,
Pour rompre de l'Enfer la porte injurieuse
Et réparer l'erreur de nos premiers parents,

Vois bien de quelle flèche ardente et furieuse
La passion poursuit les malheureux amants !
Tendre mère ! sur nous étends ta main pieuse ;
Épargne-nous son trouble et ses emportements !

Inspire dans mon cœur cette céleste flamme
Qui vers l'objet premier fait revenir notre âme
Et des lacs amoureux détache les liens.

Contre l'âpre fureur c'est notre seul remède ;
Elle est l'eau bienfaisante à qui ce grand feu cède,
Et le clou qui du bois chasse les clous anciens.

CINO DA PISTOJA

1270-1336

SELVAGGIA

Io fui'n su l'alto e'n sul beato monte,
Ove adorai baciando il santo sasso.

En haut du mont sacré qu'à jamais je révère,
Et les genoux au sol, j'ai, d'un pieux baiser,
Embrassé le rocher et la place et la pierre
Où le front de ma Dame est venu se poser,

Front de toute vertu siège et source première !
Et j'ai pleuré le jour où la mort fit passer
L'inexorable seuil à la Dame si chère
Que tant d'heureux attraits devaient diviniser.

M'adressant à l'Amour, j'ai donc conté ma peine,
Et j'ai dit : « Doux Seigneur ! Fais que la mort me prenne,
Car c'est ici que gît et repose mon cœur ! »

Mais l'Amour n'ayant pas écouté ma détresse,
Du nom de Selvaggia, de Selvaggia sans cesse
J'ai fait retentir l'Alpe, et crié ma douleur !

————

DISPUTE AVEC L'AMOUR

Mille dubbi in un di, mille querele.

M'assaillant de soupçons et de mots furieux
Devant le tribunal de notre Souveraine
En grand courroux, l'Amour me poursuit et m'entraîne.
« Jugez qui fut, dit-il, plus loyal, de nous deux !

« C'est moi qui confiai son renom glorieux,
Aux vagues de ce monde où l'attendait la peine. »
— « Tu fus de mon malheur la source trop certaine,
Fis-je, et le fiel corrompt ton miel trop doucereux. »

— « Ah ! misérable serf échappé d'esclavage !
Reprit-il, me faut-il accepter cet outrage,
Tu me dois un trésor sans égal ici-bas ! »

— « Qu'est-ce que ce bonheur qu'un souffle ôte et renverse !
— « Je n'ai rien fait », dit-il. Tranchant la controverse,
La reine fit : « Le Temps jugera vos débats ! »

REPENTIR

A che, Roma superba, tante leggi.

Rome ! A quoi t'ont servi tant de sublimes lois !
Qu'importe que Sénat, Peuple, Empereurs, sans cesse
Aient rendu les arrêts de l'antique sagesse,
Si le monde à tes pieds n'est plus comme autrefois ?

Relis donc ! misérable ! Ah ! relis les exploits
De tes fils invaincus qui te faisaient maîtresse
Et d'Égypte et d'Afrique et d'Asie et de Grèce !
C'est l'heure de servir, toi que servaient les rois.

Des guerres, des combats, qui sur les autres races
Avaient posé ton joug, on ne voit plus les traces,
Ta force est éclipsée et ton nom sans honneurs !

Pardon, Seigneur ! ma vie aussi s'est consumée
A commenter des lois qui ne sont que fumée
Si tes préceptes saints ne règnent dans nos cœurs !

CECCO ANGIOLIERI (DE SIENNE)

1300

SONNET BURLESQUE

S'io fosse foco, arderei il mondo.

Si j'étais feu, je brûlerais le monde
Si j'étais vent, je le chavirerais,
Si j'étais mer, je le noierais dans l'onde,
Si j'étais Dieu, je l'anéantirais.

Pape, j'aurais pour volupté profonde
De lapider les chrétiens de décrets ;
Roi, j'étendrais tous les gens à la ronde,
Le col à terre, et le leur couperais.

Dieu de la mort, j'irais trouver mon père,
Dieu de la vie, il ne me verrait guère,
Et même sort auraient ma mère et lui !

Je suis Cecco, de la tête aux semelles ;
Que j'aie à moi les femmes les plus belles,
Je fais cadeau des laides pour autrui.

DANTE ALIGHIERI

1265-1321

La gloire de Dante ne tient pas seulement à sa parole si forte, si vibrante, si passionnée, il faut la reporter aussi à la noblesse de son âme durement éprouvée.

Quand il naît, il y a environ deux siècles que Florence a renoué la tradition romaine et reconquis l'autonomie municipale. Restreinte d'abord à un territoire de six milles autour de son enceinte (962), elle grandit par son activité industrieuse et prudente et prend part à la croisade de 1099 et à celle de 1147, où figure Caccia-guida (1), l'ancêtre de Dante.

Ce sont les temps héroïques. Vient ensuite l'époque de Henri IV et de Frédéric II de Sicile, et la division des partis en Guelfes et en Gibelins (2).

Les Guelfes (le lys rouge) sont le parti municipal, démocratique et commerçant, presque toujours d'accord avec la Papauté, qui leur confie son trésor. Les Gibelins ont pour chefs les nobles, dont la cité a détruit les châteaux, et qu'elle a contraints d'habiter dans ses murs et inscrits dans ses corporations. Leurs vœux se portent vers le César allemand, leur suzerain ; ils regardent le passé ; et les Guelfes l'avenir.

De là des luttes et des guerres incessantes. L'événement capital de cette période est le conflit avec Sienne terminé par la funeste bataille de Monte-Aperti (3) « qui fit rouge la couleur de l'Arbia » (4 septembre 1260).

(1) DANTE, *Par.*, 15, 135 ; *Par.*, 16 ; *Par*, 17. — (2) ID., *Par.*, 16, 145. — (3) ID., *Inf.*, 10, 68 ; *Inf.*, 32, 81.

Florence, sur 30000 hommes, perdit 10.000 tués, et 15.000 prisonniers. Les Siennois et les Gibelins, conduits par Giordano d'Anglano, cousin de Manfred, triomphent; mais la sanglante défaite de Benevent (1) (1266) amène le retour des Guelfes; brusques et terribles vicissitudes, que Dante a immortalisées !

Les Guelfes, politiques, positifs et avisés, ont l'art en dépit des catastrophes et des révolutions de profiter du mouvement des armées étrangères et des besoins des princes pour se livrer aux opérations les plus hardies et les plus fructueuses de la haute banque, et ménager en même temps leur fortune politique, leurs capitaux et leur commerce.

Après la mort de Conradin (1268) (2), Florence fonde la ligue Toscane avec Pise et Sienne; elle n'est pas ébranlée par la défaite de ses alliés à la Meloria (1284), ni par la mort du comte Ugolino della Gherardesca (3) qui fit célèbre « la Tour de la faim ». Elle bat les gens d'Arezzo à la fameuse bataille de Campaldino (1289) où combattirent Dante, Cavalcante dei Cavalcanti, Bernardino da Polenta, le frère de Françoise de Rimini, Vieri dei Cerchi et Corso Donati (4). C'est une ère de prospérité. La population urbaine comprend environ 90.000 âmes et peut armer 30.000 combattants; tandis que le territoire extérieur en fournit 70.000 autres. Les ordonnances de justice (1294) remanient le gouvernement et le resserrent par des prescriptions rigoureuses qu'introduit Giano della Bella. De vastes constructions s'élèvent. On construit le palais communal, et une troisième ceinture de murailles se hérisse de 9 portes et de 68 tours.

Pourquoi faut-il que celle (5) qui « fait passer les ri-

---

(1) DANTE, *Purg.*, 3, 112, 128. — (2) ID., *Inf.* 28, 17, 26. — (3) ID., *Inf.*, 33, 13. — (4) ID., *Purg.*, 5, 92; *Purg.*, 24, 82. — (5) ID., *Inf.* 7, 79.

chesses... d'une nation à une autre nation..., dont les per-
mutations n'ont pas de trêve... et qui fait tourner sa
sphère, avec une sérénité impassible »... « administre les
choses humaines l » Une querelle sanglante née à Pistoja (1) vient empoisonner la ville de l'Arno, et ravive
les anciennes dissensions. Le parti guelfe est scindé en
deux : Après des fluctuations assez grandes, les Blancs
modérés et indécis se laissent envahir et compromettre
par l'alliance des Gibelins (et ceci explique les variations
de Dante qui, Guelfe, s'est rangé dans le camp des
Blancs). Les Noirs sont l'élément démocratique extrême,
dont l'énergie civile féroce, plus que le talent militaire,
maintient l'indépendance italienne contre l'influence du
Pape ou celle du Prince allemand.

Dante, jeté au milieu de ces partis, fait vaillamment son
devoir ; il remplit en 1300 les fonctions de prieur de l'art
dei speziali ; il est délégué en ambassade à Rome ; il se
bat à Campaldino (2) et dans d'autres rencontres, mais
il est suspect aux Noirs, compris parmi les proscrits du
20 octobre 1302, et brutalement rejeté sur les routes de
de l'exil (3). Peut-être le pape Boniface VIII (4) a-t-il
contribué à sa disgrâce. Il était désigné en outre à leur
rancune par ses préférences politiques. Epris d'un idéal
de paix et de justice, il eût voulu faire leur part aux
« deux flambeaux qui éclairent le monde » (5), donner la
direction des esprits à un pontificat romain plus pur,
élevé au-dessus des partis, et remettre le gouvernement
temporel et l'action au César universel. Vaincu, il n'a pu
que confier ses ressentiments et ses cris de haine et de
détresse au poème douloureux.

Nous ne nous sommes pas attachés cependant à ce côté

---

(1) DANTE, *Inf.*, 24, 143. — (2) ID., *Inf.*, 22, 4 ; *ibid.*, 21, 95.
— (3) ID., *Par.*, 17, 55 ; *Par.*, 25, 4. — (4) ID., *Inf.*, 27, 70 ; *Purg.*,
20, 87. — (5) ID., *Purg.*, 16, 106 ; *Par.*, 12, 90 ; *ibid.*, 27, 22.

sévère de son œuvre, plus connu et plus accessible.
Ce qui nous a retenu, c'est l'œuvre de sa jeunesse, le rêve
pur et charmant qui a enchanté toute sa vie, et qui le
consolait encore quand « il montait l'escalier de l'étranger ». Toujours il l'eut devant les yeux « comme ces
sources (1) qui des vertes collines du Casentin descendent
vers l'Arno et coulent en ruisseaux d'une eau courante
et fraîche ». Ce n'est pas donc pas trahir sa grande âme
que d'en faire ressortir, en regard des violences tragiques,
le côté mystique et tendre : « On ne montre bien sa grandeur, a dit Pascal, pour être à une extrémité, mais bien
en touchant les deux à la fois, et remplissant tout l'intervalle ».

ÉNIGME

A ciascun alma presa e gentil core

A tout cœur noble et pur, comme à toute âme éprise
Près de qui ce billet aurait accès un jour,
Pour que chacun y pense et réponde à sa guise
Salut en leur Seigneur ! Salut au nom d'amour.

Déjà le tiers du temps où la nuit se divise
S'était d'astres brillants éclairé tour à tour,
Quand apparut l'Amour, près de moi, par surprise,
Et, d'y penser encor, je frissonne en retour.

(1) ID., *Par.* 30,28.

L'amour joyeux tenait mon cœur dans sa main nue.
De l'autre il maintenait en ses bras, étendue
Ma Dame sous un drap recouverte et dormant.

Et puis il l'éveillait, l'air humble, et ma maîtresse
Triste, pour se nourrir, prenait ce cœur ardent.
L'Amour partait ensuite et pleurait de détresse.

RÉPONSE DE GUIDO CAVALCANTI

Vedesti al mio parere, ogni valore

Vous vîtes, à mon sens, tout ce qu'un être humain
Peut connaître de grand, de beau, de bien sur terre,
Quand vous étiez soumis à celui que révère
Le monde de l'Honneur, comme son souverain (1).

Ce prince tient sa cour dans un palais lointain
Où la raison est douce, et la peine étrangère.
Son vol, quand nous dormons, sa marche est si légère
Qu'il prend sans les blesser les cœurs même en sa main.

S'il a pris votre cœur, c'est que votre maîtresse
Souhaitait le trépas, et craignant sa détresse
Il voulut la nourrir de ce cœur amoureux.

(1) L'Amour.

Et quand il vous parut s'éloigner et se plaindre,
C'est que le doux sommeil en vous allait s'éteindre
Et laisser à sa place un sommeil douloureux.

———

L'AMOUR EN PÈLERIN

Cavalcando, l'alt' ier, per un cammino

Je chevauchais par un chemin
L'autre jour, de mauvaise grâce,
Quand, sous un froc de pèlerin
L'amour vint à croiser ma trace.

Il n'avait plus son front mutin,
Il avait l'air d'être en disgrâce,
Et soupirant allait, chagrin,
Cachant ses yeux, la tête basse.

Pourtant il m'appela pour dire :
« Tu viens du fond de mon empire
Où ton cœur reste et m'obéit.

« Je veux qu'il porte une autre chaîne » (1).
Tandis que je plaignais sa peine,
Comme une ombre il s'évanouit.

(1) Dante fut un moment distrait de son amour pour Béatrice. Il donne ici son excuse.

ÉLOGE DE BÉATRICE

Donne ch' avete intelletto d'amore (1)

O Dames ! qui d'Amour avez intelligence
De ma Dame avec vous je veux m'entretenir,
Et bien que la louer dépasse ma science,
J'ai trop de flamme en moi pour pouvoir m'abstenir.
Sachez donc que souvent, pensant à son mérite,
L'Amour si doucement fait palpiter mon cœur
Que si j'osais parler tout haut, comme il m'invite,
Le monde en concevrait une étonnante ardeur.
Tout en elle est rempli de perfections telles
Que j'ai peur de mal dire, et demeure muet,
Laissez-moi donc parler, Dames et Demoiselles,
D'une façon très simple et modestement d'elles,
Car pour de tels discours il sied d'être discret.

L'Ange à l'Esprit divin dit : « Il existe au monde
« Un objet de splendeur et de vertus orné ;
« Ses gestes ont le charme et la grâce profonde
« De son âme, et le ciel en est illuminé !
« Le Firmament épris se plaint de son absence ;
« Et, transportés d'amour, tous les groupes des Saints

(1) C'est la chanson dont est loué Dante par les âmes qui l'accueillent au Purgatoire (*Purg.*, 24, 51).

« L'implorent du Seigneur, en priant sa clémence.
« Seule, la Piété plaide pour les humains.
« Dieu leur répond alors, en désignant ma Dame :
— « O Bien-Aimés, souffrez que celle dont s'enflamme
« Votre espoir, reste encore, au gré de mes desseins,
« Près de celui qui sait qu'il doit perdre sa Dame,
« Et qui dira plus tard aux Enfers : « J'ai pu voir,
« O Damnés, celle en qui les Saints ont leur espoir ! »

Dans les palais du Ciel ma Dame est désirée.
Or, pour que sa vertu ne vous échappe pas.
Je dis : « Qui veut, comme elle, en Dame être honorée,
Doit se tenir comme elle et bien suivre ses pas. »
Amour est avec elle, et quand ma Dame passe,
Parmi les cœurs vilains il jette un froid de glace,
Et tel que leur pensée à ce froid doit périr.
Celui qui peut la voir doit ressentir sa grâce
Et devenir meilleur, ou s'attendre à mourir.
Le salut qu'elle donne efface toute offense,
Rend le cœur humble et doux, fait le pardon venir.
Et Dieu, son créateur, nous donne l'assurance
Que, si quelqu'un lui parle, il ne peut mal finir.

Amour dit de ma Dame : « Est-il chose mortelle
Où brille tant de grâce et tant de pureté? »
Il se plaît à la voir, et, dans sa fleur nouvelle,
Il admire un reflet de la Divinité.
La couleur de la perle est le modeste emblème
Où ma Dame se plaît, et rien dessous les cieux

N'existe d'aussi beau dans la nature même.
Elle sert de modèle à la Beauté suprême ;
On voit d'elle jaillir, quand elle ouvre les yeux,
Mille légers esprits, que l'Amour a fait naître,
Et qui frappant du choc, à leur tour, d'autres yeux,
Vont enflammer les cœurs où leur essaim pénètre.
Ainsi l'Amour est peint lui-même dans ses traits
Et sans être ébloui nul ne la voit de près.

O chanson ! je sais bien que, maintenant, rapide
Vers les Dames tu vas voler avec tes chants,
Tout jeune est ton aspect, ton maintien est timide,
O fillette d'Amour, aux yeux purs et touchants,
A ces Dames alors adresse ta prière :
« Dames, guidez mes pas : je viens ici chercher
« Celle de qui le los fait ma grâce légère »,
Et pour qu'il ne soit rien qu'on t'ait à reprocher
Prends soin de t'écarter d'une foule grossière
Cherche Dames de bien, Gentishommes courtois
Qui sauront t'enseigner la route la plus belle.
Ainsi tu pourras voir Amour debout près d'elle,
Et me recommander à lui, comme tu dois.

LE SALUT

Negli occhi porta la mia Donna amore

Ma Dame en ses yeux porte Amour jeune et vainqueur
Celui qui la regarde en a l'âme ennoblie
Et, lorsque de respect elle passe accueillie
Le salut qu'elle rend fait palpiter le cœur.

Alors, la tête basse, on sent avec douleur
Ce qui fait tache en nous. Devant elle on oublie
Colère et vains transports de l'âme enorgueillie.
Dames ! inspirez-moi pour mieux lui rendre honneur.

Tout ce qui peut germer de tendre et de modeste
Semble s'épanouir à cette voix céleste ;
Toujours sera loué qui, le premier, la vit (1) !

Et, pour peu qu'un instant elle accorde un sourire,
Le charme en est si pur qu'on ne saurait le dire,
Et l'on est comme ceux qu'un miracle ravit.

(1) Dante lui-même.

VISION

Donna pietosa e di novella etade

Une Dame de fraîche et riante jeunesse (1),
Belle de tous les dons de l'humaine beauté,
Se tenait au lieu même, où navré de tristesse
J'ai tant prié la Mort. Prise de piété
En découvrant mes pleurs, mes vains cris de détresse,
Elle pleura du rêve ou j'étais emporté.
D'autres Dames alors, venant de son côté
Et voyant que j'étais la cause de sa peine,
La firent s'éloigner, puis s'approchant de moi
L'une me disait : « Romps le sommeil qui t'enchaîne !»
Et l'autre : « D'où te vient tant de trouble et d'effroi?»
Alors se dissipa mon illusion vaine,
Et j'appelai la Dame en qui j'ai mis ma foi.

Dans cet appel, ma voix était si désolée
L'angoisse et les sanglots l'étouffaient tellement,

(1) Sainte-Beuve a en partie traduit, en partie imité cette pièce dans les *Consolations* (nº 18 : A mon ami Antonin Deschamps).
Toutefois, ce poème qu'il admire, il l'a singulièrement laïcisé en le transformant en une conversation de malade :

> « Une jeune parente assise à mon chevet,
> Ignorant que c'était mon esprit qui rêvait,
> S'expliqua mes regrets par ma douleur croissante...
> Et se mit à pleurer bonne et compatissante.
> D'autres Dames alors, assises plus au fond...

Qu'en mon cœur seul parvint le nom de l'appelée,
Amour me fit alors, malgré tout le tourment
Que m'imposait la honte en mon front révélée,
Vers les Dames jeter un regard humblement ;
Mais ma figure était si pâle et si voilée
Qu'on eût cru voir un mort. « Il faut le secourir ! »
Dit l'une et l'autre Dame en un pieux langage.
« Qu'as-tu vu dans ton rêve? et ton ancien courage »
Firent-elles encor, « va-t-il s'évanouir ! »
Enfin, lorsque sur moi j'eus repris plus d'empire,
Je leur dis : « Écoutez ce que je vais vous dire ! »

Un jour que je songeais à la frêle limite
Où tient ma vie, au peu qu'il lui reste à courir,
Triste, l'Amour pleura dans mon cœur qu'il habite :
Et moi-même rempli de peine, en un soupir
J'allais me répétant cette plainte cruelle :
« Pour ma Dame viendra l'heure aussi de mourir ! »
L'idée en moi causait une oppression telle
Que mes yeux se fermaient, sur le point de faillir.
Tous mes esprits étaient secoués d'un orage
Qui roulait au hasard leur essaim agité ;
Et le sens du réel m'avait presque quitté.
Alors devant mes yeux parut une autre image :
Plusieurs femmes en deuil vers moi semblaient courir,
Et disaient : « Tu mourras! tu dois aussi mourir ! »

Puis, dans le tourbillon où sombrait ma pensée,
Je vis un défilé de fantômes sans fin.

J'étais je ne sais où. La face convulsée
Et les cheveux épars, couraient sur un chemin
Des Dames qui pleuraient. D'autres, la voix brisée
Dardaient comme des traits de flamme leur chagrin.
La clarté du Soleil était décomposée.
Languissante, l'Étoile en pleurs se déversait ;
En plein vol, les oiseaux tombaient, l'aile épuisée.
Le sol grondait. Livide, un spectre apparaissait,
Et criait : « Que fais-tu ? Sais-tu pas la nouvelle ?
« Elle est morte, ta Dame, elle qui fut si belle ! »

A ces mots, je levai mes yeux baignés de pleurs.
Ainsi que des flocons de neige lumineuse.
Des anges blancs, groupés, montaient vers les hauteurs.
Une nuée allait devant eux, radieuse,
Et c'était : « Hosanna ! » que répétaient les chœurs !
Et si quelque autre voix d'en haut me fût venue
Je ne le tairais point. — Alors, l'Amour me dit :
« Je veux que toute chose ici te soit connue,
« Viens auprès de ta Dame, et vois comme elle gît ! »
La même illusion alors me conduisit.
Vers la place où ma Dame était morte et glacée.
Là, des Dames l'avaient sous un voile placée,
Et tant d'humilité se lisait en ses traits,
Qu'elle semblait vous dire : « Allez ! je suis en paix ! »

Cet air humble et soumis qui paraissait en elle
Me fit humble à mon tour, et de même pâleur.
Et je disais : « O mort ! Tu n'es pas si cruelle !

« Je ne découvre en toi que noblesse et douceur,
« Depuis que tu touchas à ma Dame si belle ;
« Et l'on doit t'accorder plus d'amour que d'horreur !
« Vois ! mon désir est tel d'être sous ta puissance.
« Que déjà sur mon teint je porte ta pâleur.
« Viens ! près de toi mon cœur impatient s'élance ! »
Lorsque j'eus de la sorte exhalé ma douleur
Je me vis seul : l'image était évanouie,
Je regardais du ciel la voûte épanouïe,
Et disais : « O belle âme ! heureux qui peut te voir ! »
Votre appel vint alors : grâces j'en dois avoir !

———

EFFET PRODUIT PAR LA VUE DE BÉATRICE

Tanto gentile e tanto onesta pare

Si décent est l'aspect, si noble est le maintien
De ma Dame, au moment où son geste salue,
Que, près d'elle, la voix hésite irrésolue,
Et que l'œil n'ose pas s'élever vers le sien.

Elle qui sent l'éloge et ne l'accepte en rien,
S'éloigne, de pudeur et de grâce vêtue :
Comme un être divin, une merveille élue
Parmi les saints trésors dont le ciel est gardien.

Aussi, quand on la voit si plaisante et si belle,
Des yeux jusques au cœur passe une douceur telle
Que nul ne m'entendra s'il n'a pu l'admirer.

Et le souffle léger que sa lèvre soupire
Est suave et plein d'amour, si bien qu'il semble dire
A l'âme en s'exhalant : « Venez me respirer ! » (1)

PREMIER SONNET DE LA DAME COMPATISSANTE

Videro li occhi miei quanta pietate

Dans la profondeur de vos yeux (2)
Brillait une sainte tendresse
Quand sur mon deuil et ma tristesse
Descendît leur regard pieux.

(1) V. Bossuet, *Sermon sur l'honneur du monde* (sermon de jeunesse, édition Gandar).

« Il y a... une certaine intégrité de l'âme qui peut être violée par
les louanges (p. 222).

Ne croyez pas que ce soit assez de ne pas rechercher les louanges ;
... le chrétien... ne doit pas le recevoir (l'honneur), quand on le lui
offre (p. 229).

Vaine gloire, tu veux me donner les yeux des hommes, mais c'est
pour m'ôter des yeux de Dieu... (p. 230).

(2) Béatrice était morte en 1290. On prétend que la dame désignée
dans ce sonnet et dans les trois suivants est Gemma Donati, qui
habitait la maison adossée à celle des Alighieri, et qu'il épousa en
1292.

Et moi dont l'obscure détresse
Trahissait l'état douloureux,
Je voulais cacher devant eux
Tant de honte et tant de faiblesse.

Sentant mon cœur prêt à faillir
Pour garder mes pleurs de jaillir,
Je m'écartai de vous, Madame.

Et je me répétais dans l'âme :
« Tel fut l'amour, telle la dame
Qui fut ma vie et mon soupir ! »

DEUXIÈME SONNET

Color d'amore e di pietà sembiante

Les couleurs de l'amour, la compassion tendre,
Sur les traits d'une femme, en passant, n'ont jamais
Pris un aspect si doux, quand elle croit entendre
La plainte d'un amant, ou voit ses yeux défaits,

Que n'eut la piété qui me parut s'étendre,
Devant mon front en deuil, sur vos yeux inquiets —
Et quand j'y réfléchis, et que je crois comprendre,
Peu s'en faut que mon cœur n'éclate en longs regrets.

Mes regards douloureux, blessés par la lumière,
S'attachent à vos yeux sans pouvoir s'en distraire,
Quelque soit le désir qui les porte à pleurer.

Et vous, à ce désir vous donnez tant de charme
Qu'en un torrent de pleurs je voudrais expirer,
Mais je ne trouve plus, auprès de vous, de larme.

TROISIÈME SONNET

L'amaro lagrimar, che voi faceste.

Vous avez fait, par vos larmes amères
Et le long temps de votre désespoir,
A votre aspect, ô mes yeux, s'émouvoir
Même le deuil de pitiés étrangères.

Mais aujourd'hui l'oubli sur vos paupières
A votre insu déploirait son pouvoir
Si mon esprit ne vous faisait revoir
Celle qui tant vous fit pleurer naguères.

J'ai grand pitié de votre vanité,
Et j'en prends peur, car sur vous arrêté
Le clair regard d'une Dame vous mire.

La Mort qui sut votre Dame entraîner,
Doit à l'oubli, seule, vous amener.
Ainsi mon cœur parle, et puis il soupire.

QUATRIÈME SONNET

Gentil pensiero che parla di vui

Une douce pensée et de noblesse exquise
Souvent m'aborde, et vient de vous m'entretenir,
Et dans ses dits d'Amour tant de grâce est comprise
Qu'à ce charme mon cœur se laisse retenir.

L'âme alors dit au cœur : « Quelle est cette surprise !
Ne gardez-vous donc plus le deuil du souvenir !
Cette jeune pensée a-t-elle tant d'emprise
Que nulle autre à côté n'ose se maintenir? »

Mon cœur répond à l'âme : « Hélas ! âme pensive,
D'un nouveau souffle Amour m'entraîne et me captive;
Il me fait incliner au gré de son désir.

« Et sa force vivace et son ardeur si belle,
Il l'a puisée aux yeux compatissants de celle
Qu'auprès de ma douleur tant d'émoi vint saisir ! »

MORT DE BÉATRICE

Deh! peregrini che pensosi andate

Ah! pèlerins, dont l'esprit inconstant
S'en va peut-être à quelque chose absente,
Etes-vous donc d'un pays bien distant
Pour demeurer la mine indifférente?

Pourquoi de pleurs n'est votre œil s'attristant
Quand vous marchez par la cité dolente,
Comme quelqu'un qui se hâte, et n'entend
De quel malheur la foule se lamente.

Arrêtez-vous, et restez pour l'ouïr?
Et je sais bien, au sanglot qui m'oppresse,
Que sans pleurer vous ne pourrez partir.

La cité perd Béatrix sa maîtresse?
Et nul ne peut raconter sa détresse
Sans voir chacun à son deuil compatir.

———

Italie et Espagne.   4

LE SOUPIR

Oltre la spera che piu larga gira

Lorsque loin de la sphère où tout se meut, aspire
Et monte le Soupir exhalé de mon cœur,
Le sens nouveau, qu'amour lui donna dans un pleur,
Vers un plus haut degré le conduit et l'attire.

Bientôt quand il parvient à ce point qu'il désire,
Il rencontre une Dame à qui tout fait honneur,
Et qu'entoure une gloire avec tant de splendeur
Que le nouveau venu s'en étonne et l'admire.

Si noble est cet aspect, que lorsqu'à son retour
Je veux l'interroger et cherche à le comprendre,
Le récit trop subtil se laisse mal entendre.

Je devine pourtant, Dames ! Reines d'amour !
Que c'est bien là l'objet qu'il faut que je chérisse,
Et que ma vision m'a montré Béatrice !

CRITIQUE DE CECCO ANGIOLIERI

Dante Alighier, Cecco, il tu' serv' amico.

O Dante Alighieri, Cecco, ton serviteur
A toi, comme son maître, adresse ses prières,
Il prie aussi l'Amour, ce Dieu que tu révères
Et que depuis longtemps tu choisis pour Seigneur.

Daigne donc m'excuser, sans prendre en défaveur
L'objection comprise en ces mots téméraires !
Comment expliques-tu les deux sens si contraires
Que ton sonnet contient, si je ne fais erreur?

Tu nous dis, en effet, que tu « ne peux comprendre
« Un récit trop subtil qui ne se laisse entendre ».
Ainsi parle celui qui vit ta Dame au ciel.

Tu devines pourtant, quand tu parles « aux Dames »,
« Qu'il s'agit de l'objet » où s'adressent tes flammes,
C'est mettre un double sens au point essentiel.

PRIÈRE DES BIENHEUREUX

(PURGATOIRE, III)

O Padre nostro, che ne cieli stai...

O Père dont les Cieux attestent la présence,
Qui, sans t'y confiner, te plais auprès de ceux
Qu'en son élan premier a créés ta puissance,
Que béni soit ton nom sur terre et dans tous lieux !
Souffle vivifiant, que toute créature
T'adresse, comme il sied, son hommage pieux !
Fais que ton règne arrive ; imprime la droiture
Et la paix dans nos cœurs, puisque sans ta bonté
Notre âme resterait impuissante et peu sûre.
Comme les Séraphins mettent leur liberté
A tes pieds, en chantant un Hosannah fidèle !
Que l'homme te consacre aussi sa volonté !
Donne-nous aujourd'hui ta manne, sans laquelle
Plus on cherche à sortir de l'horreur du désert,
Plus on marche à rebours, et loin du but rebelle.
Comme nous pardonnons le mal déjà souffert,
Accorde ton pardon ! Que ta grâce puissante
Ne se mesure pas à des compas de fer !
Assiste la vertu fragile et chancelante
Aux épreuves que tend l'adversaire infernal !
Délivre-la, Seigneur ! de celui qui la tente !

Et pardonne ce vœu ! Notre amour filial
Sait bien que tu nous as sauvés de la tourmente,
Mais nous prions pour ceux qu'assiège encor le Mal (1) !

(1) Quel contraste avec le cri égoïste de LUCRÈCE ! *Suave mari magno.* « Il est doux de contempler les maux dont on est exempt. »

Bossuet écrit de même (Sermon sur la bonté et la rigueur de Dieu, édit. Gandar, p. 22, 25).

« Dieu et la nature ont inséré dans nos âmes je ne sais quel sentiment qui ne nous permet pas de voir souffrir nos semblables sans y prendre part, à moins que de n'être plus hommes. »

« ...On voit ceux qui sont dans le port plaindre souvent les autres qu'ils voient agités sur la mer d'une furieuse tourmente. »

PÉTRARQUE

1304-1374

Léopardi eut le projet d'écrire la vie de Pétrarque : « Il me semble, dit-il, que la vigueur de la pensée, la vivacité et le naturel des sentiments apparaîtraient avec une vigueur qui ne leur pas encore été reconnue. Cette histoire est écrite dans les Rimes, mais personne ne l'a comprise et sentie comme je voudrais..., et il n'y faudrait d'autre science que celle des passions, de l'amour et de la vie ».

L'idée est charmante, mais le poète eut-il épuisé le sujet?

Comme le sourire de la Joconde, le roman de Pétrarque est une énigme qui traversera les siècles. Qu'y a-t-il eu de vrai ou de fictif sous l'élégance fleurie des rimes et dans la légère envolée des Canzones? D'où vient l'amertume profonde et le deuil des derniers sonnets? Amour de tête? Amour de cœur? Jeu de paroles? Fantaisie d'un jour? Plaie de littérateur ou mal inguérissable et mystique? Il y a de tout dans l'œuvre exquise.

> Il aimait en poète et chantait en amant?
> Lui seul eut le secret de saisir au passage
> Les battements du cœur qui durent un moment...
>   (ALFRED DE MUSSET.)

Pour nous, il nous semble bien reconnaître dans le développement naturel de ses Rimes, une passion qui éclate, une âme qui se transforme et s'agrandit.

La vie de Pétrarque est une vie intime. Cependant il a touché à la politique qui a aussi agi sur lui ; il fut le prince des lettres de son temps, et il s'est trouvé en relation constante avec des papes, des rois et des grands seigneurs ; il faut donc parler de son existence extérieure et de son époque.

Fils d'un père exilé qui était secrétaire du Conseil des prieurs (*Cancelliere delle Reformazioni*), ami de Dante et ardent Gibelin, il naît à Arezzo, dans une maison de la rue dell' Orto. Il passe ensuite en France avec les siens, y fait ses études dans un milieu élégant et dissipé, puis, craignant les bourrasques du monde, il se réfugie dans la sécurité de la carrière ecclésiastique (1325), tandis que son frère entre dans un monastère de Provence.

Sa rencontre avec Laure dans l'église Sainte-Claire d'Avignon date du 6 avril 1327. Qui fut cette dame ? on a cherché longtemps sans parvenir à le savoir, il semble que la question soit éclaircie aujourd'hui (1). Réduit à n'adresser que des hommages et des soupirs, Pétrarque voyagea d'abord, et en 1337 se fixa à Vaucluse, dans le paysage pittoresque des sources de la Sorgue. Il y resta jusqu'à l'année 1453. Laure était morte ; il s'établit successivement en plusieurs endroits d'Italie. Il circule avec un certain apparat, des mules qui portent sa bibliothèque, et il se rend à Mantoue, à Naples, à Venise, chez les grands qui le recherchent ; à Rome où il jouit en 1341 des honneurs du triomphe. Il meurt enfin à Arqua en 1374, le front penché sur ses manuscrits qu'il a légués à Venise, de préférence à la ville paternelle. Poète élégant à l'esprit inquiet et mobile, il est aussi le modèle de l'humaniste raffiné, un vrai précurseur de la Renaissance.

(1) D'après les dernières recherches de M. F. Flamini, Laure serait née sur les bords de la Durance, dans le castel de Caumont, et appartiendrait à la famille puissante des Sabran, seigneurs de Châteauneuf et de Caumont (*Journal des Débats*, 9 septembre 1910).

Pouvait-il faire plus ? La situation politique était singulièrement assombrie. L'audacieux attentat d'Anagni (1303) avait frappé de stupeur la papauté et le monde. Rome était divisée entre les factions des Colonna, protecteurs de Pétrarque, et des Orsini ; le pape français Clément V s'était établi à Avignon (1309), peut-être à la suite d'un traité secret avec Philippe le Bel. Mais en quittant l'Italie, la papauté en abandonnait la direction politique. Le parti guelfe fléchissait ; le schisme des anti-papes s'installait à Rome; et l'Allemagne, toujours à l'affût, envoyait, par les Alpes du Tyrol, ses souverains batailleurs et avides. Henri VII, Louis de Bavière, Jean de Bohême et Charles, son fils, luttent contre les princes d'Anjou et les capitaines que leur opposent Florence et les villes alliées. Pendant ce temps les tyrans s'établissent dans les anciennes républiques, les Visconti à Milan, Castruccio à Lucque, les Este à Mantoue, les Scaliger, les Carrare, les Malatesta, les Polénta dans la vallée du Pô.

C'est une période de troubles et de sang. La Cour de Naples, si accueillante à Pétrarque et à Boccace, est souillée par le meurtre d'André d'Anjou tué par sa femme, la reine Jeanne (1343) ; à Florence, le renvoi du duc d'Athènes est le signal de scènes atroces; à Pise, les Gambacorti sont massacrés; à Faenza, à Forli, cinq mille personnes périssent (1377). Les bandes de mercenaires rançonnent outrageusement le pays. Les villes sont l'objet de trafics honteux. Lucques est vendue à Florence pour 250.000 florins d'or ; rétrocédée à Pise pour 100.000 (1342).

Louis de Bavière, fantoche sinistre flétri par Pétrarque, extorque à Milan 200.000 florins en 1316 et 30.000 à Viterbe ; il fait partout payer son arrivée et son départ.

Les misères de l'Italie n'ont pas trouvé Pétrarque insensible. Avec cette illuminée extraordinaire, Catherine de Sienne, il fait partie de l'ambassade qui se rend à Avi-

gnon, pour supplier le pape de faire la paix avec Florence
et de revenir à Rome (1376). Plusieurs sonnets conservent
la trace d'une colère généreuse ; et deux canzones crient,
l'une la douleur du poète devant les maux de l'Italie,
l'autre ses espérances suscitées par la gloire éphémère
de Cola di Rienzo.

SONNETS DU GANT

N° 1

O bella man, che mi distringi l'cor

O main, charmante main qui m'as ravi mon cœur !
Qui dans un temps si court as dérobé ma vie !
La nature et le ciel ont mis tout leur honneur
A former ta beauté, main que j'aime et j'envie !

Les perles d'Orient vous prêtent leur couleur,
Doigts qui n'êtes cruels qu'à mon âme asservie,
Beaux doigts qu'un seul moment l'amour m'a donné l'heur
D'offrir nus à mes yeux, chance trop tôt ravie !

Gant clair, doux et léger, gant fait pour recouvrir
Le poli de l'ivoire et la rose naissante !
Fût-il jamais au ciel dépouille plus charmante !

Du voile délicat que ne puis-je quérir

Une faveur pareille ! O fortune inconstante !
Hélas ! il faut te rendre, ô larcin qui me tente !

Nᵒ 2

Non pur quell'una bella ignuda mano

Ce n'est pas seulement cette belle main nue
Que, jaloux de ma joie, un gant vient de couvrir,
C'est l'autre, et les deux bras alertes à courir
Dont mes sens enivrés supportent mal la vue.

La trame de l'amour est partout répandue
Sur ce corps pur et fier qu'il se plaît d'embellir :
Le ciel à le former a pris tant de plaisir
Qu'à le peindre des mots la peine est superflue !

Grands yeux pleins de repos, cils brillants, étoilés (1),
Belle bouche angélique, où se pressent les roses,
Les perles, les doux mots et les plus tendres choses !

Les cœurs à votre aspect sont ravis et troublés,
Et, près de ce beau front, de ces cheveux bouclés,
Les soleils de midi, dans l'été, sont moroses !

(1) A la bibliothèque Laurentienne, le portrait de Laure, d'une authenticité discutée, nous conserve cependant le caractère d'une physionomie très douce, avec des cils longs et soyeux.

Nº 3

Mia ventura ed amor m'avean si adorno

J'avais, favorisé par la chance et l'amour,
Gagné ce cher objet tissu d'or et de soie,
Et, pensant à la main dont il fit le contour,
J'y mettais mon bonheur et ma suprême joie.

Jamais le jour fatal qui m'offrit cette proie
Et me fit riche et pauvre en un moment si court,
Ne me vient à l'esprit sans que je ne me voie
Plein d'amour, de regrets, de honte, tour à tour.

Pourquoi plus hardiment n'ai-je pas su défendre
Ce noble et doux trésor, quand un ange adoré,
Malgré ma volonté, m'obligea de le rendre ?

Que n'ai-je pris la fuite, après m'être emparé
Des talonnières d'or, vengeance sûre et tendre (1)
De la main qui m'a fait tant de larmes répandre ?

(1) Les talonnières donnaient à Mercure son vol rapide.

EXTASE

Levommi il mio pensier in parte ov'era

Je planais en esprit aux plages de lumière,
Séjour de qui je cherche et ne retrouve plus,
Et dans le cercle saint, étincelant d'élus,
Je la revis plus belle en sa grâce première.

Elle me prit la main, et dit : « Voici la sphère
« Où vers moi tu viendras, fidèle, aux temps voulus ;
« Je suis celle qui t'ai fait tant la guerre, et dus
« Quitter avant le soir ma tâche coutumière.

« Le bien dont je jouis passe le sens humain,
« Je n'attends que toi seul, et, ce qu'a pris la terre
« Le beau voile mortel qui te plut tant naguère » (1).

D'où vint qu'elle se tut et retira sa main !
Peut-être bien, ravi par une voix si tendre
Serais-je demeuré dans le ciel, à l'entendre !

(1) Le corps est le voile de l'âme, et lui est rendu transfiguré après
la résurrection.

NÉANT DE LA VIE

La vita fugge e non s'arresta un ora.

La vie éperdument nous fuit, rien ne l'arrête (1),
Et la mort, qui chevauche après, va survenir.
Tout accable à la fois ma pensée inquiète
Le passé, le présent, la peur de l'avenir !

Je trouve à chaque terme où mon esprit se jette
L'angoisse de l'attente ou bien du souvenir,
Et seule de mon âme une pitié secrète
Me laisse en ces liens douloureux retenir (2).

Tout ce qui m'a, jadis, causé de l'allégresse
Pèse à mon triste cœur, et s'y tourne en détresse ;
Ma barque sur la mer est le jouet du vent.

Et vers le dernier port ma fortune qui flotte
S'en va, les mâts brisés, sans rames, sans pilote.
Car les beaux yeux sont clos qui me servaient d'aimant.

(1) Quelque terme où nous pensions nous attacher et nous affermir,
il branle et nous quitte, et, si nous le suivons, il échappe à nos prises,
nous glisse et fuit d'une fuite éternelle. Rien ne s'arrête pour nous.
(PASCAL. *Pensées*, édit. Havet, p. 6.)
(2) Pétrarque parle des idées de suicide qu'il a repoussées.

REPENTIR

Tennemi Amor anni venluno ardendo...

Pendant vingt et un ans l'Amour m'a fait sentir
En ma flamme la joie, en mon deuil l'espérance,
Hélas ! depuis dix ans qu'il lui plut de ravir
Et ma Dame et mon cœur, il cause ma souffrance?

Maintenant je suis las ! et plein de repentir
Pour les dons gaspillés, pour tant de négligence,
Je veux pieusement m'incliner et t'offrir
Ce qui me reste à vivre, ô Dieu plein de clémence !

J'ai remords des loisirs dissipés follement,
De ces beaux jours qu'en paix et libre de tourment
Je devais employer pour une œuvre meilleure :

O Dieu ! qui m'enchaînas dans ce cachot mortel,
Sauve-moi de l'abîme et du gouffre éternel !
Vois ! je ne cherche point d'excuse, mais je pleure !

AUX GRANDS D'ITALIE

Italia mia, ben che il parlar sia indarno.

Belle Italie, ô ma patrie !
Hélas ! que peut ma faible voix
Aux blessures qui t'ont meurtrie !
Ton corps partout saigne à la fois !
Du moins que mes chants de tristesse
Soient tels que le Tibre et l'Arno
Et l'onde fuyante du Pô
Daignent répondre à mon sanglot !
O Seigneur, roi du Ciel, toi qu'amena sur terre
Ta compatissante bonté
Sur ce noble pays, tes délices naguère,
Jette un regard de piété !
Vois quelle faible cause y déchaîne la guerre !
Les cœurs se figent endurcis
Sous les lois de Mars sanguinaire,
Ah ! des esprits plus adoucis
Détends et calme la colère !
Fais descendre ta vérité,
Et qu'un rayon de ta lumière
Sur ma lèvre soit reflété !

Et vous, ô races souveraines
Qui du pays tenez les rênes,

N'aurez-vous pas pitié de lui?
Que font ici ces glaives mercenaires ?
Pourquoi notre sol aujourd'hui
Est-il rouge du sang de troupes étrangères ?
Ah ! quel aveuglement fatal !
Est-il rien de vrai qui se fonde
Sur les serments d'un cœur vénal !
Plus vous entretenez de monde
Plus vous nourrissez d'ennemis !
Avalanches ! Torrents d'orages !
Du fond de quels déserts sauvages
Fondez-vous sur ce doux pays ?
Hélas ! si, les premiers, nous rompons les barrières,
Qui dégagera nos frontières
Et nos champs par l'onde envahis ?

Prévoyante était la nature
Qui pour vous garder des Teutons
En infranchissable clôture
Des Alpes dressa les frontons.
Mais notre aveuglement et le désir rapace
Nous cachent notre bien et trompent ses efforts,
Et le mal corrompt notre race
Comme la gale ronge un corps.
On fait vivre en la même cage
L'animal familier et l'être de carnage ;
Abominable voisinage
Où le meilleur souffre le plus !
O douleur, ô honte suprême !

Ce peuple barbare est le même
Dont perça le flanc Marius !
L'histoire en est encore neuve,
Des soldats qui buvaient au fleuve
Plus de sang ennemi que d'eau (1) !

Et César, au tranchant du glaive,
N'a-t-il pas par mont, plaine ou grève,
Empourpré de leur sang la sève
Des herbes, et l'eau du ruisseau ?
Aujourd'hui les astres contraires
Nous montrent un front irrité !
Princes ! vous n'êtes plus nos abris tutélaires,
Et vos factions arbitraires
Déchirent un sol de beauté !
Croyez-vous poursuivre un coupable
Sur l'ordre d'un sort implacable,
D'un jugement du Dieu vengeur ?
Non ! vous frappez un misérable,
Vous profitez de son malheur !
Et celui qu'il faut satisfaire
C'est l'étranger qui, sans pudeur,
Se met, âme et sang, à l'enchère !
Si je vous parle ainsi, c'est pour la vérité
Sans mépris ni malignité.

Avez-vous si peu de mémoire
Que de ne plus vous souvenir

(1) Souvenir d'un passage de *Florus* (*Epitome*) cité par Marc Monnier (*Renaissance*).

Italie et Espagne.   5

Que le Bavarois (1) se fait gloire
De promettre et ne pas tenir.
Il brave, ainsi qu'un belluaire
Dont le doigt raille l'adversaire,
Un trépas qu'il sait prévenir !
Le mal est moindre que l'outrage ;
Du pur sang de vos fils vos champs sont détrempés,
Qu'attendez-vous pour tourner votre rage
Contre ceux qui vous ont frappés ?
Mesurez mieux votre avantage !
Celui, qui met sa vie en gage
Offre-t-il une sûreté?
Noble sang des races latines,
Défais-toi d'un joug détesté !
L'idole sous qui tu t'inclines
N'est qu'un simulacre en ruines
Un spectre sans réalité.
Et si tu subis l'arrogance
D'un peuple sans intelligence,
Accuses-en ton imprudence
Bien plutôt qu'un astre irrité.

Sol chéri ! n'es-tu pas la terre
Où mon pied d'enfant s'essayait ?
Le nid qui se prêtait naguère
L'abri moelleux de son duvet ?
N'es-tu pas la patrie où je suis tout moi-même?

(1) Louis de Bavière. Voy. la notice.

La mère dont le sein pieux
Garde mes deux parents dans le repos suprême ?
   Princes ! ouvrez votre cœur et vos yeux !
Voyez pleurer ce peuple, écoutez sa souffrance.
Vous êtes, après Dieu, son unique espérance,
   Soyez miséricordieux !
   Alors renaîtra le courage,
   La vertu défiera la rage,
   Et le combat durera peu,
   Car aux âmes italiennes
   La vertu des races anciennes
   N'a pas encore éteint son feu !

Princes ! voyez le temps se perdre dans l'espace !
   Voyez la vie en un moment s'enfuir,
Et le spectre de Mort souffler sur votre trace !
Plaisante est la demeure, il faut pourtant partir !
   Votre âme nue et solitaire
   Passera le triste chemin ;
   Quittez en ce val de misère
   Toute la haine et le dédain
   Dont le souffle âpre et délétère
   Vous bannirait du ciel serein !
   Si vous usiez de vos journées
   Pour mal penser, pour mal agir,
   Faites servir vos destinées
   Aux fins d'un plus noble avenir.
   Cherchez quelque noble entreprise
   Où votre talent s'utilise,

D'où la main, l'esprit tire honneur !
Votre vie en sera plus belle,
Et votre âme, d'un beau coup d'aile,
Montera mieux vers le Seigneur !

Chanson ! suis ta course pieuse,
Présente-toi d'un air discret,
Il est plus d'une âme orgueilleuse
Qui prend pour loi ce qui lui plaît,
Plus d'une volonté hautaine,
Forte d'une coutume vaine,
Qui méprise, et qui hait le vrai !
Avise, pour tenter fortune,
Des cœurs généreux et bien faits ;
La race n'en est pas commune ;
Dis : « Écoutez-moi sans rancune,
« Je vais criant : « La paix, la paix ! » (1)

(1) « Un jour, Jean-Marie Galeas Visconti (1362), rentrant à Milan
après une émeute, trouve deux ou trois cents vieillards entassés
sous le porche de Saint-Étienne, qui le voyant se mettent à crier :
« La paix ! la paix ! ». Ces mots... parurent au tyran un dernier
accent de liberté. Il précipite sa troupe sur les enfants et les vieillards qui sont massacrés jusqu'au dernier. A la suite de ce fait, un
édit... défendit sous peine de corde de prononcer le mot de Paix et
de Guerre. Dans la liturgie, au lieu de *pacem*, on met partout le mot
tranquillitatem... (Lefèvre Saint-Ogaro, *De Dante à l'Arétin*. Quen-
tin, 1889).

Poésies du XIVᵉ et XVᵉ siècle

BOCCACE

1313-1375

A PÉTRARQUE.

Or sei salito, caro signor mio...

Ainsi, mon doux Seigneur, vous êtes à présent
Parvenu dans le ciel aux plaines fortunées
Où les âmes des saints, troupes prédestinées,
S'élancent hors des nœuds d'un monde malfaisant.

Vous êtes près de Laure, où, d'un vol incessant,
Montaient de vos désirs les ailes entraînées,
Près de Fiammetta, mes amours moissonnées,
Qui baisse devant Dieu son beau front rougissant (1)

ans la paix éternelle où vos âmes se tiennent,
nnuccio, Cino, Dante avec vous s'entretiennent
Des mystères nouveaux dévoilés à vos yeux.

Ah ! si jamais ici mon cœur vous fut fidèle,
Prêtez-moi votre main, et guidez-moi vers celle
Pour qui l'amour jadis m'a brûlé de ses feux !

(1) Fiammetta est le nom conventionnel de la grande dame de la
Cour de Naples, peut-être Maria d'Acquino, à qui Boccace s'était
attaché, et pour qui il composa la plupart de ses œuvres. Il n'y a pas
d'ailleurs, paraît-il, de renseignements précis sur ce sujet à tirer du
roman psychologique de la *Fiammetta.*

LIVIA DEL CHIAVELLO

1410

Veggio di sangue uman tutte le strade

Par toute l'Italie, au travers de nos rues,
Coule le sang humain. Les cieux épouvantés
Voient Mars entrechoquer les dards, les lances nues,
Les villes sont en flamme et les champs dévastés.

Tremblantes, n'espérant plus d'être secourues,
Astrée et ses sœurs même ont quitté nos cités ;
L'honneur et les vertus antiques disparues
Suivent dans leur exil les chastes Déités.

O cœurs Italiens ! si d'une amour sincère
Vous brûlez pour la gloire, allez sus au repaire
Où l'ennemi du Christ abrite ses forfaits !

Contre vos passions boutez votre courage !
Celui qui de la Croix daigna subir l'outrage,
N'est pas un Dieu de guerre, il est un Dieu de paix !

———

CHANSON ROMAINE

La prima volta che m'innamorai
Piantai lo dolce persico alla vigna

Quand me vint l'amour printanière,
Je mis dans la vigne un pêcher.
« Beau plant d'amour, dis-je, prospère ;
S'il languit, puisses-tu sécher ! »

L'an fini, je revins naguère ;
Je vis flétri le beau pêcher.
Je m'écriai, pleurante, à terre :
« O mon amour ! dois-tu sécher !

« Arbre chéri, qui m'as vu prendre
De t'élever un soin si tendre,
Tu restes encore, et pourtant

« Le suc des fruits n'est plus le même !
Viens, douce mort ! l'ami que j'aime
A changé son cœur inconstant? »

CHASSE

XIVe SIÈCLE

Tosto che l'alba del bel giorno appare

L'aube naît. Le jour sera beau.
Lève-toi, chasseur ! Le temps presse.
Vite tes chiens, vite ! à la laisse !
Viola ! Primera ! Le nez haut !
Courez ! vous ! là sur la montagne,
Moi ! Je tiens la meute au lien.
Tous les braques dans la campagne,
Chacun en sa place, homme et chien !
Holà ! Gare ! un braque est en quête.
Battez et fouillez le buisson !
Quaglina donne, et prend la tête !
C'est un cerf ! Taïaut ! Le lancer est bon !
Carbon tient ! il coëffe la bête !
Mais sur les monts on crie encor
Taïaut, taïaut ! et l'on sonne au cor (1) !

(1) La chasse a toujours été un plaisir recherché en Italie. On a déjà, de l'époque d'Hadrien, des médaillons représentant ce prince, monté sur son bon cheval Borysthènes, et chassant le sanglier (FRŒHNER, *Médaillons de l'Empire romain*). Le récit d'une chasse aux chiens et au faucon, offerte au pape Léon X, à Viterbe, en 1514 par Giovan Paolo Baglioni, est inséré par le comte de BAGLION dans son livre sur *Pérouse et les Baglioni*, p. 233.

VIEILLE CHANSON

Tapina di me ch'amava uno sparvero

J'avais un épervier fidèle
Dont j'étais éprise à mourir,
Maniable au poing qui l'appelle
Plaisant et facile à nourrir.

Mais voici qu'il a pris de l'aile,
Qu'il pointe en l'air sans revenir,
L'ingrat au verger d'une belle
Fond et se laisse retenir.

Je t'ai donné leurre et pâture ;
Pour t'enhardir à l'aventure.
Je t'ai lié de grelots d'or (1).

Dis-moi ! que m'a servi ma peine !
Tu t'échappes, l'aile hautaine,
Jets rompus et tout à l'essor !

(1) Les grelots (*sonaglio*), attachés aux pattes du faucon, sifflent dans l'air et effrayent les oiseaux de proie. Les jets (*geti*) sont des menues courroies de cuir qui retiennent l'animal au repos.

ANTONIO FORTEGUERRI

FIN DU XVe SIÈCLE

CHEMIN PERDU

Come tal volta per solinga via

Comme il se fait parfois, dans un pays désert,
Que passe un voyageur sans ami, sans escorte ;
Il ne sait pas toujours où son chemin le porte,
Ni s'il rencontrera quelque logis ouvert.

Il ne voit son erreur qu'au moment où, dans l'air,
Le soleil glisse et tombe; où, la lumière morte,
Toute clarté s'éteint, et que la nuit plus forte
Sème une terreur vague où la vertu se perd.

Il se dit, frissonnant : « Trouverai-je une trace
Qui m'indique la route et m'ôte de l'impasse !
Malheur à qui se met, sans guide, à voyager ! »

Tel je suis aujourd'hui, privé de la lumière
Des beaux yeux, nids d'Amour, dont la grâce première
Fut l'arme qu'employa le Dieu pour m'outrager ! »

BENEDETTO GARETH (CHARITEO)
DI BARCELONE
FIN DU XVᵉ SIÈCLE

INSOMNIE

cco la notte : il ciel scintilla e splende

'est' la nuit, et du ciel la voûte est toute pleine
'astres étincelants, clairs et doux à la fois,
   bêtes, les oiseaux, dans leurs abris étroits,
ont clos, et l'on n'entend plus de rumeur humaine !

   rosée en silence a rafraîchi la plaine ;
mmobile est aux prés l'herbe, et la feuille au bois,
.es vagues de la mer assoupissent leurs voix
 t la loi du repos triomphe de la peine.

   élas ! l'amour bannit le repos de mon cœur.
'amour, dur souverain de toutes créatures !
   nuit même réveille et nourrit sa fureur.

Il déchire mon sein, et, mauvais laboureur,
Il vient l'empoisonner d'épineuses boutures,
Où ne mûrissent plus que des fruits de douleur.

MATTEO FRANCO

1378

SCÈNE D'ÉGLISE

Buondi — Buondi e buon anno. E come stai (1)?

Bonjour ! — Bonjour, bon an ! — Vous allez bien, je pense
Où le prêtre en est-il ? — Ah ! j'arrive à l'instant !
— Tant mieux ! je croyais bien n'être guère en avance !
Que devient-on chez vous ? Un peu mieux ? Plus content

— Peuh ! l'on a bien du mal. J'ai toujours en instance
Tita, Tersa qu'il faut marier ; et pourtant,
Avec si peu de dot, il faudrait de la chance !
— Pauvre Bertol ! il doit s'en faire un mauvais sang ?

— Oui ! Crois-moi, pauvre amie ! on a bien de la peine
A mettre de côté le pain de la semaine ;
Mais, à filer la soie, aurait-on plus de gains ?

(1) Matteo Franco vécut à Florence où il était chanoine. Ami de
Pulci et de Politien il faisait partie de la société des Médicis.

— Ah ! mon garçon et moi, tous les deux, on n'arrive
Que juste à faire assez pour payer la lessive !
Mais, dis-moi ! comment vont tes jolis poulets nains?
    — Fort bien ! à part une poule chétive
Elle a, là, quelque chose, au gosier, de mauvais !
— La Messe est dite. Adieu ! — Bon ! Adieu ! — Je m'en vais (1).

(1) C'est ici un exemple de sonnet à queue (a coda), c'est-à-dire
prolongé de trois vers : forme particulière au genre burlesque.

LAUDE

XVᵉ SIÈCLE

« Que pensais-tu, douce Marie (1),
Quand l'ange humblement t'apparut,
Et qu'à son modeste salut
Tu t'inclinas toute saisie. »

— « Ce que tu désires savoir,
Tu le sauras, âme chérie !
J'étais seule à penser un soir,
Dans ma chambre, à la prophétie
Qu'écrivit jadis Isaïe :
« Un sein de vierge concevra,
« Et de ses entrailles naîtra
« L'Emmanuel de l'espérance,
« Qui du ciel toute clef tiendra ».

Et je répétais en silence :
« Seigneur, excusez mon désir !
« Faites-moi quelque jour connaître

---

(1) On a un témoignage du culte rendu à Marie par l'anecdote du tableau que Cimabué fit en 1252. Cette peinture de la *Vierge*, destinée à l'église des Servites, y fut portée en triomphe, au milieu d'un peuple enthousiaste (VASARI).

« Cette vierge que Dieu, pour naître,
« De tout temps se plut à choisir.
« Avant d'être vieille peut-être,
« Serais-je admise à la servir ! »

Je pensais ainsi, solitaire,
Et rêvais, quand, devant mes yeux,
Se fit une grande lumière;
L'Esprit-Saint descendit des cieux,
Et l'ange annonça le mystère :
« Que le Seigneur soit avec vous !
« Plus qu'aucun autre nom de femme
« Votre nom béni sera doux.
« Toute grâce est en vous, madame ! »
Et ces mots me troublaient dans l'âme.

L'ange reprit : « N'ayez de peur (1)
« O vierge gracieuse et chère,
« Car je viens au nom du Seigneur
« Vous saluer, épouse et mère !
« Rose pure aux parfums jolis,
« Le Très-Haut vous donne son fils,
« Prenez l'offrande de ces lis ;

(1)   Marie, o vierge comprouvée
         Asseure-toye, n'ayes cremeur
         Car grace as acquise et trouvée
         Par devant Dieu notre Seigneur.

(Arnoul GRÉBAN, né en 1420? *Mystère de la Passion*, V, 3455.)

« Vous êtes celle qu'en prière
« Vous vouliez tant servir naguère. »
Lorsque j'eus ces mots écouté,
Je repris, heureuse et tremblante :
« Seigneur, qu'en votre humble servante
« Soit fait selon vos volontés ».
Le divin porteur du message
Reprit son vol, et je restai
Pleine de joie et de courage.

Tu tiens le récit souhaité ! »

Les Médicis

LAURENT DE MÉDICIS

1448-1492

L'avènement des Médicis au pouvoir ne peut s'expliquer que par un retour sur l'histoire civile de Florence.

Fille du commerce et de l'industrie, cette ville a fait reposer sa Constitution sur l'organisation des corps de métiers (arts majeurs et mineurs). Elle a pris leurs chefs pour former le Conseil suprême, sous le nom d'*Anziani* ou de Prieurs, et, quand l'organisation se fait plus serrée, que l'on crée un Podestat pour les choses militaires, et un Capitaine du peuple pour la justice, les *Anziani* deviennent les membres des deux Conseils qui sont adjoints à chacun de ces personnages. Parfois, recours suprême et révolutionnaire, une assemblée du peuple, dite à Parlement, peut conférer des pouvoirs dictatoriaux, qu'on nomme *balia*, à une commission temporaire.

Ce système ingénieux est souvent troublé par des mouvements aristocratiques ou populaires en 1232, 1282, et surtout en 1294 où sont rédigées les fameuses *ordonnances de justice*. On multiplia les précautions, tirage au sort, courte durée des fonctions, exclusion de certaines personnes ou de certaines familles, et même exil préventif.

Cette ingéniosité fut insuffisante. « Le ressort » naturel « dans un État populaire, a dit Montesquieu, c'est la vertu », ou le désintéressement ; « lorsque cette vertu cesse, l'ambition (et l'avidité) entre dans les cœurs... » et « la république est une dépouille ».

La montée irrésistible des classes inférieures brouille le délicat organisme. La révolte des *Ciompi* (ouvriers compagnons) en 1378 qui dure deux mois amène une réaction vigoureuse où l'oligarchie à son tour fausse la Constitution sous prétexte de redresser et de corriger le tirage au sort. Malheureusement les Assemblées à Parlement ont montré comment on peut amener un changement ; les Médicis n'auront qu'à copier les précédents.

Et, en effet, bien que la politique de Florence embrasse maintenant dans ses combinaisons toute l'Italie du Nord, Gênes, Milan, Venise ; qu'elle ait conquis Pise et subjugué Lucques, les factions des Alberti, des Albizzi, des Capponi, enfin des Médicis, nouveaux venus, déchirent la ville.

Cosme Ier, suspect pour ses libéralités et ses richesses, subit la prison et l'exil. Mais il a su répartir sa fortune dans ses comptoirs à l'étranger, et il a séduit la populace par sa magnificence ; l'exil ne fait que le mettre en relief. Il revient, et s'occupe aussitôt de modifier l'ordre de l'État. Ses partisans provoquent une Assemblée à parlement ; des commissaires sont nommés par acclamation et ils rendent légales les mesures qui détruisent la Constitution (1434, 1458).

Dès lors Cosme, maître de tout, répartit à son gré les impôts (institution de la *graziosa*), confisque les biens des proscrits, agiote sur les titres des Banques de l'État (*monti*), accapare l'argent déposé, suivant la coutume florentine, pour la constitution des dots des filles. Il obtient ainsi des sommes énormes dont il use pour son plaisir et pour sa politique.

Piero, le fils de Cosme, d'esprit médiocre et faible,

recueille néanmoins sans difficulté (1464) la situation acquise et la transmet cinq ans après à ses fils Laurent et Julien. Celui-ci est tué dans la conjuration des Pazzi (1477), et Laurent resté seul resserre encore son empire. Il diminue de plus en plus le nombre des citoyens qui peuvent être revêtus des charges publiques. Moins habile dans les opérations de banques, il est aussi ingénieux à manier l'impôt, et il accroît sa fortune par des placements immobiliers. C'est ainsi qu'en transportant l'Université de Florence, le *Studio*, à Pise, il met en valeur les terrains qu'il y possède. Il altère les monnaies en 1490 par une double et subtile opération qui augmente leur valeur nominative et baisse leur valeur intrinsèque.

Dans sa vie privée, le côté utilitaire seul domine, parmi les crimes qu'il commet. C'est ainsi d'ailleurs que Cosimo s'était débarrassé de Baldaccio dans un guet-apens, que Piero avait accusé de complots imaginaires et fait décapiter des Orlandi et des Papi (1468). Lorenzo fait, en 1470, couper la tête à Bernardo Nardi et à dix-huit de ses compagnons. La conjuration des Pazzi est réprimée avec une cruauté égale à la peur ressentie ; cent personnes sont exécutées ; des cadavres sont déterrés, pendus, traînés dans la ville et jetés dans l'Arno. Pour compléter la vengeance, les coupables sont peints la tête en bas, « dans les plus étranges attitudes » sur une tour du palais du Bargello, et c'est l'excellent artiste, Sandro Botticelli, qui est chargé de faire le tableau. La répression continue jusqu'en 1481, où Bernardo Baroncelli, qui s'était réfugié à Constantinople, est livré au Florentin et pendu. Faut-il rappeler encore le pillage et le sac de la ville de Volterra (1472), et le meurtre de Riario Sforza, *combinazione* qui doit rendre vacante la principauté d'Imola (1488).

Ce qui a donné de l'éclat au règne des Médicis, c'est la somptuosité de leur cour, les fêtes élégantes qu'on y donnait, et pour lesquelles les poètes courtisans et le prince lui-même composaient des vers souvent étranges. M. Muntz et M. Perrens ont fait revivre d'une façon vivante ce monde artiste et raffiné. Ajoutons que des constructions superbes, le palais Riccardi et plusieurs villas, mettent en valeur le talent des architectes, des sculpteurs et des peintres. Les jardins Médicis servent aux doctes entretiens de l'Académie où brillent Angelo Poliziano, Marsilio Ficino, Luigi Pulci, Leone Baptista Alberti, Pic de la Mirandole, etc.

De nombreux portraits nous sont restés de Laurent de Médicis et des siens, et ont fixé ce profil, tourmenté et inquiétant. Benozzo Gozzoli le peint à douze ans, probablement flatté, dans le cortège des Rois Mages (1260). Mais le portrait le plus saisissant est celui que Ghirlandajo a laissé sur les murs de la chapelle Sassetti à la Santa-Trinita (1485). Le front est caché sous une masse de cheveux noirs, l'œil petit et perçant; le nez long et bizarre pend sur la bouche et un pli accentué part des ailes du nez vers la lèvre supérieure; le menton inférieur, au contraire, énorme, rappelle celui des Habsbourg et semble comprimer la mâchoire supérieure et la lèvre mince. Un autre portrait de Vasari montre le prince dans son cabinet, maniant avec un plaisir d'amateur des vases d'or aux flancs desquels s'enroulent des devises élogieuses. Le sourire aimable manque de franchise; et le tableau trahit, à l'insu du peintre, le manieur d'argent artiste et dissolu, habile à manier une démocratie turbulente et paresseuse, mais qui, à travers la flatterie et les fêtes, la conduira aux pires désastres.

SONNET

Spesso mi torna a mente, anzi gia mai

Souvent dans mon esprit je revois la journée,
La place où m'apparut celle que je chéris.
Les habits délicats dont elle fut ornée,
Et de ces doux attraits je suis toujours épris.

De ce ravissement tu ne fus pas surpris,
Amour ! toi qui l'avais toujours accompagnée !
Elle est fine et légère, et plus charmant souris,
Plus touchante beauté n'est ailleurs soupçonnée !

Lorsque le blond Phébus paraît avec le jour,
Sur la neige des monts il répand la lumière ;
Tels ses cheveux charmants paraient son blanc atour !

Sur la place et le temps il convient de me taire :
On se croit en plein jour quand tel soleil éclaire
Et de telle beauté le ciel est le séjour (1) !

(1) Il s'agit sans doute de la belle Simonetta dei Cattanei (1453-1476) qui vint à Florence dès 1469, après son mariage avec Marco Vespucci. Elle fut la reine de la ville par sa grâce et sa beauté. C'est en son honneur que fut donnée la fameuse joûte de 1475. Ses traits ont été retracés par Botticelli sur la fresque de la villa Lemmi, aujourd'hui au Louvre, et par un des Pollajuolo, sans doute Antonio, dans le portrait du musée de Chantilly. On a cru aussi la retrouver dans plusieurs autres tableaux de Botticelli, le Printemps, Vénus et Mars...

CHANT DE CARNAVAL

Quant' e bella giovinezza. Che si fugge tuttavia

Comme elle est belle, la jeunesse,
Qui fleurit et dure un matin !
Fasse aujourd'hui, qui veut, liesse.
Qui sait ce que sera demain ?

Voici Bacchus, puis Ariane,
Tous deux amoureux et charmants ;
Avant que la beauté se fane
Jouissons des trop courts moments !
Nymphes et Faunes, d'allégresse
Dansent en chœur sur le chemin !
Fasse aujourd'hui, qui veut, liesse
Qui sait ce que sera demain ?

Les Satyres, au cœur volage,
Agaçant les Nymphes des bois
Sous les grottes, dans le bocage,
Leur tendent des pièges, narquois ;
Mais Bacchus leur verse l'ivresse,
La danse enlace chaque main,
Fasse aujourd'hui, qui veut, liesse
Qui sait ce que sera demain ?

LAURENT DE MÉDICIS 87

Cette fourberie amoureuse
Séduit les Nymphes à leur tour.
Il n'est point d'âme généreuse
Qui garde rancune à l'Amour.
Le groupe entremêlé se presse
En rangs joyeux et rit sans fin.
Fasse aujourd'hui, qui veut, liesse
Qui sait ce que sera demain ?

Sur un âne, après le cortège,
Silène chancelle, enjoué ;
A peine tient-il sur son siège,
De rire et de vin secoué !
Ni l'embonpoint, ni la vieillesse
N'ont assombri le vieux Sylvain.
Fasse aujourd'hui, qui veut, liesse
Qui sait ce que sera demain ?

Et maintenant Midas s'avance,
Midas, qui change tout en or,
Rien ne le contente ; il ne pense
Qu'à grossir toujours son trésor.
Mais est-il plaisir qui ne cesse
Devant la soif, devant la faim?
Fasse aujourd'hui, qui veut, liesse
Qui sait ce que sera demain ?

Allez, courez, troupe dansante,
Hommes, femmes, jeunes et vieux !
Fol, qui d'avenir se tourmente
Quand le présent est radieux !
Déclarez guerre à la tristesse,
Le plaisir s'offre à vous sans frein,
Fasse aujourd'hui, qui veut, liesse
Qui sait ce que sera demain ?

Cavaliers, dames amoureuses,
Célébrez Bacchus et l'Amour !
Qu'à vos chants, vos danses heureuses,
Chaque cœur s'embrase à son tour ;
Chassez tout ce qui lasse et blesse
Ce qui doit être est en chemin,
Fasse aujourd'hui, qui veut, liesse
Nul n'est assuré de demain !
Qu'elle est donc belle, la jeunesse,
Qui fleurit et passe soudain !

MACHIAVEL

1469-1530

Machiavel (Niccolo Machiavelli) , né en 1469, vit à une époque de révolutions et d'aventures.

Il assiste tout jeune à la chute de Pierre de Médicis (9 novembre 1494), à l'entrée triomphale de Charles VIII (17 novembre 1494), et il est déjà délégué en mission en 1496. A ce moment, la jeune République se débat au milieu d'intérêts d'une complication extrême. On a simplifié l'ancienne Constitution dans un sens aristocratique, en substituant à la multiplicité des assemblées un grand Conseil de 3.000 citoyens et un autre plus étroit de 80 membres ; et l'unité de direction est donnée par Savonarole, qui, sans être revêtu de fonctions proprement dites, exerce une véritable dictature morale. Mais l'inexpérience du dominicain l'entraîne à des manifestations parfois contestables ; il s'achemine à la fois vers le gouvernement théocratique et vers le socialisme d'État. La ville est divisée entre ses partisans, les *piagnoni*, et ses adversaires, les *arrabiati*. Peut-être était-ce un souvenir de ces temps qui inspirait Machiavel, quand il écrivait dans le *Prince* (ch. 7), « qu'à moins d'être un homme de génie, quiconque a vécu particulier, naturellement, ignore l'art de commander ».

Au dehors, la brillante et stérile équipée de Charles VIII ne laisse guère de traces utiles plus qu'une fusée éteinte. La ville s'épuise en vaines luttes pour recouvrer Pise ou pour conserver Livourne. Pas de plan suivi, de prévoyance ni de décision. Le gouvernement de l'honnête Soderini est attristé par les désastres de Pistoya (1500-1502), la dévastation du *contado*, la misère de Florence, et le sac effroyable de Prato qui dure vingt jours (septembre 1512)·

Une figure énergique paraît alors ; c'est celle de ce brigand superbe et féroce, qui a nom César Borgia. Fort de son mariage français, et de la neutralité bienveillante de Louis XII qui paie ainsi le divorce obtenu, le Valentinois essaie de se tailler un royaume parmi les marches de Romagne. Il a même partie liée avec Florence ; et dans le sinistre guet-apens de Sinigaglia, où il attire et égorge d'autres bandits, Machiavel le voit à l'œuvre, l'entretient et admire son sang-froid (1502).

Machiavel est aussi à Rome au moment de la mort d'Alexandre VI, lorsque s'engage ce magnifique tournoi d'intrigues et de corruptions qui amène la nomination de Jules II, la chute imprévue de César et la restauration des Médicis.

La République affaiblie et épuisée n'a plus le ressort d'autrefois. Elle chasse une fois de plus les Médicis ; mais le siège de 1529, malgré une résistance héroïque et la mort glorieuse de Ferrucci, se termine par une chute irrémédiable. Les Médicis rentrent à la suite des armées de Charles V ; et, dédaigneux du titre de Ducs de Florence, ils s'intituleront Ducs de Toscane.

On voit quel champ d'observation a eu sous les yeux Machiavel, nommé secrétaire du Conseil des Dix de liberté en 1498, et chargé de trente-trois missions ou légations, entre les années 1496 et 1512.

Honnête, sincère, dévoué, perspicace, éloquent, il lui a manqué, pour remplir son mérite, un peu plus de dignité dans les mœurs et le caractère.

Ce qui nous déconcerte en le lisant, c'est la sérénité avec laquelle il raconte les crimes les plus atroces ; sac de Volterra, attentats d'Oliverotto, trahison de Sinigaglia... Il discutera aussi froidement avec César Borgia l'arrestation du comte Guido qu'il analysera les causes de l'expulsion des Tarquins, de l'insuccès de Louis XII ou de la chute du Valentinois.

C'est une mentalité de joueur d'échecs. Ses maximes sont crues, cyniques. Il a mauvaise opinion de la nature humaine, et il réduit tout à un calcul de probabilités. C'est ainsi qu'il établit que les républiques sont divisées entre « la noblesse et le peuple, parce que l'un veut commander, l'autre ne veut pas obéir ». « Il ne suffit pas aux hommes de reprendre ce qui leur appartient, mais ils veulent encore s'emparer de ce qui appartient aux autres, et surtout se venger. » Les lois « ne sont point dictées par l'amour du bien général, mais par l'intérêt du vainqueur ». Au milieu de ces convoitises, « un prince prudent ne peut ni ne doit tenir sa parole que lorsqu'il le peut sans se faire tort... Il faut jouer son rôle... et s'efforcer de se faire une réputation de bonté... de justice..., mais savoir en dévier, lorsque les circonstances l'exigent ».

La forme de gouvernement n'a d'importance qu'en raison des ressorts différents qu'elle met en œuvre. Machiavel analyse dans le *Prince* la formule de la monarchie absolue; il revient aux sentiments républicains dans ses discours sur Tite-Live, et il incline de nouveau, dans son *Histoire de Florence*, vers une monarchie tempérée. En réalité, la pensée qui l'obsède (*Prince*, ch. 26), c'est le rêve d'une Italie indépendante, débarrassée des mercenaires, et appuyée sur une armée nationale. Auprès de ce résultat, tout est secondaire. Il faut donc, avec Machiavel, se garder d'une appréciation trop naïve et trop primesautière. Il expose la morale d'un temps où le pape Clément VIII disait de ses compatriotes : *Superbe vivunt, crudeliter imperant, turpiter serviunt.* Et si les maximes du Florentin nous répugnent pour notre compte, peut-on dire qu'elles n'ont jamais été appliquées, et s'assurer qu'elles ne le seront plus?

Quoi qu'il en soit, l'Italie lui a voué un véritable culte, et s'est montrée reconnaissante envers lui, comme le fut autrefois le Sénat de Rome vis-à-vis d'un vaincu, « de ce qu'il n'a pas désespéré de la patrie ». Son buste de marbre aux traits durs, au regard aigu, aux lèvres fortes et sensuelles, étrange avec ses cheveux coupés qui cachent une partie du front, orne le musée de Florence : et son tombeau, dressé à Santa-Croce, porte la fière inscription :

Tanto homini nullum par elogium.

L'OCCASION

Che sei tu, che non par donna mortale...

« Quelle es-tu? Ton aspect n'est pas d'une mortelle !
Le ciel t'a prodigué les plus rares appas ;
Qui rend ton pied si vite, et le munit d'une aile?
— « Je suis l'occasion que plus d'un ne voit pas ;
Sans me fixer jamais, je change et me déplace
Car l'axe d'une roue est l'appui de mes pas.
Je devance l'oiseau qui vole dans l'espace,
Et l'aile de mes pieds ne les quitte jamais,
Afin que ma venue étonne quand je passe.
Sous le voile flottant de mes cheveux défaits,
Je dérobe ma gorge et ma figure entière
Pour qu'on me méconnaisse alors que je suis près.

Et de mes longs cheveux nul ne tombe en arrière
Car si jamais je fuis sans qu'on m'attire à soi,
Rien ne ramènera la rencontre première.
— « Qui t'accompagne et court sans cesse auprès de toi ?
— « Le repentir ! C'est lui, marque bien ma parole,
Que l'on prend quand on manque à se saisir de moi.
Et toi ! dont le temps passe en un discours frivole,
Qui te laisses bercer au gré de songes vains,
Ne t'aperçois-tu pas, déjà, que je m'envole
Et que l'occasion a glissé de tes mains (1) ? »

(1)   ...Elle s'appelle Occasion
         Qui chauve par derrière porte
         Soubs une belle allusion
         Ses blonds cheveux en cette sorte
         Afin d'enseigner à tous ceux
         Qui la rencontrent d'aventure
         De ne se monstrer paresseux
         De la prendre à la chevelure
              Ode du Temps et de l'Occasion.
              OLIVIER DE MAGNY, Odes, t. I.

Quevedo a fait aussi un portrait fantaisiste de l'*Occasion* dans son roman *la Fortuna con Seso y la hora de Todos*, passage cité par Germond de Lavigne dans *don Pablo de Ségovie*. « Derrière la Fortune venait... l'Occasion, une vraie Galicienne, visage gothique, tête sans chignon...; au sommet du front une mèche unique de laquelle on aurait pu faire une moustache... »

SAVONAROLE

1452-1498

LAUDE

Onnipotente Iddio,
Tu sai quel che bisogna al mio lavoro (1).

O seigneur ! O Dieu tout puissant,
Tu sais ce qu'il me faut pour la tâche entreprise.
Tu connais mon désir présent.
Ni d'or ni de pouvoir mon âme n'est éprise,
Mon cœur n'est point de ceux qu'avarice obstrua,
Je ne demande point cité ni forteresse,
O Dieu, mon unique tendresse,
Vulnera cor meum caritate tuâ !

(1) ...« Frère Jheronyme... A cause de ce qu'il disait savoir ces choses par révélation murmuraient plusieurs contre lui, et acquit la haine du Pape et de plusieurs de la cité de Florence. Sa vie estoit la plus belle du monde, ainsi qu'il se povoit veoir, ses sermons les meilleurs, preschans contre les vices, et a réduit en celle cité maintes gens à bien vivre, comme j'ai dit (Philippe de COMMYNES, *Mémoires*, VIII, 26).

MICHEL-ANGE

1474-1564

VITTORIA COLONNA

1490-1547

Quelle étrange destinée que celle de Michel-Ange. Son ciseau robuste et son pinceau imposent à la matière toutes les audaces de sa pensée. Mais lui-même il ne peut secouer le joug, et il subit en grondant la domination de ses impérieux protecteurs ; il ne sait vivre ni sans eux, ni avec eux !

Il travaille d'abord pour Laurent de Médicis, puis il vient à Rome créer le tombeau de Jules II, sujet de tant de difficultés et de tourments, et il commence les peintures de la Sixtine. Il s'occupe ensuite à Florence de la chapelle des Médicis, mais il est interrompu par le sac de Rome (1527), la révolte de Florence et le siège de cette ville par les Impériaux (1529). Il met toute sa science d'ingénieur au service de sa patrie, crée les remparts de San Miniato et surveille la défense du haut du campanile, mais la ville capitule. Exilé, il s'enfuit à Venise, puis revient à Rome (1534), d'où il ne s'éloignera plus guère, retenu par Léon X, Clément VII et Paul III, et occupé de ces créations gigantesques, le *Jugement dernier*, et la coupole de Saint-Pierre.

Son caractère, fier et ombrageux, se retrouve dans ses œuvres ; et on croit y reconnaître aussi l'empreinte grave et religieuse que les prédications de Savonarole lui avaient donnée. Cette mélancolie hautaine est le charme des sonnets qu'il a composés dans sa vieillesse, et qu'il adressait à Vittoria Colonna.

Cette dame, fille du grand capitaine Fabrizio Colonna, admiré de Machiavel, avait été unie en 1509 à Ferdinand-François d'Avalos, marquis de Pescara, qui mourut jeune, en 1525, après avoir vaillamment combattu à Marignan et à Pavie. Il emportait, imprimée à sa mémoire, la tache d'un complot révélé et de complices trahis, et cependant il fut amèrement pleuré.

Sa veuve, après avoir essayé de vivre à Ischia, où elle s'était mariée, à Orvieto, et à Ferrare, se confine à Rome dans la piété, dans l'étude, le commerce de quelques amis, et le souvenir de son mari. Ses sonnets sont demeurés célèbres.

Il reste d'elle quelques portraits et des médailles. L'un d'eux, exposé récemment à Paris, est de Sebastiano del Pirombo, qui avait déjà peint à Naples le portrait du marquis d'Avalos; il contient le groupe des deux époux.

Grande, brune, élancée, les yeux très doux, les cheveux d'un blond foncé, ondés sous un léger voile, Vittoria porte une robe bleu ardoise que relève une guimpe fine. Elle s'appuie d'une main sur l'épaule de son mari, avec qui elle a l'air de s'entretenir affectueusement. Celui-ci, vêtu de noir, bien pris dans une taille trapue et robuste, le front large, les cheveux tirant sur le roux, l'œil vif et aigu, les traits énergiques, a la physionomie d'un grand seigneur artiste, d'un diplomate souple et perfide et d'un hardi condottiere.

Un autre portrait par Muziano, que M. Blaze de Bury a vu au palais Colonna, donne une impression semblable. (*Dames de la Renaissance*, p. 239). « Taille élancée, yeux éclairés d'une flamme douce, visage aimable, traits fins, nez mince, effilé, cheveux d'un blond presque roux. La robe est vert de mer avec une chemisette de tulle autour du sein : sur le col et dans les cheveux des perles. »

Le costume est intéressant à noter, car, depuis son veuvage, dit M. Émile Olivier (Michel-Ange, p. 240), « elle adopta un costume monastique qu'elle n'abandonna plus : une robe de velours noir, de longs voiles sous lesquels disparurent ses cheveux d'un blond d'or cendré... et les contours de son visage majestueux. »

Elle avait dans sa jeunesse connu Bernardo Tasso, le père du Tasse, Sannazar, Paul Jove ; dans sa retraite on la voit encore visitée par le cardinal Polo, Lactance Tolomei, Sadolet, Bembo, Occhino qui se laissa séduire aux nouveautés de Luther et aux beaux yeux d'une Italienne, et le cardinal Morone, fils de l'homme que Pescaire avait trahi.

ÉPIGRAMME DE GIOVANNI STROZZI

Gravée au-dessous de la statue de la Nuit au tombeau de Laurent de Médicis (1533).

Cette nuit que tu vois dormant dans sa beauté
Était un bloc de pierre ; un Ange l'a sculpté !
Vivant est son sommeil, et, sans peur de confondre,
Tu n'as qu'à l'éveiller, elle va te répondre.

RÉPONSE DE MICHEL-ANGE

Bien me plaît de dormir, et mieux d'être de pierre
Tant que durent les jours de honte et de misère.
Ne rien voir, rien entendre est mon seul bien, hélas !
Respecte mon sommeil, passant, et parle bas !

SONNET

Passa per gli occhi al cuore in un momento

Des yeux au fond du cœur est vite descendue
La grâce de beauté, le charme qui séduit ;
Et si large et si doux un chemin y conduit
Que toute résistance est bientôt confondue !

Mon âme, en proie au doute, et d'horreur éperdue,
Voit que, loin du vrai but, nous errons dans la nuit ;
Quel homme n'a jamais, pour une ombre qui fuit,
Tenté des faux plaisirs la route défendue ?

Peu d'entre nous au ciel s'élèvent ; car la loi
De l'amour est fatale et s'impose à tout être ;
Nous buvons ses poisons, sa flamme nous pénètre,

Et si la grâce alors ne ramène avec soi
L'esprit vers les hauteurs et la beauté divine,
Combien est malheureux celui qu'amour domine !

SONNET 45

Qui intorno fu dove' l mio ben mi tolse

C'est ici que le bien où j'avais ma plaisance,
Que ma vie et mon cœur vinrent en son pouvoir ;
C'est ici qu'en ses yeux j'ai cru trouver l'espoir,
Ici que j'ai goûté sa grâce et sa clémence.

Ici je fus captif, et reçus délivrance ;
Ici j'eus rire et pleur ; ici je fus m'asseoir
Dans un deuil infini, sachant ne plus revoir
Celle que tout mon cœur suivait dans son absence.

Et maintenant encor je viens sur cette pierre
Pour y chercher l'image à jamais sainte et chère
De mon premier bonheur, comme de mon chagrin.

Je souris quelquefois, et quelquefois je pleure
Selon que m'apparaît, douce ou cruelle, l'heure
Dont tu me rends, Amour, un souvenir lointain.

SONNET 60

Vivo al peccato, ed a me morto vivo

Vivant dans le péché, je suis plus mort qu'en vie,
Car, plus qu'à moi, ma vie appartient au péché ;
Par ses noires vapeurs la clarté m'est ravie,
Je trébuche en aveugle, et tout sens m'est caché.

Ma fière liberté, ma joie et mon envie,
Est vaincue, et son charme en sa fleur est séché,
Seigneur ! à quel enfer est mon âme asservie,
Si je ne suis au mal par ta grâce arraché !

Quand je pense, et reviens sur le cours des années,
Et compte les erreurs qui les ont profanées,
Je plains en soupirant la fougue de mon cœur !

A mes désirs ardents j'ai rendu rêne et bride,
Et fui le beau sentier qui vers le ciel nous guide :
Étends vers moi ta main et ta pitié, Seigneur !

MADRIGAL 62

Ohime ! ohime ! pur pensando
Agli anni corsi

Quand je remonte les années
Au courant de mon souvenir,
Hélas ! combien peu de journées
Sont vraiment à m'appartenir !
Les mensonges de l'espérance,
Les désirs et l'anxiété,
Les pleurs, l'amour et la souffrance
En ont rempli la vanité !
Au choc des passions humaines
Je crois que j'ai tout éprouvé
Sans atteindre aux bornes lointaines
Du vrai, du bien que j'ai rêvé.
Je sens ma force qui se mine,
L'ombre grandit sur mon chemin,
Mon soleil fuit, et je décline,
Las et malade, vers ma fin !

VITTORIA COLONNA

Con vomer d'umilta, larghe et profonde

Ainsi que le tranchant d'un soc, l'humilité
Doit ouvrir en mon cœur une fosse profonde,
Afin de tirer l'eau mauvaise qui l'inonde,
Et d'ameublir un sol où rien n'est récolté.

Qu'un autre fonds meilleur y vienne rapporté,
Que les sources du ciel y déversent leur onde,
Et que l'amour divin tourne en grappe féconde
La langueur de la vrille et sa stérilité.

N'attends pas, ô Seigneur, que l'ombre se propage
Et que l'impénétrable abri d'un noir feuillage
Affaiblisse les feux du céleste rayon.

O ! de l'humilité seul modèle et seul maître,
Daigne entrer en ce cœur, qui sans toi ne peut être
Qu'orgueil, vaine fumée et que perdition !

———

SONNET

Nella dolce stagion non s'incolora

La terre ne fait pas, au doux temps de l'été,
Tant de feuilles verdir ni tant de fleurs éclore ;
On ne voit pas s'enfuir au lever de l'aurore
Tant d'astres clairs, épars au ciel diamanté ;

Que, dans mon âme ardente, où son culte est resté,
Des flots de souvenirs ne s'abattent encôre.
Ma pensée en reçoit plus de force et s'honore
De ce feu qui renaît, toujours plus exalté.

Si je savais, meilleure interprète, en ces pages
De mon stylet fidèle en tracer les images,
Mon ardeur pure et chaste embraserait les cœurs.

Mais qui peut raconter de combien d'étincelles
L'âme, en s'enveloppant, a constellé ses ailes,
De quel foyer le cœur fait jaillir ses splendeurs !

7**

POÈTES DES XVᵉ ET XVIᵉ SIÈCLES

A côté de la cour des Médicis, il y eut, au commencement du XVIᵉ siècle, une noble famille qui se plaisait dans une société de lettrés et d'artistes. Ce sont les ducs d'Urbin, Frédéric de Montefeltro, ancien condottiere, mais serviteur loyal, et plus tard son fils Guidobaldo, et la femme de celui-ci, Élisabeth de Gonzague. Le château pittoresquement posé au-dessus des rochers avait été dessiné par Luciano de Laurana ; et les salles admirablement ornées, la riche bibliothèque, les jardins frais et bien situés en faisaient un séjour délicieux. C'est là que Balthazar de Castiglione, le diplomate, poète, guerrier et courtisan que peignit Raphaël, a placé les causeries de son *Cortegiano*, et mis en scène les cardinaux Bembo et Bibbiena, les Fregoso de Gênes, Julien de Médicis, et les dames de la famille de Gonzague. César Borgia s'empara d'Urbin par la violence, en 1502, mais les ducs y revinrent l'année suivante et y restèrent jusqu'à leur décès (1508) qui fit passer le duché à François Marie de la Rovere, leur neveu, et à sa femme Éléonore de Gonzague.

Familiers des Médicis ou des ducs d'Urbin, les poètes que nous citerons maintenant ont fait honneur aux lettres, mais ne peuvent prétendre à rivaliser avec les maîtres précédents. Angelo Politien (1454-1494) a écrit en latin et en italien d'un style très pur. Il est l'inventeur de la forme de strophe qu'ont adoptée l'Arioste et le Tasse, et c'est de la *Giostra* que s'est inspiré Raphaël pour le triomphe de Galathée.

Sannazar (1458-1530), esprit noble et délicat, a créé la Pastorale qu'il imitait de Virgile, et que devait à son tour imiter André Chénier.

Ce genre de poésie, qui permet d'exprimer des sentiments modernes sous le voile de fictions élégantes, fut aussi cultivé par le Tasse dans l'*Aminta* (1572), et par Guarini dans le *Pastor fido*. Plus tard, réunis dans le cénacle des Arcadiens, les amateurs de la poésie bucolique s'opposèrent au maniérisme à la mode, et on retrouve le caractère philosophique et pensif de leurs doctrines dans les paysages de Claude Gelée et de Poussin.

La réaction contre le Pétrarquisme commence avec Della Casa (1503-1561), qui eut l'honneur d'être longuement commenté par le Tasse.

Filicaja (1642-1707), homme d'État et administrateur habile, est connu par un sonnet célèbre.

Enfin, comme l'Italie est la terre des contrastes, nous devons ici faire une place au genre burlesque dont les auteurs ne sont d'ailleurs dénués ni de verve ni de bonhomie. Luigi Pulci, dont Byron n'a pas dédaigné de traduire quelques chants, compose un poème dont les héros sont impitoyablement ridicules. Bojardo, comte de Scandiano, grand seigneur lettré et gouverneur de Modène, suit son exemple, mais avec plus de finesse. Il emprunte ses sujets au cycle des romans de Charlemagne ; et, au milieu de fantaisies souvent ironiques, il crée le caractère de la coquette et séduisante Angélique. Les sonnets d'amour qu'il a composés furent adressés à la capricieuse Antonia Caprara à qui il offrit ses hommages malheureux en 1469, ou à la dame qu'il épousa en 1471, Taddea Gonzaga, des comtes de Novellara. L'Arioste continue le poème de Bojardo, et agrandit le genre par le charme d'une imagination toujours fraîche et par l'art de dessiner des caractères.

Burchiello (1448) et Berni (1498-1535) traitent des sujets familiers avec une verve que l'on peut comparer à celle des peintres flamands du XVIIe siècle.

FRANCESCO SACCHETTI

1335-1402

LE BUISSON

Innamorato pruno
Gia mai non vidi, come l'altr' ieri uno

Il n'est d'amoureuse aubépine
Comme celle que je vis hier.
Sur l'herbe, et sous le buisson vert,
Les yeux plus beaux qu'un astre clair,
Une fillette blonde et fine
Était assise et reposait.
Le vent fit dérouler les tresses,
Le buisson hardi les baisait.
Aux importunes hardiesses
La belle enfant se refusait,
Et reprenait et redressait
Les mèches qui fuyaient sans cesse.
La blanche main les relissait
Dès qu'elle en devenait maîtresse.
A voir ces gracieux combats,
Ces cheveux, la nymphe divine,
Mon cœur soupirait, et tout bas
Disait : « Que ne suis-je aubépine ! »

FILIPPO BRUNELLESCHI
1377-1444

FILLETTE A LA FONTAINE

Madonna se ne vien da la fontana

Ma belle vient de la fontaine,
Mais vide est la cruche et sans eau ;
Ni la belle ni son fardeau
Ne calment ma soif ni ma peine.

Est-ce une vipère soudaine
Qu'elle fuit, sortant du roseau?
Une sorcière au noir fuseau?
Est-ce un chien courant dans la plaine?

O Laurette ! viens regarder
Une, deux fontaines nouvelles !
Ton père ne peut te gronder !

Viens ! l'eau jaillit de mes prunelles !
Plus tes paroles sont cruelles,
Plus tu vois le flot abonder !

BALTHAZAR CASTIGLIONE

1478-1529

RÉSIGNATION

Superbi colli, e voi sacre ruine

Débris trois fois sacrés et superbes collines
Seuls souvenirs de Rome et d'un nom si vanté,
Faut-il que le génie en vos murs attesté
Ne nous montre debout que de telles ruines!

Colosses, Voûtes d'arc, Théâtres, œuvres divines,
Souvenirs fastueux d'un triomphe effrité
Bientôt vous serez cendre, et votre vanité
Servira d'aliment aux fables enfantines!

L'art ne peut défier les ravages du Temps
Que pour un moment bref, et le Temps qui se venge
Jette à l'oubli le nom, jette l'œuvre à la fange;

Il me faut donc soumettre aux destins mécontents;
Car le Temps qui met fin à la grandeur humaine
Saura sans doute aussi mettre fin à ma peine!

♣

JACOPO SANNAZAR

1458-1530

INVECTIVE

O di rara virtu gran tempo albergo

L'honneur avait élu pour palais radieux
Ton âme, où Dieu mettait une flamme divine,
Mais la corruption l'a changée en ruine,
Et, d'y penser, je baisse, en rougissant, les yeux.

Aussi, de mes écrits que ton nom odieux
Disparaisse, englouti dans l'ombre clandestine.
Que de mes vers la ponce ou le fer l'élimine,
Libres de la souillure, ils resplendiront mieux !

On croyait te voir coudre une nouvelle page
A tes exploits anciens, tu gâtes ton ouvrage ;
Et la splendeur du jour chasse l'oiseau de nuit !

Pauvre esprit inquiet, trop altéré de gloire !
Descends vers le Léthé ? C'est l'oubli qu'il faut boire,
Vois! ma tablette est blanche, et n'a plus rien d'inscrit.

♣

ANGELO POLIZIANO
(ANGELO AMBROGINI)
1454-1494

LE CHAR DE GALATHÉE

Due formosi delfini un carro tirano...

Un couple de dauphins merveilleux glisse et mène
Le char de Galathée. Elle tient en ses mains
Les liens délicats qui lui servent de rêne
Tandis qu'autour du char, d'autres monstres marins
Crachent en se jouant l'onde amère en fontaine,
Et font jaillir l'écume à leurs écarts soudains.
La Nymphe avec ses sœurs les regarde, et joyeuse
Rit du concert grossier de la troupe amoureuse (1).

(1) Strophe 118 du poème de la Giostra, destiné par Politien à
célébrer des fêtes données, en 1475, par Laurent de Médicis et son
frère Julien sur la place Santa-Croce, en l'honneur de la belle Simonetta Vespucci; ce poème fut interrompu par la mort de Simonetta
en 1476 et l'assasinat de Julien en 1477. Il resta inachevé. Outre le
tableau de Raphaël, il a inspiré à Botticelli le tableau du Printemps
(I. str. 43, 44, 47) et celui de la Naissance de Vénus (I. str. 99, 101).

MATTEO MARIA BOIARDO
COMTE DE SCANDIANO
1434-1494

PLEURS D'AMOUR

« Io vidi quel bel viso impallidire »

Sous le coup des regrets j'ai vu le beau visage,
Au moment du départ, pâlir, comme souvent,
Le matin ou le soir, on voit sous un nuage
Le soleil s'obscurcir d'un voile transparent.

Les roses de son teint semblèrent au passage
Muer en violette, en lis frêle et mourant,
Et, m'en dois-je éjouir ou plaindre davantage,
Je vis perle et cristal dans les clairs yeux courant.

Si doux furent ces mots et ces larmes muettes
Que j'en sentis au cœur mille douceurs secrètes
Et que cette douceur même attira vos pleurs.

L'amour joignit alors ses soupirs et sa plainte ;
Et de tels souvenirs si vive m'est l'empreinte
Qu'elle a presque détruit ma peine et mes douleurs.

FRANCESCO BERNI
1490-1536

MARTYRE

Cancheri e beccafichi magri arrosto

N'avoir que des goujons, une maigre alouette
Pour dîner, un rôt sec et rien pour l'arroser ;
Tomber de lassitude et ne point reposer,
Être assis près du feu, mais loin de la buvette.

Quand on paye argent vif, voir filer la recette,
Pour des châteaux en l'air se faire détrousser ;
S'habiller pour le bal et ne pouvoir danser,
Et suer en janvier comme après moisson faite ;

Promener dans ses bas un gros caillou pointu ;
Sentir vagabonder à travers sa culotte,
Comme un vrai postillon, une puce qui trotte.

Marcher un pied chaussé tandis que l'autre est nu,
Avoir propre une main, l'autre noire de crotte,
Au moment de partir attendre après son hôte.

Tout pesé, tout compté, tout vu, tout entendu,
De tout ce qui vieillit et rompt le corps et l'âme
Le pire, à mon avis, c'est encore une femme !

BURCHIELLO

(DOMENICO NANNI, DIT BURCHIELLO)

1404-1448 [1]

COMBAT DE LA POÉSIE ET DU RASOIR

La poesia combatte col rasojo

Poésie et rasoir parfois entrent en lutte,
Et moi-même je suis présent à leurs débats.
« Pauvre Burchiello ! veux-tu donc qu'il rebute
L'encrier, dit la Dame, et n'en fasse plus cas ! »

Mons Rasoir, campé droit sur son bassin, discute
Haut, comme s'il était au banc des avocats.
Il commence : « Excusez, Dame, en cette dispute
Si je tiens mon parler franc, et ne cède pas !

« Sans moi, sans l'eau du broc, sans la lessive chaude
Que ferait Burchiel ? Il aurait la couleur
D'un lampion de cire, un beau vert d'émeraude ! »

La Poésie alors : « Mon cher, tu fais erreur.
Il a, sache-le bien, trop d'âme et de valeur
Pour les minces calculs que ta verve échafaude ! »
        Je leur réponds : « Moins de clameur !

« Entre bassine et seau vous mettriez la guerre !
« Qui m'aime, apporte ici bon vin, et large verre ! »

SONNET SUR L'ÉDUCATION

Quando il fanciul da piccolo scioccheggia

A l'enfant tout petit qui fait une sottise
La verge et le sermon suffisent amplement ;
Après sept ans déjà, une faute commise
Veut l'emploi de la force envers le garnement.

Si, quinze ans écoulés, la pente est presque prise,
Saisis-moi ton gourdin, c'est un bon instrument,
Et fais-le manœuvrer, tant que ton fils te dise
Que pour te plaire il veut changer de sentiment.

Mais s'il compte vingt ans, la seule chose à faire,
C'est de le mettre en geôle un an à se distraire,
Sans hésitation comme un dernier moyen.

Après trente ans et plus, s'il n'est devenu sage,
Inutile, mon cher, de tenter davantage.
Quand un homme a trente ans, punir ne sert de rien ;
    Il faut l'embarquer en voyage,
Et, quoique ce parti te paraisse un peu dur,
Prends le deuil de ton fils, c'est encor le plus sûr.

LA COUR DE FERRARE ET L'ARIOSTE

1474-1533

Au milieu des bouleversements que provoque la ligue de Cambrai et la rivalité de François Ier et de Charles-Quint, le duché de Ferrare jouit d'une immunité relative.

Les princes appartiennent à la maison d'Este, race de soldats et de diplomates, qui remonte aux ducs de Toscane, créés par Charlemagne. Rattachés aux divers partis par le sang ou par des traités, ils inspirent aussi le respect par leurs forteresses redoutables et leur artillerie solide, et se confinent volontiers dans le rôle de médiateurs.

Une cour brillante et raffinée était le cadre approprié à leurs goûts sensuels et à leurs combinaisons politiques. Les mariages, les réceptions et les divers événements étaient l'occasion de fêtes, cavalcades, joutes, spectacles, mascarades magnifiques, où s'exerçait la verve des artistes, architectes, peintres, et poètes, Machiavel, Bojardo, Guarini, l'Arioste...

Ce dernier, fils d'un capitaine au service d'Hercule Ier duc de Ferrare, avait été introduit à la cour en qualité de secrétaire du cardinal Hippolyte d'Este, second fils d'Hercule Ier. Les appointements étaient de 25 écus (625 francs), tous les trois mois; mais il n'avait pas une sinécure. Il servait d'intendant et de courrier, suivait son maître dans ses aventures, et notamment, en 1510, il dut s'enfuir en toute hâte devant la colère de Jules II qui voulait saisir le maître et noyer le secrétaire.

Las d'une vie si mouvementée, il espéra trouver

auprès du nouveau duc Alphonse un service plus doux et des loisirs moins rares. Il dut subir une dernière épreuve, et partir comme gouverneur dans les districts montagneux et peu civilisés de la Garfagnana, près de Reggio. Il s'acquitta courageusement de ses fonctions, et put enfin se retirer dans la demeure modeste qu'il avait acquise à Ferrare. « *Parva, sed apta mihi, sed nulli obnoxia curæ* », avait-il écrit sur le seuil de sa porte. Il y acheva sa vie en cultivant son jardin, près de la belle Alexandra Benucci, sa femme.

Quelques satires agréables, et savoureuses nous font assister aux différents épisodes de sa vie, et peuvent être citées à côté de l'*Orlando furioso*. Nous n'essaierons point d'analyser ce poème touffu et célèbre. Rappelons seulement que, consacré à la gloire de la maison d'Este, il contient de nombreuses allusions à son origine, à son histoire et aux personnages, courtisans et grandes dames qui en ont peuplé la cour. On y retrouve même, déguisée et transformée par la poésie, cette tragédie horrible qui déshonora une cour déjà célèbre par d'autres crimes ; les quatre frères jaloux, Ferrante emprisonné à vie (1506) ; Jules jeté dans un cachot les yeux crevés (1505), et oublié pendant cinquante-trois ans (1559). (Sismondi. Rép., italien, XIII, 328).

Dans ce milieu l'Arioste conserva cependant une vie digne et fière. Grâce à l'entremise du cardinal Bembo, il obtint de Léon X un privilège pour la propriété littéraire de ses œuvres ; la petite fortune qu'il acquit ainsi reçut le plus noble usage, et lui permit de pourvoir à l'établissement de quatre frères et de cinq sœurs dont son père lui avait laissé la charge.

LUDOVICO ARIOSTO
1474-1533

LA PIE

Certain été la terre était si desséchée
    Qu'on aurait cru que Phaéton
    Courait une autre chevauchée.
    Les puits étaient secs jusqu'au fond.
Secs étaient les ruisseaux, les étangs, les fontaines,
    Et l'on eut traversé sans pont
    Des rivières autrefois pleines.
Il existait un homme, en ce pays,
    Qui faisait paître en ses domaines
    Bœufs, chevaux, moutons et brebis.
Était-il riche ou pauvre? on n'aurait su le dire,
    Tant il se rongeait de soucis.
    N'ayant plus d'eau pour se suffire
Il fit creuser partout. Partout ce fut en vain
    Plein d'angoisse, et craignant le pire.
Il supplia celui dont le secours divin
    Jamais ne manque à qui l'implore.
Ce fut avec raison, car il songea soudain
Qu'en certaine vallée, au loin, était encore
Un peu d'eau. Vite, avec femme, enfants,
Serviteurs, il s'en va, sonde, creuse, perfore.
    Et ses efforts sont triomphants.
    Mais pour boire à l'onde parue
On n'avait qu'un seul vase et non pas des plus grands.

« Il est bon que par moi la première eau soit bue,
« Dit le maître, et qu'ensuite et ma femme et mes fils
« Boivent selon leur soif ; la chose est juste et due.
 « En ordre après seront admis
 « Les gens de labeur et de peine,
 « Selon le mal qu'à creuser ils ont pris.
 « Pour la série alors qui sera la prochaine
 « On choisira parmi les animaux ;
 « Et tout d'abord il faut qu'on prenne
« Ceux qui devront servir plus tard à nos travaux. »
Ainsi dit, ainsi fait. Chacun pousse, on s'agite,
Et, pour n'être dernier à s'approcher des eaux,
 Chacun fait valoir son mérite.
 Au milieu de ce brouhaha
 Sautillait une pie, autrefois favorite,
 Qui caquetant, volant de-ci, de-là
Plaisait à son seigneur, et qu'il trouvait gentille.
 Elle dit alors : « Qu'est cela ?
 Je ne suis point de la famille :
 De creuser je n'eus pas le soin
Pas plus demain qu'hier n'est de tâche où je brille ;
 On m'oubliera seule en mon coin,
Et je mourrai de soif, si je n'ai l'industrie
 D'aller me rafraîchir plus loin. »

 Je suis un peu comme la pie,
 Et le Pape a tant de neveux
D'amis, de courtisans, de gens de confrérie,
Que je ne puis m'attendre à passer devant eux...

BARBARA TORELLI

1508

Les Annales de l'Italie abondent en histoires tragiques. C'est dans la famille des Este peut-être qu'on rencontre les plus célèbres. Citons seulement le drame qui coûta la vie en 1405 à Parisina Malatesta et à son beau-fils Hugo, et que chanta Byron ; ainsi que les souvenirs qui se rattachent à Lucrèce Borgia qui entre en 1502, par son troisième mariage, dans la maison de Ferrare.

Le sonnet suivant rappelle un attentat mystérieux.

La belle héritière des Torelli avait épousé, en 1508, Ercole Strozzi, gentilhomme de la cour d'Este, ami de Bembo et de l'Arioste. Treize jours après son mariage, Strozzi est trouvé dans une rue de Ferrare, percé de vingt-huit coups de poignard. Sa mort fut attribuée au duc Alphonse, le mari de Lucrèce Borgia, sans que la veuve pût atteindre le meurtrier.

Une autre catastrophe, les *Noces vermeilles de Pérouse*, peint encore mieux l'époque :

En 1500, les Baglioni dominent la grande cité ombrienne, par leur faste, leur bravoure et leur habileté. Grâce à eux la ville se croit délivrée des luttes civiles atroces de 1488, 1491 et 1495 ; on célèbre le mariage du superbe condottiere Astorre Baglioni « comparable au dieu Mars » et de la belle Lavinia Colonna. Il y a des arcs de triomphe, des verdures, des fleurs et des cortèges magnifiques (28 juin).

Parés d'habits d'or, de colliers et de perles, les époux entrent au son des fanfares, et les fêtes se prolongent en joutes, tournois, festins et danses(1ᵉʳ et 2 juillet). C'est l'heure choisie par la trahison. Ingrats et ambitieux, Varano seigneur de Camerino, et G. della Penna, réunissent dans une conjuration les Barciglia, les della Corogna, etc.; et s'adjoignent même un petit cousin d'Astorre, Federigo, surnommé Grifonetto.

Dans la nuit du 14 au 15 juillet, les assassins pénètrent par les toits dans le palais où reposent les époux sans défiance. La porte est crochetée, Astorre égorgé, et sa femme blessée en le défendant. Ensuite Guido, vieillard de soixante-quinze ans, est surpris dans son sommeil; Gismondo, Simonetto à peine vêtus tombent, l'épée à la main.

Un des principaux Baglioni, Giovanni Paolo, a pu cependant s'échapper, en sautant de toit en toit. Il revient à la tête de quelques troupes, et la bataille s'engage. Les conjurés sont vaincus : Grifonetto est blessé à mort sous les yeux de sa mère, Atalanta, et de sa femme Zenobia Sforza (16 juillet). Il avait vingt-trois ans.

L'art de Raphaël a immortalisé ces infortunes. Astorre est le noble cavalier qui, dans le tableau du châtiment d'Héliodore, arbore à son casque le griffon héraldique des Baglioni. Il est encore le Saint-Michel et le Saint-George, du musée du Louvre. Quant à Grifonetto, sa mère, déjà si cruellement éprouvée en 1477, par l'assassinat de son mari, voulut conserver dans son oratoire une image de ce dernier deuil ; et Raphaël peignit pour elle la *Déposition de Croix*, qu'on admire aujourd'hui dans la collection Borghèse. Le robuste garçon, qui supporte le corps, est Grifonetto; Zenobia Sforza, sa veuve, près de lui, tient une des mains du Christ ; Atalanta est la mère de douleurs. Ce tableau fut achevé en 1508, mais Atalanta ne le garda qu'un an ; elle mourut le 18 décembre 1509 (1).

(1) L'histoire des Baglioni a été racontée par un de leurs descendants, M. le comte Louis de Baglioni (Pérouse et les Baglioni, 1909).

PLAINTE DE BARBARA TORELLI

Spinta e d'Amor la face, il dardo e rotto...

Amour! Ta flamme est morte, et ta flèche impuissante.
Ton arc et ton carquois sont brisés sous mes yeux,
Car la mort a frappé le chêne vigoureux
Sous l'ombrage duquel je dormais confiante !

Que ne puis-je te suivre en ta fosse béante,
Époux que m'a ravi le sort injurieux !
Quand, seuls, huit jours et cinq avaient serré les nœuds
De notre jeune amour meurtri par la tourmente.

Je voudrais que mon feu pût rendre la chaleur
A tes membres glacés, de mes cris de douleur
Animer ta poussière et rappeler ton âme ;

Dressée en mon orgueil, alors, je défierais
Le monstre qui rompit nos liens, et dirais :
« Vois donc ce que l'amour peut accomplir ! Infâme !»

Les « Noces » ont inspiré au poète Nicola Marchese : la *Congiura dei
Baglioni* ; à M. Gabriele d'Annunzio : la *Citta del Silenzio* et le drame
Atalanta Baglioni, etc.

TORQUATO TASSO

1544-1595

Le Tasse a vécu dans le milieu fastueux des cours italiennes et y a connu, tour à tour, la gloire et la disgrâce. Pourquoi cette destinée étrange? Faut-il l'expliquer par des machinations ténébreuses? ou par une nervosité maladive, susceptible de dégénérer en crises d'hallucination? L'étude de ce drame psychologique est d'autant plus attachante que le cœur ardent et le pur génie du Tasse ont décuplé toutes ses souffrances. Il a été plaint par les poètes : Alfieri, Byron, Gœthe, Chateaubriand, Lamartine, et l'Histoire hésite encore, et n'a pas résolu la douloureuse énigme.

Torquato Tasso naît le 11 mars 1544 au bord de la mer de Sorrente. Il est pauvre et gentilhomme. Son père Bernardo Tasso, déjà connu par des odes et un poème épique, est secrétaire du prince de Salerne ; mais il encourt, comme son maître, la disgrâce du roi de Naples. Il fuit à Rome. Sa femme reste aux prises avec les difficultés d'un procès ; elle doit se priver de son fils qu'elle renvoie à Rome, et deux ans après, meurt épuisée dans la solitude et l'isolement.

A ces tristes débuts succèdent bientôt l'animation des voyages et le souci des études. Le père et le fils passent à Rome, Urbino, Padoue, se liant avec les hommes illustres de l'époque et même avec la famille princière d'Urbin, dont le jeune fils Francesco Maria est le condisciple de Torquato.

Le poème *Rinaldo* que publia à cette époque le précoce

poète fait déjà apprécier une trame souple et élégante, de l'imagination, de l'ordre et de l'enjouement.

Un séjour à Padoue et à Mantoue suggère à Tasso quelques poésies amoureuses, et il vient à la cour de Ferrare où régnait Hercule II, époux de Renée de France, père d'Alphonse II, de Lucrezia duchesse d'Urbin, et de Léonore d'Este. On célébrait à ce moment les noces somptueuses du prince héritier avec l'archiduchesse d'Autriche, Barbara (1565). Le Tasse brille par l'ingéniosité de son esprit, et par son adresse de cavalier. Il choisit pour dame la belle Lucrezia, et peut-être a-t-il conçu à cette époque l'amour mystérieux qui devait troubler toute sa vie? Après quelque temps, il suit en France le cardinal d'Este, frère du prince (1571); voyage ingrat, malgré l'accueil flatteur de Ronsard, de Balzac et même de Charles IX. Le poète est réduit aux expédients, et rentre à Ferrare pauvre et mécontent.

Il adresse alors à la seconde sœur du prince, Léonore

« La dame que son vers en mots *voilés honore* »

un hommage imprudent. En même temps ses querelles avec Guarini, l'auteur du *Pastor fido* et Pigna, troublent la petite cour. Une autre allusion, plus grave, est glissée dans le deuxième chant de la *Jérusalem délivrée*. Ce sont les portraits de Sophronie et d'Olinde, de la beauté royale et fière, et de l'amant timide et respectueux.

Le mystère commence ; et les sonnets du poète laissent planer le doute sur celle de trois dames qu'il a choisie, aventure singulière dont Gœthe dans sa tragédie, et Victor Cherbuliez, dans le *Prince Vitale*, ont tiré des péripéties émouvantes.

Si le Tasse visait trop haut, on le lui fait sentir. Il s'exaspère, se plaint d'être mis à l'écart, épié, poursuivi ; il se bat en duel avec un certain Maddalo, il échange des gourmades avec Ercole Fucci, et en même temps il est pris de scrupules religieux. Il sollicite d'être entendu en confession générale par l'inquisiteur de Ferrare, soumet son poème à une revision dogmatique et en retranche les plus savoureux épisodes. Mais trop de copies sont répandues. Des publications clandestines achèvent de troubler le poète. Un jour, le 17 juin 1577, en présence de la princesse Lucrèce, il se jette sur un domestique dont il se croit épié et il lui porte un coup de couteau. Saisi, enfermé dans une tourelle du palais, il est transféré successivement au Bel-riguardo et dans un couvent de Franciscains. Il écrit au duc pour se justifier, il demande la faveur d'adresser à la princesse une lettre unique où « il ne parlera ni de soupçon de poison, ni de prières, mais de tout autre chose ».

La demande est repoussée; Tasso s'enfuit, au milieu des privations et des dangers, sous un déguisement, et parvient à Sorrente, auprès de sa sœur Cornelia ; il ne peut s'y tenir, et il se rend à Mantoue, à Padoue, à Venise, à Urbin, à Turin même, où il compose la rêveuse canzone adressée au fleuve Métaure. Il arrive enfin à Ferrare. Le moment est mauvais. Le duc Alfonse célébrait son troisième mariage. Mal accueilli, le poète se livre à une scène violente. Il est saisi et jeté dans l'hôpital Sainte-Anne, au milieu des fous et des malades. C'est dans une cellule étroite et infecte, la captivité dure et humiliante qui n'est adoucie qu'au bout de deux ans, et ne cesse qu'après sept ans et demi (de mars 1579 à juillet 1586).

Cependant, dès 1580, la *Jérusalem* est arrivée à la connaissance du public. Le beau-frère du duc, l'excellent prince de Gonzague, mari d'Isabelle d'Este, est touché de la misère du poète et obtient qu'il soit remis en liberté.

Le Tasse vient alors à Mantoue, y compose une tragédie, *il re Torrismondo* ; puis son humeur inquiète l'entraîne à Bergame, Bologne, Lorette et Rome. Il revient à Naples (1588), cherche la solitude au couvent de Monte Oliveto, retourne à Mantoue où il tombe malade, et par Florence et Rome se rend encore à Naples où l'appelle l'amitié du marquis de Villa.

Les sollicitations du cardinal Cinthio qui veut lui faire décerner la couronne attribuée jadis à Pétrarque et la bienveillance du pape Clément VIII l'attirent de nouveau à Rome ; mais il est épuisé, et il meurt au monastère de Saint-Onuphre, consolé par les pieux entretiens des moines.

Le poète, dont l'existence fut si agitée, a déjà un cerveau de moderne, mobile et impressionnable. Ses poèmes sont clairs, ordonnés et d'une poésie délicate. La fantaisie n'y est plus frivole, et les passions se mêlent à la trame dans un développement logique ; les héros sont généreux et sympathiques, et leur souvenir chante dans toutes les mémoires ; mais ce qu'on retrouve toujours, ce qui anime et vivifie toute l'œuvre, c'est le noble esprit et le grand cœur du Tasse.

SUR LA MORT D'UNE ENFANT

Un breve cenno appenna, un batter d'occhio

Un signe, un battement des yeux, un bref éclair
Qui bien avant le son disparaît et s'efface,
Telle est la vie ! Hélas ! elle fonde et se perd
Comme un flocon léger de neige, dans l'espace.

Mieux qu'un trait fugitif la mort vole et fend l'air ;
Elle rugit plus fort qu'un lion, elle glace

Mieux que l'ombre où descend la rigueur de l'hiver,
Où la fleur fane et meurt, où nul rayon ne passe.

Nos plus tendres espoirs ont le destin des fleurs.
Ta Minerva n'est plus, qui tint, pauvre chérie,
Tant de place en ton cœur et si peu dans la vie !

Mais son âme, en quitant le voile des douleurs,
Vainc le Temps et la Mort ; et la vie éternelle
Lui rend ailleurs les jours qui sont finis pour elle.

VISION

Egro io languiva, e l'alto sonno avvinta (Rime sacre 42).

Enchaîné par la fièvre en un sommeil de plomb
Je gisais sur mon lit sans force et sans pensée ;
Mes membres ruisselaient d'une sueur glacée
Et l'ombre de la Mort envahissait mon front.

Alors tes cheveux d'or nimbés d'un pur rayon,
D'une gloire d'amour toute divinisée
Tu m'apparus, Marie ! et de ta main baissée
Descendaient jusqu'à moi la vie et le pardon.

Sous le voile, et baigné de la même lumière
A droite saint Bruno se tenait, en prière,
Scolastique occupait, debout, l'autre côté.

Je consacre à ton culte et mes vers et mon âme !
Et je me fie en toi, pour qu'au Ciel me réclame
Ta grâce, à qui je dois salut et liberté !

PRÉCIOSITÉ

Amando ardendo alla mia donna i' chiesi
(Rime Amorose, 49).

Dans nos débats d'amour, j'avais requis ma Dame
D'octroyer une grâce à mes soins assidus,
Et d'apaiser le feu qui consume mon âme.
Parlant trop bas, mes vœux furent mal entendus.

Elle prit deux cheveux, malicieuse trame
Dont l'amour fait ses lacs, toujours prêts et tendus,
Et, riant, les sertit dans l'or, pour que la flamme
S'unit au mince objet et ne me quittât plus.

Son rire à sa rougeur prêta grâce nouvelle,
La rougeur à son rire ; et moi, la voyant telle
Je me sentis le cœur lié de lacs ardents ;

Je lui dis : « L'or indique une ardeur que l'on cèle,
Mais si je crains d'aimer, si votre flamme est grêle,
Qu'est-ce qu'un tel amour, et des feux si prudents?

Venise

Venise donne l'impression d'un Herculanum ou d'un Pompéi du moyen âge, resté intact et superbe. La fierté et la grâce orientale des lignes du port, la richesse hautaine des palais et des églises, la beauté des sépultures grandioses, et même le charme un peu sombre des canaux, tout parle du passé avec force, ravissement et mélancolie.

Ce sont ces impressions que nous avons cru retrouver dans les sonnets suivants qui sont : l'un, de l'honnête Giovanni della Casa (1503-1536); l'autre, de l'abbé génois Frugoni, gourmand, galant et mondain (1672-1768).

Venise, qui prête aujourd'hui un si beau cadre à nos rêves, n'a pas été une patrie de poètes. Ville d'action, de commerce et de guerre, elle alliait au génie du gain l'amour d'un art riche et somptueux; les souvenirs voluptueux du xviie et du xviiie siècle ont fait un peu tort à ceux des temps héroïques. Il faut savoir les allier comme l'a fait si bien Shakespeare, et chercher dans les *Pierres de Venise* la trace des hommes qui firent d'elle la « maîtresse du quart et demi de l'empire romain ». Tout parle à Venise de ses doges et de ses généraux, de ses vaillants marins, de ses luttes contre Gênes, contre Pise, contre les Grecs, le Turc, les Sarrazins, et les puissances du continent. Partout on retrouve le nom des Urseolo, des Mocenigo, des Foscari, des Dandolo; de Pisani, le vainqueur de Chioggia; de Bragadino, le vaincu de Famagouste; de Venier, le triomphateur de Lépante; de Morosini, le Péloponésiaque, et même de Manin, le dictateur de 1848.

Pour les grands seigneurs qui habitaient ces palais féeriques, ont travaillé Antonio da Ponte, Longhena, Pietro et Tullio Lombardo, le Sansovino, Palladio, Scaramozzi. Pour eux, les Bellini, les Palma, Carpaccio, Titien, Giorgione, Véronèse, Tiepolo ont couvert les murs de toiles ou de fresques lumineuses. Près d'eux, enfin, ont vécu le noble Alde Manuce, les Griffi, Bembo, Ugo Foscolo. Pour leur ville est mort A. Poerio. Enchâssée dans les reliques du passé, Venise est comme une armure milanaise dont la trempe est encore plus fine et précieuse que les délicates ciselures incrustées d'or.

GIOVANNI DELLA CASA
1503-1556

VENISE

Ces nobles bâtiments, ces palais d'or couverts
De marbres, de porphyre et de mille sculptures,
Remplacent les abris et les humbles toitures
Où vivaient des pêcheurs sur des îlots déserts.

Sans besoin et sans vice, ils lançaient sur les mers,
Au mépris du danger, leurs grossières mâtures ;
Indifférents au gain de provinces futures,
Ils n'avaient qu'un désir : vivre libres et fiers.

Nul souffle ambitieux ne gonflait leur poitrine ;
Et craignant le mensonge encor plus que la mort
Leur rudesse ignorait la vile soif de l'or.

Vous ! que fit plus heureux la clémence divine,
Veillez sur vous ; gardez que des trésors trop lourds
N'étouffent sous l'orgueil les vertus des vieux jours !

FRUGONI

1672-1768

BARCAROLLE

Puisque sur la calme lagune
Vesper, dans l'ombre, éteint le bruit,
Glisse sans peur, gondole brune,
Au silence ami de la nuit.

Sous l'arc argenté de la Lune
Le chœur des Nymphes te conduit ;
Semé de fleurs par la Fortune,
Le flot complice s'ouvre et fuit.

Car ma blonde aux noires prunelles,
Philis, aux yeux pleins d'étincelles,
S'évade ce soir avec moi.

Et ses feux, ses grâces charmantes,
Défieraient toutes les amantes
Que Jupiter eut sous sa loi?

Les XVII° et XVIII° siècles

Au XVII° siècle, la domination espagnole pèse au Nord et au Sud, par Milan et par Naples, sur la péninsule. Seuls lui échappent les princes italiens du Centre, qui sont, il est vrai, à la merci d'une invasion, et le duché montagneux du Piémont qui pratique une politique d'équilibre ; époques ternes qu'ennoblit un moment la gloire de Lépante (1571).

Le souffle des grands poètes est éteint. Il ne reste que des artistes agréables comme Chiabrera (1552-1638), Testi ; des versificateurs faciles et précieux comme Marini, burlesques et amuseurs comme Tassoni, Lorenzo Lippi. La vie de Salvatore Rosa (1615-1673), auteur de satires connues, bien qu'un peu longues, est le type intéressant d'une existence d'artiste.

Les arts du théâtre se réveillent avec Martelli, Maffei, et Pietro Bonaventura Trapassi, plus connu sous le nom de Métastase (1698-1782), dont quelques strophes amoureuses sont connues.

Le traité d'Utrecht (1713) remplace les Espagnols par les Autrichiens ; mais le joug n'en est pas moins dur. Enfin, après la déroute des projets d'Alberoni, patriote peut-être méconnu, et la conclusion de la guerre de Sept ans, la tranquillité renaît, les sciences sont en honneur, et, sous l'influence des idées philosophiques, les princes s'occupent de gérer leurs États.

C'est l'époque où vivent Parini et d'Alfieri.

Parini, qui vécut pauvre et désintéressé, fit œuvre de moraliste autant que de poète. Consacré à l'Eglise, sans vocation très marquée, il était entré comme précepteur dans la famille Serbelloni, et cette situation l'avait mis à même d'observer la haute société de Milan. Frappé de voir la mollesse et l'oisiveté de la jeunesse, il entreprit de la corriger par la peinture ironique de sa vie. La description de la journée d'un jeune seigneur est le sujet de son poème (*Il giorno*). Les deux premières parties, le *Matin* et l'*Après-Midi*, en furent publiées en 1763. On doit aussi à Parini quelques odes célèbres dont l'une, *la Caduta*, se rapporte à une chute qu'il fit dans les rues de Milan.

La vie d'Alfieri a été racontée par lui-même dans un récit suffisamment véridique et d'un vif intérêt. Ardent, fier, facilement entraîné par le plaisir et la passion, ses œuvres portent l'empreinte de son indépendance de caractère. *Mérope, Brutus, Saül* sont les principales de ses tragédies. Après avoir été un partisan fougueux de la Révolution de 1789, il fit à la France une opposition irréductible. On a de lui plusieurs pièces de circonstance, sonnets, satires, inspirées par ses voyages en France, ses aventures passionnelles, et particulièrement par sa liaison avec la duchesse d'Albany.

♣

CHIABRERA
1552-1638

Del mio sol son ricciulegli
I capelli
Non biondelli ma brunelli,
Son due rose vermigliuzze
Le goluzze,
Le due labra rubinelli

Moins blonde encor que brunette,
Sur sa tête
Frise un rayon de soleil ;
Sa joue est une églantine
Purpurine,
Sa lèvre un rubis vermeil.

Mais, depuis que je l'ai vue,
M'est venue
Une peine, un dur tourment,
Car l'amour brûle mon âme
D'une flamme
Qui s'en va me consumant.

Quand me vint une ardeur telle
    Pour ma belle,
J'étais sans crainte du feu.
L'amour est fils de déesse :
    Sa tendresse
Ne me paraissait qu'un jeu.

Las ! il n'a pas à Cythère
    Pris sa mère ;
Il est né d'un dur écueil
Et tient du flot, de l'écume,
    La coutume
De semer tristesse et deuil.

On dirait un petit pâtre ;
    Il folâtre,
Vif comme un oiseau moqueur.
Mais cependant qu'il babille
    Et sautille,
Il emporte notre cœur.

Je crois là-bas qu'il s'indigne !
    Il fait signe
Que je taise ses méfaits !
Serpent ! petite vipère !
    Puis-je taire
Tous les maux que tu m'as faits !

Ne sais-tu pas les caprices,
    Les supplices
Que mon cœur dut endurer ?
Et quel bien de ton empire
    Puis-je dire,
Toi qui m'appris à pleurer ?

VINCENZO FILICAJA
1632-1767

L'ITALIE

Italia, Italia a cui feo la sorte

Italie ! Italie ! ah ! quel fatal destin
De la beauté te fit une grâce cruelle !
C'est d'elle que pour toi naissent les maux sans fin
Dont t'est gravée au front la douleur éternelle !

Que n'es-tu plus robuste, ou que n'es-tu moins belle?
Inspire moins d'amour, ou sache mettre un frein
Au flot d'envahisseurs, dont la fureur est telle
Que, pour te posséder, ils te percent le sein !

Tu n'aurais pas à voir des Alpes descendue
La horde des Gaulois déborder en tes champs,
Et baigner en tes lacs ses coursiers tout sanglants !

Tu n'aurais pas besoin d'une troupe vendue
Pour manier le fer qui pèse à tes enfants !
O race prête au joug, triomphante ou vaincue ! (1).

(1) *Et vincere et vinci luctuosum reipublicæ* (Cicéron, *Pro reditu*).

SALVATOR ROSA
1615-1673

SATIRE SUR LA PEINTURE

Les peintres aujourd'hui croiraient être en défaut (1),
S'ils ne s'employaient point à peindre les guenilles
Et les ébats grossiers d'un tas de mauvais drilles.
Le genre est à la mode, et chez un grand seigneur
Tient dans sa galerie une place d'honneur ;
Pour ces vauriens, il faut des cadres magnifiques.
Des gueux, des mendiants, en loques, faméliques,
Qui roulent dans la rue en quêtant un denier
Valent, mis sur la toile, un trésor tout entier.
Un prince d'aujourd'hui — le cas n'est pas bien rare,
Pour le luxe est prodigue, et pour l'aumône avare ;
Il compte les vivants pour moins que les tableaux,
L'homme pour moins qu'un masque, et le vrai que le faux

Souvent, chez un artiste, on est tout interdit (2)
De voir décliner l'art quand le renom grandit.
La vogue, les honneurs lui détraquent la tête ;
Un peintre un peu coté, dont la toile s'achète,
Cesse de faire effort et se laisse enliser
Dans un égal oubli de peindre et de penser !

(1) *La Pittura*, vers 246. — (2) *Id.*, vers 306.

Le monde est encombré de peintures lascives (1) ·
Corruptrices des yeux, et dont la trahison
Subtilement au cœur fait passer le poison.
On ne rencontre plus que Dieux et que Déesses
Ravalés, sans vergogne, aux humaines faiblesses,
Qui, vils propagateurs, étalent en tous lieux
Le triomphe impudent d'un art licencieux !

O pères insensés ! o mères ! quelle erreur (2)
Vous fait de ces tableaux acheter l'impudence !
Que sert de rester purs, de vivre avec prudence,
Si vos fils, par les yeux, se corrompent chez vous !...

(1) *La Pittura*, vers 684. — (2) *Id.*, vers 720.

MÉTASTASE

1698-1782

A NICE

Grazie agl' inganni tuoi, — al fin respiro, o Nice !

J'ai compris l'erreur de mes yeux,
Je suis délivré, je respire ;
Nice ! Voici qu'enfin les Dieux
Ont pris en pitié mon martyre.
Des lacs où j'étais arrêté
Je sais maintenant le mensonge,
J'ai recouvré ma liberté :
Ma liberté n'est pas un songe !

Le calme et la paix dans mon sein
Sont rentrés ; nul feu ne me brûle,
J'ai même écarté le dédain,
Où le regret se dissimule.
Je ne change plus de couleur,
Lorsque ton nom devant moi passe ;
Je ne sens plus battre mon cœur,
Quand je te revois face à face.

Quand je rêve, par mon sommeil
Ton image n'est plus bercée ;
Ce n'est plus vers toi qu'au réveil
Vole ma première pensée.
Je pars, et m'éloigne de toi
Sans soupirer de ton absence,
Et tu peux rester près de moi.
Sans me causer joie ou souffrance.

L'oiseau que sur un rameau nu
Retient la gomme insidieuse,
S'échappe parfois de la glu,
Plume arrachée, aile boiteuse ;
Et lorsque, avec la liberté,
La plume renaît à son aile,
Il se rit du piège éventé,
Et brave l'embûche nouvelle.

Si je dis comment fut meurtri
Mon cœur, au gré de tes caprices,
C'est ainsi qu'un soldat guéri
Peut dévoiler ses cicatrices,
Qu'un esclave, échappé des fers,
Saisi d'une ivresse soudaine,
Brandit à ses bras découverts
Les anneaux rompus de sa chaîne.

Tu bannis un cœur plein de foi,
Je quitte une amante volage ;
Le temps montrera qui de toi
Ou bien de moi perd davantage :
Mais sache bien que, si jamais
Nice n'aura d'ami plus tendre,
Il sera pour moi d'autres rêts
Où je puis me plaire et me prendre.

GIUSEPPE PARINI

1729-1799

LA DAME, LE PETIT CHIEN ET LE DOMESTIQUE
(*Il Giorno*).

Ces propos font monter une larme muette
Sous les cils de la dame. Aux bourgeons du sarment
Ainsi pleure en avril la fine gouttelette
Qu'irise le soleil et caresse le vent.

A ses yeux, en effet, se peint le jour terrible
Où sa chienne, un amour, ayant de belle humeur,
Fait, avec sa quenotte, une marque invisible
Au mollet plébéien d'un obscur serviteur,
La pauvrette eut de l'homme une telle ruade
Qu'elle roula trois fois sur le tapis : trois fois
D'horreur se hérissa son poil, sous l'incartade ;
Trois fois son nez souffla la poussière. Sa voix
Était un pur sanglot ; elle paraissait dire :
« Au secours, au secours » ! L'Echo, plein de pitié,
Du haut des lambris d'or répéta le martyre.
Aussitôt, des fins fonds du palais effrayé

Italie et Espagne.   10

Accoururent valets, servants, femmes de chambre
Pâles, sortant d'en haut, d'en bas, de tous les coins.
Et flacons de s'ouvrir ; parfums, sels, extraits d'ambre,
On inonda la Dame et d'odeurs et de soins.

Elle reprit ses sens ; mais douleur et colère
Tremblaient en elle encor. Jetant au serviteur
Un regard fulgurant comme un coup de tonnerre,
Elle appela trois fois, de toute sa langueur,
Son amour de levrette. Au giron la pauvrette
Vint se jeter, criant vengeance : « Ah ! tu l'auras,
« Ta vengeance ! dit-elle, et seras satisfaite !
« Cher amour ! que Vénus eut bercé dans ses bras !
Le front bas, le coupable entendit la Justice
Signifier l'arrêt et faire son devoir.
Quatre lustres déjà passés dans le service,
Son dévouement discret aux secrets du boudoir,
Pleurs, serments, rien n'y fit. Il subit la sentence,
Et partit nu, privé du vêtement d'honneur
Qui, de loin, au public signalait sa prestance.

Il partit. Vainement chez un autre seigneur
Voulut-il se placer. Au récit de son crime,
Toute Dame sensible était pleine d'horreur,
Et l'on jugeait partout la peine légitime.
Point de grâce ou d'abri pour un tel malfaiteur.
Sur le bord d'un trottoir, seul, perdu dans la ville,
Avec ses petits gars et sa femme en haillons,
Il lassa les passants d'une plainte inutile.

Et toi, pendant le cours de ces expiations
Sur des flots de coussins moelleux, tranquille idole,
Tu restais, ô levrette! à savourer en paix
La douleur des humains qu'à tes pieds on immole.

———

LA CHUTE

Quand Orion fuit et s'efface
Devant la mauvaise saison,
Que pluie et brume, neige et glace
Jettent le deuil sur l'horizon,

Malgré la boue et ses souillures,
Ma jambe faible et mes pieds lourds,
J'affronte, au travers des voitures,
Le brouhaha des carrefours.

Parfois, quand un pavé dépasse
Les autres, ou que mon talon,
Mal affermi, sur la surface
Glisse, je tombe tout du long.

Le gamin qui riait, s'arrête
Et me suit de l'œil, attendri,
Lorsque je me palpe la tête
La jambe ou le coude meurtri.

Un homme accourt : « Qu'il est donc triste
De vous voir ainsi maltraité »,
Dit-il, « cher poète ». Il m'assiste,
Me soutient le bras, le côté,

Et, d'une main affectueuse,
Me relève ; il me met d'aplomb,
Me rend ma coeffure boueuse
Et court après mon vain bâton.

« Faut-il donc que vos pieds débiles
Par l'âge et le mal outragés
Se heurtent au pavé des villes
Toujours entre peur et dangers !

« A vos vers chacun rend hommage ;
Mais vos vers ne vous donnent pas
Même un carrosse de louage
Pour traverser les mauvais pas !

« Faites-vous voir et reconnaître
Chez ceux que la chance a poussés ;
Si quelqu'un parle aux grands en maître
Couvrez sa porte de baisers.

« Ainsi vous deviendra possible
De franchir le seuil des palais
Pour bercer leur ennui terrible
De contes gais et de couplets.

« Ou bien, si votre flair vous guide
Vers les sentiers mystérieux
De cet Olympe où se décide
Le sort des peuples anxieux,

« Vous trouverez bien quelque affaire,
Un projet d'impôt inédit
Pour aider le Trésor, et faire,
Dans l'eau trouble, un petit profit.'

« Serez-vous donc incorrigible?
Ne pourrez-vous être amené
Sur quelque route moins pénible,
Amant de la Muse obstiné !

« A quoi bon une raideur folle ?
Un sage rit avec les sots,
Et d'une forte gaudriole
Pimente, au besoin, ses bons mots ! »

C'en est trop ; longtemps prisonnière,
Ma bile éclate et se fait jour ;
J'abats du coup digue et barrière
Et je lui réponds à mon tour :

« Un bon citoyen suit la ligne
Que sa naissance et que le sort
Lui tracent, et, pour être digne
D'estime, met tout son effort.

« Que si, plus tard, courbé par l'âge,
Il est surpris par le malheur,
Il prie un peu qu'on le soulage
Le front modeste, et haut le cœur.

« Mais si, méprisant sa prière
Les humains lui tournent le dos,
Il garde au moins une âme fière
Pour bouclier contre ses maux.

« La douleur n'a rien qui l'étonne ;
Sa fierté n'a rien de blessant. »
En disant ces mots, j'abandonne
Mon homme, et pars clopin-clopant.

Je veux bien qu'à mon aide on vienne.
Je n'accepte pas les avis ;
Et sans remords, regrets ni peine,
Je gagne, éclopé, mon logis.

VITTORIO ALFIERI

1749-1803

PORTRAIT DE LUI-MÊME

Sublime specchio di veraci detti

Miroir sincère et vrai, rends-moi ton témoignage,
Et, trait pour trait, dépeins, âme et corps, mon image.
Mes cheveux, d'un ton roux, sont rares sur le front.
J'incline vers le sol un corps un peu trop long.

Ma jambe mince porte un maigre personnage.
J'ai l'œil bleu, la peau blanche, et suis doux de visage.
Nez, bouche et dents sont bien et de bonne façon ;
Mon teint a la pâleur d'un roi dans sa prison.

Souvent je suis dur, âpre, et souvent pitoyable.
Je ne suis pas méchant, mais toujours irritable.
Mon esprit et mon cœur sont toujours en combat.

D'humeur mélancolique et pourtant gai, mobile,
Je suis parfois Thersite, et d'autres fois Achille.
Homme ! es-tu grand ou vil ? Meurs, et tu le sauras !

SUR LA PLAGE

Solo, fra i mesti miei pensieri, in riva

Hanté de noirs soucis, je suivais cette plage
Où l'Arno traîne et meurt sur les sables luisants,
Et Fido, mon cheval, faisait, sur son passage,
En écume jaillir les flots retentissants.

Ces lieux abandonnés, cette rumeur sauvage
De leur mélancolie imprégnaient tous mes sens,
Et dans mon cœur, où brûle une amour sans partage,
Versaient leur douceur triste et leurs philtres puissants

Sur mon âme inquiète et ma peine passée
L'oubli léger pleuvait ainsi qu'une rosée ;
Et librement dans l'air, j'exhalais mes soupirs.

Il me semblait revoir, sur son cheval bercée,
Près de moi, celle à qui vont toujours mes désirs
Et nulle erreur ne fut plus douce à ma pensée.

LA CHAMBRE DE PÉTRARQUE

O cameretta, che gia in te chiedesti.

Humble chambre, où vécut dans sa simplicité
Celui dont le renom devait remplir le monde,
Ce chantre de l'Amour, voix touchante et profonde
Par qui Laure vivante eut l'immortalité.

Cher et calme réduit où son cœur a goûté
Cette mélancolie où la douceur abonde,
Je me plains, et le flot de mes larmes m'inonde
Quand je vois l'abandon où ton culte est resté.

Les nobles marbres, l'or, l'agate, le porphyre,
Rien n'eût été trop beau, rien n'aurait dû suffire
A parer dignement un semblable trésor !

Et pourtant — non ! — Laissez aux princes le Carrare,
Où le laurier n'est pas, dressez la pierre rare ;
Le nom qu'on lit ici brille et vaut mieux que l'or.

LES QUATRE POÈTES

Quattro gran vati, ed i maggior, son questi...

Ici sont rassemblés nos quatre grands poètes (1).
Rois des siècles passés comme de l'avenir ;
Et le peintre dont l'art fixa leur souvenir
Des rayons du génie a su marquer leurs têtes.

De l'Enfer, le premier a scruté les retraites ;
L'Amour suit le second, pur et sans se ternir ;
Au troisième, le nom de Roland doit s'unir ;
Le dernier a chanté dans ses vers nos conquêtes.

Partout, de la Néva jusqu'au Bétis brûlant,
Des bords de la Tamise aux rives d'Ausonie
J'eus pour guide avec moi leur robuste génie.

Ils ont au laurier vert, loin du peuple indolent,
Cueilli quatre rameaux ; il en reste un cinquième.
Pour qui ? — Que celui-là tente, que Phébus aime !

(1) Alfieri avait rassemblé chez lui les portraits de Dante, de Pétrarque, de l'Arioste, et du Tasse. Un cinquième cadre restait vide à
côté des premiers, et attendait ce qu'Alfieri n'osait encore y mettre.

♣

Le XIX° siècle, 1789-1859

LE MOUVEMENT DES ESPRITS.
POÈTES ET MARTYRS

Les doctrines et les réformes philosophiques se propageaient pacifiquement en Italie, quand la Révolution française vint provoquer une réaction chez les souverains et encourager la résistance dans la bourgeoisie. La domination française accentua la division des esprits et diffusa partout des idées d'individualisme, ainsi qu'un désir ardent d'unité et d'indépendance nationale.

Monti (1754-1828) fut le poète de ces premières heures. Dans son ode à Montgolfier (1784), il chante les idées philosophiques ; dans l'ode au congrès d'Udine, les espérances de l'Italie (1797). Il exalte la liberté républicaine en 1799, et salue en 1800 Napoléon comme le libérateur et le restaurateur de l'Italie. Sa renommée a malheureusement souffert des flatteries qu'il adressa, peut-être dans une pensée patriotique, aux vainqueurs de 1815.

A côté de lui se rencontrent Pindemonte, harmonieux et délicat, Cerretti, Mazza et surtout Ugo Foscolo (1778-1827). Celui-ci, d'un génie plus âpre et moins souple que Monti, est, comme Alfieri, un indépendant irréductible. Il vit et meurt exilé, et tourmenté de passions ardentes. Ses vers très concis sont d'une pureté classique ; il se sert de l'évocation des gloires anciennes pour exciter le patriotisme de ses concitoyens.

A la chute de Napoléon, les souverains exilés rentrent dans leurs États, et l'Autriche s'installe en Lombardie. C'est partout un retour en arrière, soit par la force appuyée sur les Congrès de Vérone et de Laybach, soit par la compression silencieuse (le *buon governo*).

L'irritation populaire se manifeste par les conjurations des carbonari, et par des soulèvements parfois victorieux. Le roi de Naples qui, par haine du libéralisme, avait repris le titre de Roi des Deux-Siciles, est obligé par la révolution de 1820 de jurer une Constitution faite sur le modèle de la Constitution espagnole. Le régent de Piémont, Charles-Albert, agit de même ; mais les armées autrichiennes interviennent, et les batailles de Rieti et de Novare rétablissent l'ancien état de choses.

C'est l'exil ou la mort pour les révoltés. A Naples, le ministre de la police, prince de Canosa, et le ministre Caretto acquièrent une renommée sinistre ; en Lombardie, les rédacteurs du Conciliatore, le comte Confalonieri, Pallavicino, Silvio Pellico, Maroncelli subissent des emprisonnements rigoureux. Le duc de Modène livre au supplice Andreoli ; Panizzi se réfugie en Angleterre où il devait être le correspondant de Mérimée.

L'écho des premiers espoirs retentit dans l'hymne de G. Rosetti ; Berchet est le virulent interprète des désillusions de l'Italie. Carlo Porta et Tommaseo Grossi entretiennent le patriotisme local à Milan, et une élite d'exilés commence à se réunir à Florence autour de Vieusseux.

Les plus grands noms de cette triste époque sont ceux de Leopardi et de Manzoni. Leopardi traduit dans une langue merveilleuse, digne de la pureté et de la noblesse des anciens, la douleur de l'Italie et son propre pessimisme. Manzoni, le grand poète chrétien, fait vibrer la passion patriotique dans ses odes, dans ses drames et dans son roman.

Le contre-coup de la révolution de 1830 se fait sentir en Italie. François IV est chassé de Modène ; Bologne se soulève contre Grégoire XVI ; mais une répression impitoyable suit les troupes autrichiennes.

A Gênes, l'un des frères Rufini se tue dans sa prison, l'autre part en exil (1833) ; Garibaldi, condamné, s'échappe. A Naples, la mort des frères Bandiera est un drame lamentable. A Modène, François IV trahit et livre au supplice Ciro Menotti et l'avocat Borelli. La Romagne, déjà désolée par les massacres de Cesena et de Forli en 1832, est encore bouleversée par les représailles d'Ancône (1845).

A ces exécutions répondent des cris de vengeance et de haine. Mazzini est l'âme de toutes les conspirations et groupe autour de lui les membres de la « Jeune Italie ». Giusti lance des strophes railleuses et cinglantes ; Niccolini remplit d'allusions ses tragédies de Nabucco, Foscarini, Procida, Arnoldo da Brescia ; Guerrazi raconte le siège de Florence, la bataille de Bénévent; Massimo d'Azeglio sème des pamphlets redoutables ; et tous les polémistes : Pietro Giordani, le comte Balbo, l'abbé Gioberti, discutent les événements.

En 1847 et 1848, la réconciliation se fait entre le peuple et le roi de Sardaigne. Charles-Albert, impopulaire en 1831, a fait oublier les anciens griefs par son attitude au moment du couronnement de l'empereur d'Autriche en 1838. Il proclame le Statut du 4 mars 1848. L'insurrection de Venise et surtout celle de Milan (22 mars) l'amènent à prendre les armes.

L'effervescence est générale. On répète l'hymne de Mameli; les élèves des Universités s'organisent en troupes; les volontaires affluent de Parme et de Modène; le duc de Toscane et le pape participent à la guerre sainte par des envois de soldats : le roi de Naples en promet.

Mais les premiers succès remportés à Goïto et à Pastrengo restent stériles ; on échoue devant le quadrilatère. Il y a des luttes héroïques à Curtatone et à Montanara. Les jeunes étudiants de Pise, de Sienne et de Florence s'illustrent par le sacrifice de leur vie, et leurs noms seront inscrits sur une plaque de marbre aux murs de l'hôtel de ville de Turin. Mais la prise de Vicence où est blessé Massimo d'Azeglio, la défaite de Custozza et la capitulation de Milan achèvent la guerre. Une dernière reprise d'armes est encore plus funeste, et la perte de la bataille de Novare (23 mars 1849) amène l'abdication du roi.

L'Italie retombe douloureusement. Venise, Messine succombent après des jours héroïques. Le duc de Toscane rentre à Florence sous un uniforme de général autrichien (mai 1849), et l'occupation allemande est prévenue à Rome par l'intervention des troupes françaises en faveur du pape.

Les poètes ont vaillamment payé de leur personne. Al. Poërio est tué à Venise, Mameli à Rome (4 juin 1849). Mais la réaction n'est pas désarmée par le succès. Elle sévit à Naples sur les plus nobles têtes... Luigi Settembrini, A. Scialoia, Carlo Poërio, Silvio Spaventa, et tant d'autres sont jetés en prison ou déportés à Pantellaria. William Gladstone déclare, dans une lettre célèbre du 11 juillet 1851, que le nombre des prisonniers s'élève à 20.000, et qu'aucune forme de la justice n'a été observée.

On se fatigue de redire ce martyrologe, d'énumérer les exécutions en Lombardie (l'ouvrier Sciera et le Dʳ Dotterio), à Venise, à Modène, à Parme, où Charles III inflige la bastonnade à plus de trois cents personnes.

Les mauvais jours allaient pourtant finir. Victor-Emmanuel, monté sur le trône en 1849, dans des circonstances tragiques, a su apprécier l'énergie et les sages conseils de Massimo d'Azeglio. Il trouve ensuite dans Cavour le diplomate adroit et patriote qui fonde le royaume d'Italie, avec l'aide fraternelle de la France.

La destinée a changé désormais, et la fortune sourit à la jeune nation. Les lettres et la poésie suivent l'orientation nouvelle. Le républicain Mazzini se réconcilie avec la monarchie, et le grand poète Carducci, son disciple, s'incline devant la grâce de la reine Marguerite. Il ne s'agira plus de faire de retours amers vers le passé ou de pousser des cris désespérés vers l'avenir. L'Italie envisage sans crainte les problèmes du présent et ne cherche dans les beaux et tragiques souvenirs de son histoire qu'un intérêt patriotique.

IPPOLITO PINDEMONTE

1753-1828

EN SICILE

Sempre fu questo mar pieno d'incanto.

Toujours au passager fut cette mer féconde
En mille enchantements; soit que par des sanglots
La Sirène attirant la barque vagabonde
Sur des récifs cachés guide les matelots.

Soit que la belle Nymphe en sa grotte profonde
Fasse oublier au chef Ithaque et ses vaisseaux ;
Soit qu'aux lueurs du cèdre exilant la nuit blonde
Circé mêle sa voix au chant de ses fuseaux.

Et, maintenant, c'est toi qui gardes, Trinacrie,
La plus charmante enfant comme la plus chérie
Dont sur tes mers d'azur ait éclos la beauté !

Je voudrais—puis-je?—fuir, lorsque, en mon sein resté,
Le trait me brûle encore, et que mes yeux sans cesse
Vont vers la plage où j'ai laissé l'enchanterese.

VINCENZO MONTI
1754-1828

LE CONGRÈS DE VÉRONE
(1815)

Come si aduna degli armenti ai danni...

Comme un ramas de loups sortis des Apennins
S'assemble pour traquer des troupeaux au pacage,
De même, sur l'Ister, en congrès clandestins
Tyrans ! des nations vous faites le partage.

C'est la Paix, dites-vous ? lorsque les droits humains
Sont foulés sous vos pieds ! lorsque, réduite en cage,
La Liberté languit, l'aile morte, en vos mains !
C'est la Paix ? mais la Guerre offrirait moins d'outrage !

Ah ! vous avez bien tort de compter sur autrui !
Il vous semble planer dans la sphère sereine,
Quand le mensonge croule, et la chute est prochaine !

De ses mains l'injustice ébranle son appui ;
L'amitié des tyrans entre eux n'est qu'une feinte,
Et du fauve voisin le fauve craint l'étreinte !

UGO FOSCOLO

1778-1827

LE SOIR

Forse perche delle fatal quiete. — Tu sei l'immago...

De quel charme inconnu vient ta grâce profonde,
O soir ! doux précurseur de l'éternel repos !
Mais, soit qu'un vent d'été, sous la lumière blonde,
Des nuages flottants promène les vaisseaux ;

Soit que l'air obscurci, la neige vagabonde,
S'épanchent avec toi sur la terre et les eaux,
Toujours ton doux salut m'est le plus cher au monde ;
Toujours tu sais m'offrir quelques attraits nouveaux.

Ma pensée, avec toi, s'engage sur la trace
Du néant éternel ; et ton grand calme efface
Ce que l'heure présente a de triste et de bas.

Devant toi, les soucis, orageuse tempête,
Se dissipent au loin, et ta douceur discrète
Berce mon cœur ardent, affamé de combats !

———

AU BORD DU FLEUVE

Perche taccia il rumor di mia catena.

Pour éteindre le bruit des lourds fers que je traîne
Je vis de pleurs, d'amour, de silence et d'espoir ;
Je ne lui puis écrire ou parler ou la voir,
Sans qu'un respect sacré ne m'accable et m'enchaîne.

Toi seule, tu m'entends, rivière ! où je promène
Mes pas et mes soucis amoureux chaque soir,
Toi qui connais mes maux, et veux bien recevoir
Les larmes que je verse et l'aveu de ma peine.

Tu sais de ses grands yeux comment l'éclat rieur
A traversé mon sein d'une flèche brûlante,
Comment sa bouche rose, et l'enivrante odeur

De ses cheveux brillants, et son teint, la blancheur
De ses membres divins, et sa voix si touchante
M'ont appris à pleurer d'amour et de douleur ! (1)

(1) Ces vers furent, pendant le séjour de Foscolo à Florence
en 1800, écrits pour une jeune fille de Pise, Isabella Roncioni, qui
se maria en 1801 avec un prétendant plus heureux.

LES TOMBEAUX (*I sepolcri*).

A PINDEMONTE.

A l'ombre des cyprès, quand un cortège en pleurs (1)
Accompagne notre urne au seuil d'un cimetière,
Le sommeil de la tombe a-t-il moins de rigueurs ?
Hélas ! Quand le Soleil, de sa douce lumière,
Cessera d'éclairer pour moi ces beaux vallons
Si riches d'animaux et d'arbres et de plantes,
Quand je ne verrai plus à mes illusions
Sourire l'Avenir et les Heures dansantes,
Que tes vers, ami tendre, et leur deuil qui me plaît,
Ne me raviront plus de leur sombre harmonie,
Quand, ni la belle Muse, au virginal attrait,
Ni l'Amour, seul mobile et charme de ma vie,
Ne me caresseront d'un langage adoré,
A mes restes derniers qu'importe qu'une pierre
Les distingue ? Qu'importe un abri séparé

1) Le patriotisme d'Ugo Foscolo est ardent et vivace. Sa philosophie, au contraire, est pessimiste et matérialiste ; elle reflète trop
l'influence du roman de Werther. Dans le poème des *Sepolcri*, le poète
s'interroge et se demande en quoi consiste l'immortalité, il la place
dans le souvenir. Il rend hommage à Parini, et passe en revue les
grands morts qui sont ensevelis à Santa Croce ; il fait l'éloge de Florence, et termine en évoquant dans une sorte d'apothéose les morts
de Marathon et les héros de l'*Iliade*. Leur gloire nous invite à suivre
eur exemple.

Des ossements perdus sous l'onde et sous la terre ?
Des Tombeaux, Pindemonte, chacun s'écarte et fuit ;
L'Espérance, elle aussi, s'éloigne la dernière,
Et l'Oubli pose enfin le sceau noir de la Nuit.
Une force sans fin agite la matière.
Et renouvelle tout. Les humains, leurs abris
Funèbres, et l'aspect qu'a le déclin des choses,
Et la terre et le ciel, et leurs futurs débris
Prennent des mains du Temps d'autres métamorphoses.

Mais, pourquoi devancer l'œuvre des temps futurs?
Faut-il donc nous priver d'une illusion chère
Qui nous voile l'horreur des abîmes obscurs?
N'est-il pas vrai plutôt que l'homme, quand, sous terre,
Ses yeux se sont fermés au doux éclat du jour,
Vit encor, lorsqu'il laisse un souvenir fidèle
Aux cœurs qui l'ont aimé ? Cet échange d'amour
C'est le divin cadeau qu'à la race mortelle
Ont octroyé les Cieux ; grâce à lui, notre ami
Mort revit avec nous, nous avec lui de même.
La terre, qui portait l'enfant mal affermi,
La terre nourricière, à la cendre suprême
Ouvre pieusement son giron maternel
Et consacre le lieu de ce dernier asile.
Elle le garantit contre le vent cruel,
L'insulte de la pluie, et le pied imbécile
D'un peuple indifférent. Sur la pierre du mort
L'arbre épand de ses fleurs la jonchée odorante,
L'ombre molle y promène une caresse encor,

Et l'urne de la Mort ne garde d'épouvante
Que pour celui-là seul qui n'a point fait d'amis.....

La Mort est le repos, et l'asile de paix
Qui brave pour toujours les coups de la fortune ;
La Mort sait discerner les biens faux et les vrais
Et lègue à nos amis notre amitié commune,
Nos vœux pour la patrie et pour la liberté.

L'exemple des grands morts forme les grandes âmes,
Pindemont ! Le sol même où leur marbre est resté
Est saint pour qui l'approche, et nous garde leurs fl
Chez toi, Santa Croce, j'ai salué le corps
De ce grand citoyen, de ce puissant génie
Qui de la politique a scruté les ressorts,
Démasqué, sous ses faux lauriers, la tyrannie,
Et dévoilé le sang qui rougit son berceau.
A côté sont couchés, sous l'arche sépulcrale,
Celui qui, dans Saint-Pierre, a dressé le vaisseau
D'un olympe chrétien en voûte triomphale ;
Et celui qui, des cieux sondant la profondeur,
A vu, dans l'infini, tourbillonner les mondes
Dociles au Soleil, l'immobile moteur !
Sublime découverte ! inventions fécondes
D'où Newton a déduit les lois du firmament !

Je m'écrie à ta vue : « O Cité ! », sois bénie
Pour ton air vif et clair, pour l'eau qu'abondamment
Versent les Apennins dans ta plaine fleurie.
La lune, souriante au milieu d'un ciel pur,

Jette sur tes coteaux un manteau de lumière,
Tandis qu'à tes pressoirs on fête le fruit mûr,
Et que de tes vallons, et de chaque chaumière,
Des clos, des oliviers, monte l'encens des fleurs.
O Florence ! C'est toi qui connus la première
Les chants où fugitif, et tout brûlé de pleurs,
Notre grand Gibelin exhalait sa colère !
A toi dût ses parents, son langage ingénu,
Le fils de Calliope aux doux chants, le poète
Qui, prenant dans Athène et Rome l'Amour nu,
Vêtit son corps charmant d'une pudeur discrète
Et l'offrit à Vénus pour l'immortalité.
Mais, ce dont je t'honore et t'aime davantage,
C'est que ton sein abrite, o ma belle cité !
Tout ce que l'Italie eut de gloire en partage.
Si l'Alpe mal gardée, et le destin cruel
Qui dispense ou ravit la puissance et la gloire,
Ont trahi nos soldats, notre sol paternel,
Et n'ont laissé d'intact chez nous que la mémoire,
Ton temple est le saint lieu qui nous doit réunir !
C'est le phare obstiné d'où luit sur l'Italie
L'impérissable espoir d'un meilleur avenir.

Auprès de tes tombeaux, dans leur mélancolie,
Alfieri souvent est venu s'inspirer.
Sur les bords de l'Arno désert, plein d'invectives
Contre les Dieux ingrats, il s'en allait errer ;
Et, triste, contemplait et le ciel et les rives.
Nul mortel ne pouvait détendre sa douleur

Il restait seul et fier. La Mort sur le front sombre
Laissait déjà flotter l'espoir et la pâleur ;
Et, maintenant qu'habite en ces murs sa grande ombre,
L'amour de la patrie anime encor ses os.

Ah ! n'est-ce pas un Dieu qui dit dans ce silence :
« Les Sépulcres épars évoquaient les héros
Aux champs de Marathon ! Témoins de leur vaillance,
Dans la haine du Perse ils nourrissaient les cœurs,
Et, le long de l'Eubée et sur ses flots funèbres,
Les marins qui passaient croyaient voir des lueurs
De glaives, de cimiers, émerger des ténèbres !... »

ALESSANDRO MANZONI

1785-1873

CHŒUR D'ADELCHI (1).

De ses palais lépreux, de ses forums croulants,
Des forges d'ateliers enfumés et brûlants
D'un sol qu'il a trempé d'une sueur d'esclave,
Sort et surgit un Peuple effaré par le bruit ;
Sa tête se redresse ; il tend l'oreille, et suit
      La rumeur qui monte et s'aggrave.

Dans son air inquiet, sur son front soupçonneux,
Ainsi qu'un clair rayon dans un ciel orageux,
Transparaît par instants la fierté de ses pères ;
Et ses yeux clignotants, lourds de honte et de deuil,
Etincellent encor d'un misérable orgueil
      Au souvenir des temps prospères.

Il épie : il s'avance, et recule à l'instant.
Il va par les détours des sentiers, hésitant.

(1) La tragédie d'*Adelchi* raconte la chute du royaume Lombard, sous les coups de Charlemagne. Adelchi est le fils du roi Didier, et le frère de cette Ermengarde, l'épouse répudiée du roi franc, dont la figure touchante est une des beautés du drame.

Le désir et l'effroi le poussent ou le chassent,
Tandis que devant lui les groupes confondus
Des conquérants d'hier s'écoulent éperdus
    Devant des glaives qui menacent.

Il les voit à leur tour, tels des fauves forcés,
Avec leurs crins tombants, leurs poils roux, hérissés,
En rampant se couler au fond de leur tanière ;
Tandis que, dépouillant la menace et l'orgueil,
Les mères, sur leurs fils, d'un long regard de deuil,
    Concentrent la tristesse amère.

Derrière les fuyards, il voit, le glaive au bras,
Courir à droite, à gauche, en hâte, des soldats,
Comme des levriers lancés sur une bête ;
Et, tout à coup, son cœur d'où la joie avait fui
Renaît à l'espérance ; il rêve qu'aujourd'hui
    La fin du long servage est prête !

O Chimère ! Sachez que tous ces conquérants
Qui tiennent la campagne, et traquent vos tyrans,
Ont frayé leur chemin, malgré monts et tempêtes!
Qu'ils ont interrompu leurs festins, leurs plaisirs,
Qu'ils se sont arrachés au charme des loisirs,
    Pour voler au son des trompettes.

Ils ont abandonné le toit de leurs aïeux,
Quitté leur tendre épouse ; et, malgré ses adieux
Entrecoupés de pleurs, de vœux et de prières,
Ils ont emprisonné leurs tempes sous l'acier,
Ils ont sanglé leur selle, et lancé leur coursier
     Sur l'écho du vieux pont de pierres.

De pays en pays, ils ont franchi les bourgs
Avec de gais refrains que scandaient les tambours.
Bien que leur cœur volât vers la demeure absente,
Par les cols escarpés, par les chemins perdus,
Ils ont veillé la nuit, l'arme au bras, morfondus,
     Songeant à leur lointaine amante.

Ils ont bravé l'horreur des campements malsains,
Les abîmes glacés, les sentiers incertains,
La faim, la dure loi qui fait la discipline ;
Ils ont connu le choc sec de la flèche en l'air
Sur l'armure et le casque, ils ont senti le fer
     Des lances contre leur poitrine.

Il ne leur faudrait rien pour prix de leur valeur !
Ils se contenteraient de sécher la douleur
D'inconnus, d'étrangers, blanchis dans les entraves !
— Retournez, pauvres fous ! à vos forums altiers,
A la forge fumante, aux sombres ateliers,
     Au sol ou vous êtes esclaves?

Les vainqueurs s'uniront aux ennemis vaincus ;
Aux tyrans d'autrefois les nouveaux confondus
Fouleront sous leurs pieds les gens de votre race,
Ils lotiront ensemble esclaves et bétail,
Et vos sillons sanglants reverront le travail
    D'un peuple, dont le nom s'efface.

LA PENTECOTE

O mère des Saints, o modèle (1)
De la véritable Sion,
O conservatrice éternelle
Du sang pur de corruption !
Toi qui souffres, combats et pries
Et dont les tentes infinies,
D'une plage à l'autre bénies,
Abritent toute nation !

(1) Les hymnes religieuses de Manzoni ont une importance capitale dans l'histoire de sa vie intime, et dans celle de la littérature italienne. Sous l'influence de la lecture de Chateaubriand, et de ses propres réflexions, l'auteur d'*Adelchi* et de *Carmagnola* a écrit cinq poèmes où l'on admire la sincérité et la grandeur de la pensée comme la beauté de style. Goethe, en 1827, en tirait la preuve « qu'un sujet mille fois traité et une langue maniée pendant des siècles peuvent néanmoins retrouver une jeunesse et une fraîcheur nouvelle sous la maîtrise d'un esprit frais et vigoureux ». Ces hymnes, devenues classiques en Italie, marquent les premières évolutions du romantisme italien et le style nouveau assoupli, dégagé de l'élégance un peu conventionnelle du dernier siècle.

O toi qui fais notre espérance,
Église où Dieu vivant se plaît,
D'où venais-tu? De ta naissance
Quel lieu fut le témoin discret?
Lorsque ton roi, sur la colline,
Aux cris d'une foule assassine,
Donnait son sang, pourpre divine,
Comme sur l'autel, et mourait !

Lorsque sa dépouille ravie
Aux noirs ténèbres de la mort,
Aspirait sa nouvelle vie
Dans un souffle puissant et fort;
Et que, tenant en ses mains pleines
La rançon des fautes humaines,
Du sépulcre aux divins domaines,
Le Christ montait d'un large essor !

Fille immortelle de sa gloire,
Où vivais-tu? Que faisais-tu?
Quand, du mystère expiatoire
Victime, il gisait abattu?
Par la terreur seule éveillée
N'ayant soin que d'être oubliée,
Tu restais dans l'ombre, ployée,
Jusqu'au jour longtemps attendu,

Où l'Esprit saint devait descendre,
T'inspirer un souffle nouveau ;
Et du feu qui n'a point de cendre
Remettre en tes mains le flambeau ;
Dresser sur les monts de la terre,
Comme un fanal, ton sanctuaire,
Et de son verbe salutaire
Par ta lèvre épancher le flot !

Comme une nappe de lumière
Passe et court d'objet en objet,
Et fait surgir de la matière
Mille couleurs en son trajet,
L'Esprit saint vole et se disperse ;
Il parle une langue diverse,
Au Syrien, au Parthe, au Perse,
Et l'âme l'entend d'un seul jet.

Partout frémit la voix sublime ;
Le païen superstitieux
Lève ses regards vers Solime,
Et prend en mépris ses faux dieux.
Lasse de l'antique esclavage,
La terre lui fait son hommage ;
Et vous, aimable et cher présage,
De jours à venir plus heureux,

Jeunes femmes, qu'un tendre germe
D'un poids naissant fait tressaillir
O vous ! dont, à l'heure du terme,
Le sein douloureux va s'ouvrir,
N'adressez plus votre prière
A quelque Junon mensongère !
Celui que votre amour espère
Pour un Saint plus haut doit grandir.

Pourquoi, pauvre mère asservie,
En baisant ton fils, pleures-tu?
Pourquoi suis-tu d'un œil d'envie
L'enfant libre, au sein suspendu?
Ce sont, au siècle qui se lève
Les malheureux que Dieu relève
Et sur tous les descendants d'Ève
Son cœur meurtri s'est étendu !

Les cieux l'annoncent à la terre :
L'homme, affranchi du crime ancien,
Dans l'éclat d'une nouvelle ère,
Va lutter pour un nouveau bien ;
Va, libre du plaisir perfide
Et de la peur, prendre pour guide
Cette paix nouvelle et lucide
Qu'on raille et qu'on n'entame en rien !

Esprit saint, reçois nos prières !
Du pied des autels vénérés,
Du fond des forêts solitaires,
Des bords par les flots déchirés,
Du Liban aux glaciers de l'Ande,
De Haïti jusqu'à l'Irlande,
Par toute terre, mer ou lande,
Qu'en toi nos cœurs soient consacrés !

Nous t'implorons ! Descends encore,
Amène ta grâce avec toi ;
Esprit propice à qui t'honore,
A qui reste hors de ta loi !
Descends, ranime l'existence !
Au sceptique rends l'espérance,
Sois la divine récompense
De ceux qu'assujettit la foi !

Descends ! des fureurs insensées
Romps l'aiguillon par ton amour !
Nourris notre âme de pensées
Qu'elle retrouve au dernier jour.
Fais que les dons de la largesse
Croissent et s'augmentent sans cesse,
Comme au soleil qui la caresse
La fleur germe et sort du grain lourd !

Sans le chaud contact qui l'éveille,
Ramperait la plante au sillon,
Et de la corolle vermeille
L'éclat mourrait dans le bouton ;
Mais le soleil, de l'Empyrée,
Verse à flots sa chaleur sacrée,
Il répand la vie, il la crée
Et la nourrit d'un pur rayon.

Nous t'implorons ! sur l'âme triste,
Descends, Esprit consolateur ;
Sois le souffle ami qui l'assiste,
Prête ta force à sa langueur.
Que l'injustice, qui s'apprête
A l'accabler, courbe la tête
Et dans un effroi de tempête
Sente la Foi percer son cœur !

Fais qu'au Ciel, patrie éternelle,
Ceux qui pleurent lèvent les yeux,
Qu'au saint nom du Christ, son modèle,
L'humble retrouve un cœur joyeux !
Inspire à ceux dont la richesse
Peut se répandre avec largesse,
La bonté discrète qui laisse
Dans l'âme un goût délicieux.

Italie et Espagne.   12

Souris dans le rire angélique
Et l'œil clair du petit enfant ;
Brille dans la beauté pudique
Des jeunes filles au front blanc ;
Donne aux vierges des monastères
Le sens des voluptés austères ;
Enseigne aux mères les mystères
De l'amour chaste et triomphant.

D'une trop fougueuse jeunesse
Tempère la témérité,
Donne à l'âge viril sagesse,
Esprit de suite et fermeté ;
Aux têtes de blancs cheveux ceintes,
Enseigne des volontés saintes,
Verse aux prunelles presque éteintes,
Une aurore d'éternité !

GIACOMO LEOPARDI

1798-1837

L'INFINI

Sempre caro mi fu quest' ermo colle.

Oui ! j'ai toujours aimé ce coteau solitaire (1),
Et ce rang d'arbrisseaux, qui, fermant l'horizon,
Borne sur tant de points mon regard circulaire.
Je viens, m'assieds et rêve. Au delà du buisson
Se prolongent partout l'infini de l'espace,
Le gouffre surhumain des abîmes muets,
Et le repos profond. Alors la peur me glace ;
Et, quand le vent gémit à travers les bosquets,
Je compare sa voix à ce vaste silence ;
Je pense à ce qui fut et demeure éternel,
Aux saisons d'autrefois, à celle qui s'avance,
A celle qui s'écoule au moment actuel,
J'écoute leur chanson de tristesse et de joie.
Et, quand l'immensité m'enveloppe et me noie,
Le naufrage me plaît dans cette mer du ciel.

(1) Écrit sur une colline, le mont Tabor, près de Recanati.

———

SYLVIE

Te souvient-il encor, Sylvie !
Des temps passés, des temps meilleurs,
Lorsque resplendissait la vie
Dans l'éclair de tes yeux rieurs !
Quand, vive et pleine d'allégresse,
Sur le sentier de la jeunesse
Tu promenais tes pas rêveurs !

La rue et la chambre muette
Répétaient à l'envi ta voix,
Tandis que tu penchais la tête
Sur l'ouvrage où couraient tes doigts ;
Ta chanson s'en allait bercée
Dans ce vague avenir où flottait ta pensée,
Et l'heure fuyait, caressée
Par les parfums d'avril et le printemps nouveau.

Alors, laissant sur mon bureau
Livres, papiers, feuilles fanées,
Amis qui prirent mes années,
Ma force et mon temps le plus beau !
J'allais sur le balcon de l'hôtel de mon père
Prêter l'oreille à ta voix claire,
Pendant que sous tes mains l'ouvrage s'amassait.

J'admirais et le ciel et sa beauté divine,
Les clos et les chemins que le soleil dorait,
A l'horizon la mer, près de moi la colline ;
Aucun langage humain ne saurait retracer
Ce que j'appris alors à sentir et penser !

Ah ! quelle douce rêverie,
Quel espoir, quels hymnes, Sylvie !
Comme nous croyions à la vie,
A notre avenir, au destin !
Et maintenant, lorsque j'y pense,
Je sens dans l'âme une souffrancce
Invincible et sans espérance,
Et suis brisé d'un noir chagrin !

Nature, nature, ma mère !
Pourquoi tromper ainsi ton fils ?
Pourquoi veux-tu que l'on espère
Aujourd'hui le bien éphémère
Que demain tu prends et ravis ?

Même avant que l'hiver n'eût desséché les plantes
Un mal caché mina tes forces languissantes,
Et tu mourus, pauvrette ! Ainsi, tu n'as point vu
La fleur de tes belles années ;
Ainsi ton cœur n'a point battu
Aux propos de lèvres aimées ;
Ainsi nul regard amoureux
N'a caressé ta noire chevelure,

Et la flamme craintive et pure
Qui brillait au fond de tes yeux ;
Et, quand aux fêtes tes amies
Conteront leurs amours en longues causeries,
Tu ne te joindras point à leurs cercles joyeux !

Comme toi, mon espoir, mon rêve
Dans peu de temps va se flétrir,
Comme toi je n'ai pu jouir
De ma jeunesse qui s'achève !

Il me faut donc te voir périr,
Compagne chère à ma jeunesse !
O toi que je pleure sans cesse,
Douce espérance d'avenir !
Et c'est ainsi qu'amour, fortune,
Plaisir et travail prennent fin,
Ainsi que le cruel destin
Nous garde une chute commune !

L'hiver à peine était venu
Que tu mourus, pauvre Sylvie !
Et nous montras de loin, de ta main refroidie,
La mort et ton sépulcre nu !

————

A L'ITALIE

O ma patrie ! Ils sont encor debout
Les murs de tes cités, tes arches triomphales,
   Tes colonnes, tes tours colossales,
   Je les vois se dresser partout !
   Mais ta vieille gloire est fanée !
Je n'entends plus les pas de tes guerriers,
Je ne vois plus le fer, ni les lauriers
   Dont leur tête était couronnée !

   Livrée à qui veut t'assaillir,
   D'aucune arme tu n'es pourvue ;
   Ton beau front, ta poitrine est nue !
   Ah ! quels coups ont dû te meurtrir !
   Quelle pâleur, que de blessures !
   Faut-il ainsi te voir flétrir,
   La plus noble des créatures !
   Mes cris le demandent au ciel,
   Mes cris le demandent au monde ;
   Qui t'a fait ce destin cruel,
   Et cette misère profonde !
   Les bras entravés par des fers
   Et la chevelure défaite,
   Sans voile, accablée et muette,
   Tu gis sur le sol, et la tête
Sur tes genoux, tu fonds en pleurs amers !

Ah ! quand même tes yeux deviendraient des fontaines,
        Pourraient-ils égaler leurs flots
        Au gouffre infini de tes peines
        A tout l'abîme de tes maux ?
Tu fus maîtresse et te voici servante,
        Vois ! hélas ! à l'heure présente
        On n'écrit, on ne parle plus
        De toi, de ta grandeur passée,
        Sans redire : « Elle est effacée ;
        Son lustre et son feu sont perdus ! »

Pourquoi? Pourquoi? Que sont donc devenus
        Ton fier courage et tes vertus?
        Qui t'a dérobé ton épée?
Est-ce un traître, un tyran, qui dans ta main crispée
        L'aura surprise? Est-ce un manque de cœur?
        Quel est l'impérieux vainqueur
        Qui t'arracha la pourpre de l'épaule,
        Qui lacéra tes bandelettes d'or?
        Et qui d'un palais dans la geôle
        T'exila, vil jouet du sort ?

Nul ne combat pour toi ! Tu n'as pour te défendre
Pas un de tes enfants ! Des armes donc ! C'est moi !
Moi seul ! qui lutterai, moi qui mourrai pour toi !
O ciel ! Voici mon sang ! Puisse-t-il se répandre,
        Pour enflammer les cœurs italiens?

Mais quoi ! J'entends la voix des tiens !
Des bruits d'armes, de chars, de timbales guerrières
M'arrivent de lointains pays.
Italie ! ah ! ce sont tes fils ;
J'aperçois leurs troupes altières !
Fantassins, cavaliers roulent en tourbillons
Par la fumée et les poussières ;
Et les sabres des escadrons
Semblent l'éclair précurseur des tonnerres
Que chevauchent les aquilons !
Quelle joie et quelle espérance !
Devant le hasard des combats
Que d'angoisse et que de souffrance !

Mais pour qui donc luttent là-bas,
Tes fils, patrie italienne ?
O Dieux ! O juste ciel ! l'acier arme ses bras
Pour d'autres causes que la tienne !

Malheureux celui qui périt
Pour une patrie étrangère ;
Pour d'autres qu'une épouse chère,
Que les beaux enfants qu'il nourrit !
Enveloppé dans la querelle
D'un indifférent qui l'appelle,
D'un inconnu qui le meurtrit,
Il ne peut dire : « O douce terre,
Prends ce que j'eus de toi naguère;
Voici mon sang et mon esprit ! »

O bienheureux les anciens âges
Où, l'amour du foyer allumant les courages,
Les citoyens couraient en chantant à la mort !
      Et vous, plaines de Thessalie,
      Que le temps, par qui tout s'oublie,
      Avive votre gloire encor !
Champs ! où quelques héros, prodigues de leur vie,
      Vainquirent le Perse et le Sort !

      Le voyageur qui d'aventure
      Suit vos mers, vos prés et vos bois,
      Croit souvent entendre un murmure
      Parler des luttes d'autrefois :
      Une foule bariolée
      Sur le rivage, échevelée,
      S'effarait, victime immolée
      Par les Hellènes triomphants ;
      Seul, sans soldats et sans courage,
      A travers l'Hellespont sauvage,
      Xerxès fuyait, objet d'outrage
      Pour les plus faibles des enfants (1).

Alors, au mont d'Antel, sur la sainte colline
Où, courant par la mort à l'immortalité,
      Succomba la troupe divine,
Simonide apparut : son regard exalté
Embrassait l'horizon, et la mer, et la terre.
      Les pleurs inondaient sa paupière,

(1) Juvénal, Sat. X, v. 185.

Et le sein frémissant sous un souffle sacré,
    Les pieds appuyés sur la pierre,
    Il entonna l'hymne inspiré !

    « Salut à vous, âmes heureuses !
    Qui, de la patrie amoureuses,
    Méprisant les fers ennemis,
    De vos poitrines généreuses
    Fîtes un rempart au pays !

« La Grèce vous honore, et le monde s'étonne
    De voir en d'aussi jeunes cœurs
Tant d'amour du péril, de calme qui rayonne
    Devant la mort et ses horreurs !

    « Qui vous a fait trouver si belle,
    Enfants, l'heure sombre et cruelle,
    Le défilé qu'on passe en pleurs?
    A voir votre allure intrépide,
    On eût cru qu'un festin splendide,
    Un bal, et non la mort livide,
    Vous attendait, joyeux danseurs !

    « Et pourtant, c'étaient les ténèbres,
    Le Tartare aux fleuves funèbres
    Qui s'ouvraient pour vous sans retour ;
    Et ces rivages solitaires
    Ne vous réservaient les prières
    Ni d'enfants, ni d'épouses chères,
    Ni leurs derniers baisers d'amour !

« Du moins ! Le Perse a crié sa détresse ;
De son angoisse vengeresse
Le Temps garde encor les échos.
Ainsi, se glissant au pacage,
Le lion, d'un élan sauvage,
Bondit au milieu des taureaux,
Ses griffes plongent dans leurs dos,
Ses crocs font craquer les échines,
Et, fouillant au creux des poitrines,
Il fracasse et ronge les os.

« Ainsi la cohue étrangère
Plie et s'affale à la colère
Des Grecs, en furieux combats :
Sous le coursier qui se renverse
S'écroule le cavalier Perse ;
Tentes et chars, à la traverse,
Coupent la fuite à ses soldats;

« Et le premier, tremblant et blême,
S'échappe le tyran lui-même
Devant les héros tout sanglants !
Leur troupe, hélas ! noble hécatombe,
Sous les blessures cède, et tombe,
Et l'un après l'autre succombe
Sur des monceaux de corps croulants !

« Qu'aux temps futurs la renommée
Parle de vous, nobles héros !

Que les étoiles, claire armée,
Quittant leur place accoutumée
S'abîment plutôt dans les flots
Que ne s'efface la mémoire
De votre mort, de votre gloire
Et l'amour due à vos tombeaux !

« Oui ! votre tombe est grande et sainte !
Que les mères et les enfants
Aillent y vénérer l'empreinte
Que firent vos pas triomphants !
Et moi ! sur ces rocs que j'embrasse,
Mes lèvres en baisent la trace ;
Car, d'un pôle à l'autre vivace,
Votre gloire brave les Temps !

« Que ne suis-je un de vous ? Sur cette noble terre,
Que n'ai-je de mon sang versé de larges flots ?
Mais si le ciel et le destin contraire
        N'ont pas permis que dans la guerre
La mort fermât mes yeux, Grèce ! avec tes héros !
Que leur gloire, du moins, abrite un peu la mienne !
        Du poète qui fit ces vers
        Aux jours futurs, qu'on s'entretienne
Tant que leurs noms rempliront l'Univers ! »

GABRIELE ROSSETTI
1783-1854

LA CONSTITUTION DE NAPLES
(1820)

Sur ta chevelure éthérée
Luisent des astres de saphyr
Ton haleine est pure et sacrée,
Aurore des jours à venir !

Et ta voix proclame, embellie
D'un frais sourire, à tes élus
Qu'au clair jardin de l'Italie
L'esclavage n'existe plus.

Oui ! Chez notre souverain brille
Le sang des Charles, des Henris (1),
Ses sujets forment sa famille,
Au lieu de serfs, il veut des fils !

Il a, vers la Charte qui lie,
Étendu librement la main,
Et sur l'autel de la Patrie
Il a posé le pacte saint.

(1) Charles III, son père ; Henri IV, roi de France, son aïeul.

Les trompettes alors sonnèrent,
Le bois des lances tressaillit,
Et sous les voûtes qui tonnèrent
Un serment unique jaillit.

Daunien, Irpin, Lucain, Samnite,
Frères, se sont tendu la main ;
Dans leur cœur renaît et palpite
La noblesse du sang romain.

Pourquoi jeter des yeux obliques,
Étrangers ! sur notre réveil ?
La race des lions antiques
A secoué son lourd sommeil !

S'il vous plaît encor d'être esclaves,
Libre à vous ! Adorez vos fers ;
Nous foulons du pied nos entraves,
Laissez-nous le droit d'être fiers ! (1)....

(1) La Constitution de Naples, copiée sur la Constitution espagnole du 19 mars 1812, fut proclamée le 6, et solennellement confirmée le 13 juillet 1820. Une messe fut célébrée dans l'église du Palais; le roi posa la main sur l'Évangile, et avec le prince héréditaire, et le duc de Salerne, prononça devant la Junte et le général Pepe le serment public (COLLETTA, *Histoire du R. de Naples* de 1734 à 1825). Six mois après, le 20 janvier 1821, le roi se rendait à Laybach, et en revenait avec les troupes autrichiennes. Le général Pepe était battu, et la Constitution abolie. Rossetti, père du poète anglais, fut exilé à Londres pendant trente ans et y mourut. Le comte Arrivabene paya de dix-neuf ans d'exil (1821-1841), et de la confiscation de ses biens, le fait d'avoir à Mantoue, sous le gouvernement autrichien, détenu une copie de l'hymne de Rosetti (*Mémoires*, traduction, p. 53), etc...

GIOVANNI BERCHET
1783-1851

LE PASSAGER DU MONT CENIS

Par un chemin de neige et glace (1)
Au mont Cenis, frayait sa trace
Et marchait las, un étranger
Quand vers la rive italienne
Le gai sourire de la plaine
Parut, sous la pente, émerger.

Ses yeux s'animent, il s'élance
Plus hardi, sa confiance
Suit l'élan joyeux de son cœur
Et ceux qui l'avaient vu timide
Près du précipice rapide
Sont étonnés de son ardeur.

Mais un ancien, dont la figure
Portait la ride et la blessure
Des soucis, s'écria : « Malheur !
« Malheur à qui voit nos misères,
« Et qui peut, sans larmes amères,
« Fouler la terre de douleur !

(1) L'ode fut imprimée en 1824 à Londres, par Berchet, exilé.
Le vieillard, interlocuteur supposé, est le père de S. Pellico, détenu
au Spielberg de 1822 à 1832.

« Ici tout est peine et souffrance,
« La gaîté fait place au silence,
« La paix fuit devant la terreur.
« Et l'infortune italienne
« Est, comme la mer Tyrrhénienne,
« Insondable en sa profondeur !

« La Liberté fut notre idole !
« Fous qui crûmes à la parole
« De nos princes, à leur serment !
« Leur parole était mensongère,
« A la convoitise étrangère
« Ils nous ont jetés en paiement ! »

De besoigneux une nuée
Du haut du Brenner s'est ruée
Sur nos tribunaux, sans pudeur ;
L'accusé qu'on jette à la geôle
Retrouve bientôt sous le rôle
De juge, son accusateur !

Ravie à ses glèbes natales,
Aux écoles familiales,
Aux embrassements des parents,
La jeunesse qu'on emprisonne
Sous la bastonnade Teutonne
Apprend à servir ses tyrans.

Le père, au foyer de famille
Tremble en serrant ses fils; la fille
Pâlit, songeant à son époux,
Et le frère, anxieux, envie
Celui qui pour sauver sa vie
A quitté le foyer si doux !.......

GIAMBATTISTA NICCOLINI
1782-1861

IL PIANTO.

Io ne miei carmi esprimere
Quei detti un di tentai.

J'ai tenté d'exprimer la plainte
Et les propos de la Douleur,
Et d'échauffer sous mon étreinte
Sa marmoréenne pâleur.

Mais la statue en vain pressée
Dans mes bras a déçu l'effort !
Elle est impassible et glacée
Autant que peut l'être la mort.

Mes pleurs ont jailli ; la tristesse
Sur mes jours a jeté le deuil ;
Les noirs soucis et la détresse
Sont venus s'asseoir à mon seuil.

Maintenant, vaine ombre qui passe
Sans laisser une trace au mur,
Je quitte la scène où s'efface
Tout ce qui vit, où rien n'est sûr.

Épris de gloire, aigle sublime !
Mon   essor voulut t'égaler,
Vois ! je gis au pied de la cime
D'où j'avais l'espoir de voler !

Mais avant que la mort n'étende
Sur mes yeux son voile éternel,
Qu'au moins la Douleur y répande
Des pleurs, ces douces clés du Ciel !

LUIGI CARRER
1801-1850

L'HIRONDELLE

Io son la rondinella pelligrina
Che passa i mari e cerca altro paese.

Je suis l'hirondelle étrangère
Qui par-dessus les flots vole aux lointains pays,
Abandonnant les bois, leur ombre hospitalière,
Et le nid abrité sous de vieux toits amis.

Loin des lieux où j'ai pris naissance,
Où les traits d'un amour éternel m'ont surpris ;
O rochers ! O forêts ! Je dois fuir ! Mais l'absence
Ne m'ôte point des yeux celle que je chéris.

Rivière ignorée et déserte,
Aux saules, aux roseaux je conte mes douleurs,
J'appelle mon amour, et gémis de sa perte ;

Mes jours d'exil passent en pleurs !
Quand donc viendront la brise et la saison nouvelle.
Pour qu'à son ancien nid retourne l'hirondelle !

GIUSEPPE GIUSTI
1809-1850

LA GUILLOTINE A VAPEUR

Hanno fatto nella China.

On a construit, dit-on, en Chine
Certaine machine à vapeur
Coupant, comme une guillotine,
En trois quarts d'heure, et sans douleur,
Cent mille têtes d'affilée
    A la volée !

La découverte a fait tapage,
Les bonzes même ont annoncé
Que le pays, par son usage,
Deviendrait plus civilisé,
Bref, qu'à l'Europe ce prodige
    Ferait la pige !

L'Empereur est un homme honnête,
Un peu serré, même un peu rat,
Mais dont on sait l'amour parfaite
Pour ses sujets, et pour l'État.
Il honore tout habile homme
    De son royaume !

Or, un jour qu'un peuple rebelle
Contemplait sans empressement
L'impôt foncier et la gabelle,
Le bon empereur très clément
Fit orner la place voisine
      De sa machine.

L'instrument fit, par sa justesse,
Octroyer une pension
Au bourreau, l'auteur de la pièce,
Outre brevet d'invention
Et Mandarinat de haut grade
      A grains de jade.

Un Frate dit : « Objet que j'aime,
Je voudrais qu'on te baptisât ! »
Même il fut dit à Canosa (1)
Par un tyran du dix-huitième :
« Beau talent ! que n'est-il juché
      Dans mon duché ! »

(1) François IV, à Modène, désireux de donner des gages aux
Autrichiens, fit venir à Modène le prince Canosa, le ministre de la
police exécré à Naples, et lui confia le soin de faire exécuter Ciro
Menotti.

LOI PÉNALE SUR LES EMPLOYÉS DE L'ÉTAT

Écoutez la loi mirifique
Sur les employés de l'État
Que notre patron magnifique
Motu proprio décréta.

Pour que l'erreur et la paresse
Sans faux à-coups soient réprimés,
Seront appliqués sans faiblesse
Les décrets ci-contre imprimés.

S'il arrive qu'un Secrétaire
Ou qu'un des Camériers royaux
Embarque en quelque louche affaire
Les écus d'un tas de gogos ;

Si quelque inspecteur de police
Fait sa main ; si quelque espion,
Pour se faire valoir, d'office.
Forge une conspiration ;

Ce sont là fautes vénielles,
Erreurs du pauvre esprit humain,
Que ne peut trouver criminelles
Notre bénigne souverain.

Qu'une main de commis opère
La caisse du trésor public,
On verra, si l'homme est bon père,
Qu'il transporte ailleurs son trafic.

Pleine indulgence sera faite
S'il n'a qu'ébréché le gâteau,
Surtout s'il a l'excuse honnête
D'un trou causé par le lotto (1).

Qu'ingénieur ou qu'architecte
Vide à sec le trésor royal,
La Gabelle, en dame correcte,
Saura bien réparer le mal.

Mais, s'il faut pourtant que l'on chasse
Un âne bâté d'intendant,
Nous ordonnons qu'il soit, sur place
Fait auditeur, au même instant.

En cour civile ou criminelle,
Les juges surpris à bâiller,
De peur d'une attaque nouvelle,
Au logis devront sommeiller.

(1) Il pouvait y avoir un certain courage à railler le jeu de lotto.
« Dans une de ses lettres, Mayer s'indigne que le gouvernement
ait interdit l'impression d'une poésie contre le jeu de lotto, en même
temps qu'il voyait circuler d'un œil complaisant les cabales et les
livres des songes. » (Jules Luchaire, *Évolution intellectuelle de
l'Italie*, p. 234.)

Et si leur balance distraite
S'affole au choc d'un pot de vin,
Ils auront, avec la retraite,
Plein traitement jusqu'à la fin.

Quant aux gaffeurs des ministères,
(Comme leur chef — êtres sacrés !)
Qu'ils soient conseillers honoraires,
Et du Mérite décorés !

GRAND NOMBRE EST MAITRE DE PETIT

Che i piu tirano i meno e verita.

« Du petit le grand nombre est le maître. » — C'est vrai,
Quand le nombre a pour lui le sens et le courage.
Mais le nombre plus grand au petit cède en fait,
Quand il est pris de peur et croit au verbiage.

Un peuple entier t'acclame. Ah ! le bel avantage
S'il s'en tient aux discours, et te lâche en effet.
Que des drôles hardis s'attellent à l'ouvrage,
Qu'ils veuillent t'enfoncer ! — et tu seras refait !

Suppose qu'un beau jour quatre gredins me briment,
Voilà deux cents badauds devant moi, qui s'escriment
A brailler, sans bouger plus qu'un morceau de bois.

J'en suis bien avancé ! Seul, il me faut combattre
Des démons, dont chacun a la force de quatre,
Et les deux cents melons sont là, qui restent cois ?

LA CONFIANCE EN DIEU

(STATUE DE BARTHOLINI)

Comme ayant oublié la dépouille mortelle,
Elle s'absorbe en Dieu, source de tout pardon,
Et les genoux fléchis dans un humble abandon,
Elle joint les deux mains pour l'oraison fidèle.

Sa douleur est tombée. On ne voit plus en elle
Qu'une céleste paix et qu'un calme profond :
Toutefois on devine à l'éclat de son front
Qu'elle parle avec Dieu, dans la Vie éternelle.

On croirait qu'elle dit : « Puisque tout ce qu'on aime
Est un leurre et qu'il faut voir dans le moment même
Où l'on touche au bonheur fuir la vie à grands pas,

« Dans ton sein paternel je viens chercher asile,
Ton amour est le seul qui n'ait rien de fragile,
Et que ne fanent point les souffles d'ici-bas ! »

PHILOSOPHIE

Grossi, ko trenta cinque anni, e m'e passata

J'ai mes trente-cinq ans, Grossi, c'est chose faite ;
A courir la Chimère il me faut renoncer,
Et s'il me reste un grain de folie en la tête,
Déjà des cheveux blancs sont là pour compenser.

C'est l'âge où nous devons préparer la retraite ;
Où prose et poésie ont à se balancer,
Age occupé d'étude et de loisir honnête,
Qui fait sa part au monde, et qui sait s'en passer.

Je verrai s'écouler les jours et les semaines
En riant de la foire aux sottises humaines,
Jusqu'à ce que la mort décroche le rideau,

Et je n'ai qu'un désir, c'est que ma vie entière
Permette que plus tard on grave sur ma pierre
Ces simples mots : « Il n'a pas changé de drapeau ! »

GOFFREDO MAMELI
1827-1849

Fratelli d'Italia — l'Italia s'e desta.

O frères ! l'Italie
Est debout ! A son front
L'acier brille, et s'allie
Au fer de Scipion ;
La victoire à pleine aile
Vient se placer près d'elle
Et retrouve, fidèle,
L'antique légion !

Si des siècles sans nombre
Nous ont trop méprisés,
Si nous n'étions qu'une ombre,
Que des tronçons brisés,
Reformons l'alliance,
N'ayons qu'une espérance,
Qu'un drapeau qui s'élance
Et nous garde pressés.

ALEARDO ALEARDI
1812-1878

LES CITÉS MARITIMES

Aux jours brumeux des premiers âges,
Durs précurseurs des temps nouveaux,
Parmi ses lagunes sauvages
Et le lacis de ses canaux,
Venise, active et matinale,
Des pins de la forêt natale
Construisait déjà des vaisseaux,
Et vers les pays de l'Aurore,
Quand ses rivaux dormaient encore
Lançait de hardis matelots.
Trafiquante aux allures fières,
Elle devinait les trésors
Qui, par ses fustes hauturières,
Devaient arriver sur ses ports ;
Sur l'Indus, au pays des brames,
Elle recueillait les dictames
Que le myrte pur a pleurés,
Ou bien des bois lointains du Gange
Elle emportait l'écorce étrange
Qui revêt les lauriers sacrés.
Cachemir, la vallée heureuse,

Livrait ses voiles, clair trésor,
La Perse, sa laine moelleuse,
Angora, l'étoffe onduleuse
Ruisselante de soie et d'or.
Quelles que fussent les tempêtes
Et les vents, qui dans ses retraites
Soulevaient l'Hellespont puissant ;
Quel que fût le hasard des guerres
Qui roulait aux vagues amères
Des cadavres nus, et du sang ;
Elle rapportait sur les rives
Du riche Rialto, captives,
Les pierres, rivales du jour,
Dont les bayadères lascives
Se parent, mourantes d'amour ;
Et les rubis, gouttes sanglantes,
Que semaient dans leurs cheveux noirs
Les belles filles opulentes
De ses patriciens, les soirs.
Hélas ! aux jours de hardiesse,
De périls, de nobles travaux.
Succède aujourd'hui la mollesse,
Le carnaval, et la paresse,
Et le lâche amour du repos.

A ces premiers matins d'aurore,
Vers l'Orient clair qui se dore,
Tu tournais aussi tes regards,
Noble Amalfi, cité marine,

Et loin de ta chaude colline
Que l'olivier pâle domine,
Tes fils couraient vers les hasards !
L'arme au bras, la chanson aux lèvres,
Ils s'élançaient d'un pas vainqueur ;
La mer s'ouvrait devant leurs fièvres,
L'espérance devant leurs cœurs.
Pendant ce temps, graves, leurs pères
Fixaient les codes salutaires
Où les gens de mer ont leur droit ;
Et, pour régler sa course folle,
Donnaient au vaisseau qui s'envole,
L'aiguille, muette parole,
Qui lui montre le pôle étroit.

Et toi ! Belle et terrible Pise !
Amazone des mers éprise,
Tu quittais l'Arno lent et fier,
Et balançais ta flotte agile
Comme une cavale docile
Au rythme fougueux de la mer !
En vain, la valeur sarrasine
S'opposait-elle à tes héros ;
Palerme pleurait la ruine
De ses odorants patios,
Et des blancs palais, dont l'enceinte
Était, comme l'Alhambra, peinte
De délicats azulejos ;
Partout les plus lointaines rives

Se dépouillaient pour t'enrichir,
Et les îles des mers natives
Semblaient des nymphes attentives
A t'écouter et te fléchir.

O Gênes, ardente et cruelle,
Sur la même onde fraternelle
Tes nefs volaient comme des traits,
Telle une lionne à la chasse
Qui bondit hors de ses retraits,
Tu quittais le roc qui t'enchasse,
Tes marbres taillés en terrasse,
Tes jardins perdus dans l'espace,
Et l'onde où penchent tes cyprès :
La mer se cachait, hérissée
Sous tes mâts, comme un bois flottant,
Lorsque, subitement grisée
D'une amour de gain insensée,
Tu t'offris, sultane, au sultan !
Enfin quand d'or et de richesse
Furent tes fils rassassiés,
Tu donnas l'Amérique, en suprême largesse,
Aux vieux mondes extasiés !

Ah ! race de Caïn, ardente à te détruire
Le désastre d'un frère exaltait ton orgueil,
Mais, du fond de l'abîme ou l'Italie expire,
Le poète doit te maudire,
Car c'est ta main qui te déchire,

Italie et Espagne.   14

C'est de toi que provient ton deuil !
Meloria ! Meloria ! Plages perfides !
Quand mon vaisseau jadis a dû longer tes bords,
J'ai vu tes rives fratricides
Comme un cimetière d'Atrides
Et j'ai pleuré sur tous tes morts ! (1)

La nuit descendait : les ténèbres
Couvraient de leurs voiles funèbres
L'île de malédiction ;
Au long des détroits sanguinaires,
Comme des barques funéraires
Défilaient de longues galères,
En rangs de désolation ;
E. du fond des barques damnées
Des ombres semblaient acharnées,
Lutter sans trêve ni repos ;
La mer jusqu'aux rives prochaines
Roulait des corps avec les flots,
Et la tristesse des arènes
Résonnait sous des bruits de chaînes,
Mélangés au bruit des sanglots !

Pise ! Voici qu'après tes gloires
Les jours d'angoisse, expiatoires,
Se sont enfin levés sur toi !
Au milieu des places superbes,

(1) Défaite des Pisans par les Génois (1284).

Les chèvres vont broutant les herbes ;
La mousse verdit chaque toit !
Et dans les cercles de lumières.
Dont brillent tes fêtes altières
Je crois voir les torches dernières
Qu'on allume autour d'un convoi !

CARLO ALBERTO BOSI
1813-1866

MARCHE

Addio, mia bella, addio. — L'armato se ne va.

Adieu ! Adieu! ma belle!
Les troupes vont marcher ;
Le pays nous appelle,
Rester, c'est se cacher !

Ne pleure pas, ma chère.
On part — on reviendra ;
Si je meurs dans la guerre,
Au ciel on s'attendra.

Près de moi sont épée,
Fusil et pistolet ;
Dès l'ombre dissipée,
Je te quitte et suis prêt.

Ma musette est garnie,
Mon sac est ajusté,
Homme et soldat, je crie :
Vive la liberté !

Ce n'est pas entre frères
Que l'on va s'égorger !
Il faut du sol des pères
Expulser l'étranger.

Puisque la tyrannie
Arme encor ses soldats,
Courons en Lombardie
Accepter ses combats.

Je frémis de colère ;
Que m'importe mourir ;
Pour toi ! Liberté chère !
Il est beau de périr !

Dans le fort de la lutte
Si je tombe à mon rang,
Ne pleure pas ma chute,
J'offre au pays mon sang !

S'il se fait le silence
Sur celui qui t'aimait,
Mort de balle ou de lance,
Domine ton regret !

Songe à ce fils que laisse
Mon amour près de toi !
Qu'il calme ta tristesse,
Qu'il te parle de moi !

Adieu ! la troupe passe,
La trompette a sonné !
O mon fils ! je t'embrasse :
Vive la liberté !

GIOVANNI PRATI
1815-1844

LES CHAMPS

Fumano i campi : la rugiada stilla
Sull'erba nova : ii cheto aere si desta.

La plaine fume ; l'air semble se réveiller
Au lever du soleil ; chaque brin d'herbe étale
Des gouttes de rosée ; et la voix matinale
Du chardonneret trille aux branches du mûrier.

Partout le paysan sort et va travailler
Au sol brun des sillons ; sur la pente inégale
La chèvre saute et court ; tandis qu'au loin dévale,
Aux sons du cor, la chasse, et frémit le hallier.

C'est la vie et la vraie ; une force divine
Rajeunit dans les champs les cœurs et la poitrine ;
L'air, le jour, le travail la font sourdre et jaillir.

O pâles citadins, qu'une couche tardive
Garde longtemps encor quand le matin arrive,
Les jours ne sont pour vous qu'une étape à vieillir !

———

LE DÉLATEUR

Le orecchie intente, gli sguardi bassi

L'œil sournois, l'oreille tendue,
Collé comme une ombre après moi,
Si je cause un peu dans la rue,
Sur mes talons c'est toujours toi
Qui rampes, en fuyant ma vue ;
Disparais ; tu me fais horreur,
    Tu n'es qu'un délateur !

Lorsque tu manges, misérable !
Le pain qui te paye un forfait,
Ne vois-tu pas, assise à table,
La Trahison, spectre muet,
Qui vient pousser ta main coupable ?
Disparais ! tu me fais horreur,
    Tu n'es qu'un délateur !

Cache-toi sous ta cape grise,
Misérable ! et sous ton manteau
Voile une face qu'on méprise !
Si la rougeur monte à ta peau
En m'entendant, cherche une église !
Pleure, et crie : « Ah ! pitié, seigneur !
    Je suis un délateur ! »

Ce n'est qu'au fond des sanctuaires
Que, pitoyable aux scélérats,
Dieu peut écouter leurs prières !
Mais toi ! qui te déshonoras,
Fuis ! lâche, tu n'as plus de frères !
Disparais ! Tu me fais horreur !
    Tu n'es qu'un délateur !

Chants populaires de dialectes.

Montaigne a été le premier (*Essais*, L. 1, § 5) à parler de poésie populaire, et à vanter des « naïvetés en grâces, par où elle se compare à la principale beauté de la poésie parfaite selon l'art... ». Suivant le conseil de notre compatriote, nous allons tenter dans ce domaine une rapide excursion.

Que la poésie populaire soit ancienne en Italie, nul doute à cet égard. Le premier monument qui ait été conservé de la vieille littérature, le Dialogue ou *Contrasto* de Cielo dal Camo, est une sorte de chanson; et le goût du rythme était trop inné dans la race pour ne pas persister. Mais un double courant est signalé par M. Rathery, dans son essai souvent cité sur les chants populaires de l'Italie moderne (*Revue des Deux Mondes*, 15 mars 1862).

Il y a des hymnes et des séquences en rythmes populaires, de Pier Damiani, de Tommaso Celano, etc., et même du roi Guillaume le Bon de Sicile (1166-1189), qui sont des complaintes plus que des chansons. Les véritables formes populaires consacrées, sont plutôt les *strambotti* (chanson avec assonance, *rima stramba*), les *rispetti*, les *Stornelli* qui diffèrent par le nombre et la mesure des vers, les *maggi* ou *fiori* qui accompagnent des envois de bouquets, les *villotte* ou *furlane* qui sont des danses, usitées principalement à Venise. Une danse sicilienne, la *Ruggiera*, scène à quatre personnages, rappelait le fondateur de la dynastie normande; et des luttes de bergers, en Sardaigne, dans la Gallura, se rattachent sans doute aux souvenirs des Bucoliques...

On peut peut-être faire une place à part à la Ballade, qui tient à la fois de la danse et de la chanson (*ballo a vezzo*), et qui, grâce à la souplesse de sa forme, permet le mieux de développer une pensée ou un récit.

Les études de Folklore (suivant le nom consacré), sont, en Italie, postérieures à celles qu'on a faites en Angleterre, en Allemagne et en France. Les premières publications datent du milieu du siècle dernier ; ce sont les recueils de MM. Tommaseo pour Venise, Pitre pour la Sicile, qui ont été glorieusement continués par M. le chevalier Nigra pour le Piémont, par MM. Comparetti et d'Ancona (*canti e raccolti del Popolo italiano*), de Gubernatis, etc.

Nous avons fait presque tous nos emprunts à un vieux recueil allemand de Kopisch, paru à Berlin, en 1838, sous le titre d'*Agrumi* (c'est-à-dire fruits d'oranger, de citronnier, etc.) et aux *Chants populaires* de M. Caselli publiés en 1865. Nous répétons le nom des auteurs des recueils à côté du titre des pièces qui en sont tirées.

SICILE

GIOVANNI MELLI
1740-1815

LES LÈVRES

Dimmi, dimmi, apuzza nica (1)
Unni vai cussi malinu ?

Dis-moi, dis-moi, si matinale,
Avette, où vole ton désir?
Des monts la cime virginale
Commence à peine à se rosir :

La rosée en perles liquides
Sur les brins d'herbe tremble encor ;
Prends bien garde : aux feuilles humides
Tu vas mouiller tes ailes d'or.

Vois I les fleurettes engainées
Sous la verdure des boutons
Baissent leurs têtes chiffonnées
Et tiennent clos leurs capuchons ;

(1) BARBERA. *Il tesoretto della poesia italiana*, Firenze, 1900

Dans l'essor, ta course inégale
Va, vient, baisse et monte à plaisir ;
Petite avette matinale,
Dis-moi, que cherche ton désir?

C'est du miel que tu veux, sans doute ;
Suspends ton vol ! je te dirai
En quel abri, sur quelle route,
J'attends le miel le plus doré....

Connais-tu pas la belle fille,
Nice aux jolis yeux, mes amours?
Sa lèvre est la source où distille
Une douceur qui plaît toujours.

Vole ! et sur la lèvre empourprée
De celle qui fait tout mon bien,
Ravis cette liqueur sucrée
Auprès de laquelle il n'est rien !

Les amours y font leur délice ;
Et c'est un sort digne du ciel
Que d'aller aux lèvres de Nice,
Dans un baiser, chercher le miel ! (1)

(1) Cette dernière strophe est faite de la réunion des deux dernières strophes de l'original.

NAPLES

LE VENDEUR D'EAU

(CASELLI)

Vorria arreventare no picciuotto
Co'na lancella a ghi venenno acqua

Je voudrais bien être un des petits gars
Qui portent la cruche et vendent de l'eau,
Et je m'en irais aux palais là-bas.
« Belles dames, qui me prendra de l'eau? »
Si quelque fillette appelait le gars :
« Quel est le garçon qui nous vend de l'eau? »
Je lui répondrais d'un ton doux et bas :
« Ce sont pleurs d'amour, ce n'est pas de l'eau ! »

———

LE CŒUR PERDU
(KOPISCH)

No juorno jenno a spasso
Oje, pe lo mare

Hier, sur la plage
J'étais descendu,
Et près du rivage
Mon cœur s'est perdu.

Errant sur l'arène,
D'un pêcheur j'appris
D'où venait ma peine :
C'est toi qui l'as pris !

Entends ma prière !
De deux cœurs pour toi,
Que voudrais-tu faire?
Je n'en ai plus, moi !

Pour que tout s'arrange !
Si tu prends le mien,
Ma belle, en échange,
Donne-moi le tien !

RAZIELLA
(CASELLI)

A core a core cu Raziella mia
Stava assettato a chillo pizzo là

Cœur à cœur avec ma Raziella (1),
Je m'étais assis là-bas sur la place ;
Son père était loin, sa tante était là ;
Nous causions tous deux à voix basse, basse.

La tante filait et n'entendait pas,
Un souffle léger inclinait sa tête ;
Et moi je prenais, après maints combats,
Et j'embrassais fort une main fluette.

Et, la belle voix murmurant un chant
Que j'accompagnais avec ma mandore,
Elle répétait : « O mon cher amant,
Je t'aime à jamais, je t'aime et t'adore ! »

La tante filait et n'entendait pas,
Car un léger souffle inclinait sa tête,
Et, quand, par hasard, s'ouvraient ses yeux las,
Je prenais l'air sage, et la mine honnête !

(1) Pour Graziella.

ROME

OUI OU NON

(KOPISCH)

So far l'amore — Cosi no so.

Non ! personne n'aime
De cette façon !
Prononcez vous-même
Seigneur ! oui ou non !

Mon sein se déchire,
Mon cœur est meurtri ;
Allez-vous me dire
Enfin : non ou oui !

Cessez donc d'attendre
Un mot d'abandon.
Je veux vous entendre
Dire : oui ou non.

Nuit après aurore,
Jour sur jour a fui ;
Je ne sais encore
Si c'est non ou oui !

Mais ma peine amère
Est prête au pardon
Pour un mot sincère
De oui ou de non.

Ah ! je ne puis vivre
A souffrir ainsi ;
Qu'un mot me délivre !
Dites : non ou oui !

VENISE

BERCEUSE
(CASELLI)

Fame la nana, e ni na na, ni nana
Che a mezanote i sona una campana.

Fais dodo, dodo, ma mignonne ;
Il est minuit, la cloche sonne,
Ce n'est pas notre clocher vieux,
C'est celui de Sainte-Lucie.
Sainte-Lucie a fait tes yeux,
Les anges, ta couleur jolie ;
Madeleine, tes blonds cheveux ;
Marthe, ta bouche de tendresse,
Ta bouche au sourire amoureux,
Au son qui charme et qui caresse !
D'amour dis-moi les premiers temps !
Violons, musique, allégresse :
Les derniers, ce sont les enfants !
L'amour commence avec des chants ;
Il finit en pleurs et tristesse !

✿

PIÉMONT

MARIE
(CASELLI)

Gentil galant jersira — Andand' a spassigia
— Salta la fantasia

L'autre soir, un gentil galant,
Se promenant et s'en allant,
Vint, selon sa fantaisie,
Heurter la porte de Marie.
— « Qui vient à ma porte frapper,
Qui frappe à ma porte, dit-elle? »
— « C'est votre amant, ma toute belle,
Ne le laissez-vous pas entrer? »
— « Jamais, dit-elle, en ma demeure
Vous n'eûtes entrée à cette heure.
Je viens d'ôter mes vêtements.
Vous en dehors et moi dedans,
Nous resterons jusqu'à l'aurore.
— « Si votre porte doit se clore,
Jamais je ne la reverrai.
De vos dédains je suis outré ;
J'en garderai la souvenance
Et je pars en désespérance.

— « Si de moi vous voulez partir,
Le chagrin me fera mourir,
Mais à mon amour je préfère
Un honneur intact et sévère.
Ayez de moi compassion.
— « Si la lune, de sa lumière,
M'éclairait de même façon
Que le soleil le pourrait faire,
Je voudrais écrire à la fois
Le lôs d'un refus discourtois,
Et de l'honneur qui vous inspire.
Aujourd'hui je ne puis vous dire
Que bonne nuit, mais dès demain
Je viendrai mettre à votre main
Un bel anneau d'or, bien-aimée,
Et vous me serez mariée. »

ITALIE

MARGUERITE

(KOPISCH)

Chi bussa alla mia porta — Chi bussa al mio porton ?
Son il capitan dell' onds — Son il vostro servidor.

« A ma porte qui frappe ainsi?
A ma porte qui frappe ici? »
— « C'est un marin, un capitaine,
Qu'à vous servir sa chance amène. »

— « Si vous requérez me servir
Vite, je m'en vais vous ouvrir. »
D'une simple toile ajustée,
Vers l'huis la belle s'est portée.

— « Me direz-vous, la belle enfant,
Que fait votre époux maintenant? »
— « Au loin, sur les chemins de France
Il est parti pour longue absence. »

— « Que dirait-il, la belle enfant,
S'il vous entendait maintenant? »
La belle regarde et chancelle :
C'est l'absent qu'elle a devant elle !

Elle se jette à ses genoux,
Et prie en grâce son époux.
« N'espérez pas que je pardonne
A méchante et fausse personne ! »

Et tirant son épée en l'air,
La tête tombe sous le fer.
Elle bondit, glisse, et s'écroule ;
Par tout le logis elle roule.

Jusqu'à la chambre elle descend !
Alors, une fleur naît du sang.
C'est la fleur de la Marguerite
Qu'à la Mort Amour a conduite.

Sonnez, cloches ! sonnez le glas !
La Marguerite est à trépas !
Sonnez le glas ! que l'air le porte !
D'Amour la Marguerite est morte !

ÉPIGRAMMES (1)

Damon a la croix aujourd'hui.
C'est bien. On n'y peut rien reprendre.
Mais pourquoi la pendre sur lui?
— C'était lui qu'il fallait y pendre !

Sur mer, pendant une tempête,
Étaient un sage et deux gredins,
Qui tous deux, priaient à tue-tête
Le bon Dieu, la Vierge et les Saints !
Enfin, à bout de patience,
Le sage dit : « Parlez plus bas !
Et gardez-vous au moins la chance,
Que le bon Dieu n'entende pas !

Dans un fracas de bavardage
Don Fortunat me dit ces mots :
« Voyons ! fut-il jamais un âge
« Où parlèrent les animaux !
— « On ne connaît que par la fable »,
Repris-je, « les temps d'autrefois.
« Aujourd'hui c'est incontestable ;
« Les ânes parlent quelquefois. »

(1) *Prose e poesie italiane* de LUIGI MORANDI. Citta di Castillo. Lapi, éditore, 1906.

Contemporains.

La génération qui a pris part aux luttes fiévreuses de l'indépendance s'éteint successivement à partir de 1859 ; celle qui lui succède est moins absorbée par les questions intérieures, et plus accessible aux influences venues d'Europe, aux préoccupations artistiques et morales.

On cherche la vérité psychologique dans ses manifestations naturelles ou morbides ; on aime le détail exact, on associe au drame la nature et le paysage, comme un fond de tableau, ou même comme un personnage accessoire, jouant le rôle du chœur antique.

M. Giosuè CARDUCCI, qui fait en quelque sorte le trait d'union des deux époques, est un patriote chaleureux, un érudit et un grand poëte novateur. Ses leçons et ses éditions savantes ont rajeuni l'étude des classiques italiens ; et lui-même, entraîné par un amour passionné de l'antiquité, a trouvé chez les vieux maîtres le secret de rhythmes inattendus qui ont été les puissants auxiliaires de son talent. Son art est souple et robuste. Il a su chanter les grâces fugitives de Glycère comme la beauté majestueuse des rives du Clitumne (1) ; il a surtout agi sur ses contemporains en leur parlant des événements qui passionnaient l'Italie ; le centenaire de Dante, Curtatone, le transport des cendres d'Ugo Foscolo à Santa Croce ; et même, hors de l'Italie, il a accordé sa sympathie douloureuse à la mort de Maximilien et à celle de l'héritier des Napoléons. Homme excellent, professeur vénéré et populaire, il avait une sentimentalité impulsive et ardente autant que sincère. Il n'est donc pas étonnant que ses opinions aient subi des fluc-

(1) Déjà célébré par VIRGILE, *Géorg.*, II, 146 et PLINE LE JEUNE, *Epist.*, VIII, 8.

tuations. Il a célébré Mazzini, et s'est rallié ensuite à la maison de Savoie ; après avoir lancé quelques adjurations juvéniles à Satan, il a, vers le soir de la vie, devant l'église solitaire de Polenta, senti passer « le souffle invisible qui va de la terre au ciel » et retrouvé « la vie multiple et la voix de la prière ». Qui oserait l'en blâmer ?

Si Carducci a eu le tempérament classique, M. DE AMICIS évoque plutôt l'idée d'un journaliste alerte, plus fin encore que raffiné, mais plein de bonne humeur et de verve primesautière. Il a le coup d'œil rapide, la mémoire nette et vive (voir sa description de la forteresse de Fenestrelle), avec un peu trop de facilité. Son œuvre la plus répandue, *Il cuore*, a eu un succès prodigieux, légitime compensation du Sonnet sur les livres prêtés. Il faut ajouter à cela des vers spirituels, des recherches sur la langue italienne, et des qualités personnelles charmantes qui l'avaient rendu l'hôte familier des salons les plus recherchés de Florence.

Avec M. A. FOGAZZARO, nous abordons une note différente. Elevé au milieu des montagnes et des lacs de la Haute-Italie, il a gardé de cette jeunesse Lamartinienne des sentiments de rêverie plus chaude et moins vaporeuse. Il a écrit peu de vers, mais ces vers ont une exquise saveur de plein air et de campagne. Le poète aime à promener ses regards sur le lac de Lugano ou le lac Majeur, comme le poète des *Harmonies* sur le lac Léman ou le lac de Thoune,

> Ces grands golfes d'azur, où de rêveuses toiles
> Répercutent le jour sur leurs ailes de toiles....

et à sentir sous sa barque

> .... le doux renflement d'un flot qui se soulève,
> Sons inarticulés d'eau qui dort et qui rêve !
>
> (*Premières Méditations*, n° 18.)

Quelques douces et mélancoliques figures de femmes,
Miranda, Eva, Samarith, donnent à ces inspirations un contour plus précis, et la solitude à son tour leur prête un
charme idéal et pur. Dans les romans de M. Fogazzaro,
on retrouve ses qualités de psychologue attentif et de
peintre subtil.

Nous retournons au paganisme de la Renaissance
avec M. Gabriele D'ANNUNZIO. Ce que le poète de *Canto
novo* et de l'*Intermezzo* aime dans la nature, c'est la force
puissante qui fait « frissonner l'eau aux souffles de l'aurore, éclater les bourgeons sous la sève, inspire des épi-
thalames aux bois en fleur »... et remplit le cœur « d'un
désir ardent d'amour et de joie ». Il chante l'hymne
des puissances primitives, de Pan, des Faunes et des
Dryades. C'est le poète du soleil, de la coloration intense et de la joie voluptueuse. Mais cette joie finit souvent par des larmes, et la recherche exaspérée de la satis-
faction sensuelle amène les héros de ses romans au désespoir et à la mort.

Les idylles de M. PASCOLI ont, au contraire, une douceur
intime ; les sentiments naïfs et honnêtes qu'il exprime
jaillissent en poésie des profondeurs du cœur. On peut
regarder ces petits *quadri*, ainsi qu'eût dit André Chénier, comme des toiles de Chardin ; et dans un geste,
dans l'éclair d'un sourire ou d'un regard, s'amuser à suivre
le flottement des désirs ou des pensées inexprimées qui
s'éveillent chez ce monde simple et laborieux. Il a su
rendre pittoresque et attrayant le rite familial de la
lessive qui bout, embaumée par un brin de laurier, du
pain que l'on pétrit, tandis que la blanche farine vole en
l'air, et qui sent si bon ; il nous attendrit sur le sort du
torello vendu pour la ville, et que sa jeune maîtresse va
regarder à la dérobée pour la dernière fois.

Les vers de Mme Ada NEGRI nous ramènent à l'expression énergique des sentiments qui bouleversent l'âme. Elle a une note très personnelle et très vibrante, mais elle a aussi des pages délicieuses de tendresse et de pitié.

Que d'artistes charmants aurions-nous encore à citer, miniaturistes dont les petits tableaux de mœurs ont une grâce et une finesse qui valent de grandes toiles. M. Ersilio BICCI unit la pointe humoristique d'un aquafortiste à l'art du paysagiste, et ajoute aux vues alpestres l'attrait des souvenirs historiques. M. Renato FUCINI, d'abord connu sous le pseudonyme de Neri Tanfuccio, écrit des sonnets toscans pleins de saveur, et des histoires en plein air (all' *Aria aperta*), tour à tour gaies et touchantes. M. Riccardo SALVATICO sait, dans la bouche des petites *sitelle*, donner toute sa grâce au doux zézaiement vénitien ; M. PASCARELLA, M. BELLI composent des scènes populaires pittoresques et vives. M. STECCHETTI (de son nom vrai, Olindo Guerrini), à côté de pages osées, a des qualités de poésie et de douceur charmante.

Renfermés dans d'étroites limites, nous sommes obligés de laisser de côté bien des noms et des œuvres de premier ordre (1). Nous en exprimons tous nos regrets ; mais, dans ces citations trop brèves, nous n'avons nullement pensé à faire une nomenclature ; nous avons seulement voulu donner une idée du mouvement des esprits, trop heureux si cette rapide esquisse laissait entrevoir la merveilleuse rénovation intellectuelle qui se produit actuellement en Italie.

(1) MM. Rapisardi, Arturo Graf, Pastonchi, Guido Mazzoni, Verga, Giacosa, Marradi, Salvadore di Giacomo, Cesena, etc...

GIOSUE CARDUCCI (1)
1836-1908

ÇA IRA (2)

EN PROVINCE

Lieto su i colli di Borgogna splende

Aux côteaux Bourguignons, sur la Marne vineuse,
Le raisin mûr se dore aux rayons du couchant,
Et la terre Picarde attend, silencieuse,
Le fer qui doit ouvrir et féconder le champ.

Mais la serpe a des airs de hache furieuse ;
De la grappe cueillie il découle du sang,
Et le bouvier qui foule une friche poudreuse,
A la rouge lueur du soleil finissant,

Fait sur ses bœufs tardifs comme une lance aiguë
Darder son aiguillon, et pousse la charrue
En criant : « En avant, France ! France ! en avant !

(1) *Poesie* di Giosue CARDUCCI (1850-1900). Bologna, Nicola Zanichelli.
(2) Les sept sonnets suivants sont extraits d'une suite de douze tableaux consacrés par Carducci à la Révolution française, sous le titre de « Ça ira » !

Sur le sol âpre et sec le soc grince ; la terre
Fume ; et dans l'air plus sombre on voit flotter au vent
Des fantômes armés qui respirent la guerre.

VISIONS

Son de la terra faticosa i figli

Ces guerriers emportés aux âmes idéales,
Éblouissants de pourpre et de blanc et d'azur,
Sont les fils de la terre et du labeur obscur,
Peuple ! et tiennent de toi leurs forces triomphales !

C'est Kléber, aux sourcils broussailleux, à l'œil sûr,
Toujours au premier rang lorsque pleuvent les balles ;
Et toi ! brillant éclair de ces luttes fatales,
Hoche ! jeune héros à l'esprit déjà mûr ;

Desaix, qui prend pour lui le devoir, et succombe,
Laissant la gloire à l'autre ; et Murat, vive trombe,
Qui ne s'abat que ceint d'un diadème d'or ;

Et Marceau, que la vie à peine commencée,
Comme un époux joyeux au seuil de l'épousée,
Amène à vingt-sept ans dans les bras de la Mort.

ALARMES

Su l'ostel di citta stendardo nero

Noir, sur l'Hôtel de Ville un drapeau se balance,
Signal de deuil suprême et de calamité,
Et le canon d'alarme au milieu du silence,
De moment en moment, tonne dans la cité (1).

La foule, aux carrefours, pleine d'angoisse intense,
Attend, peuple d'airain, dans l'immobilité.
De courrier en courrier, tandis qu'un cri s'élance :
« Mourons pour la patrie et pour la liberté ! »

Par devant Danton — pâle, énorme — des mégères
Défilent en hurlant des refrains sanguinaires,
Avec leurs fils nu-pieds, des guenilles au flanc.

Et Marat, l'œil hagard, comme en unè tempête,
Voit des spectres brandir des poignards sur sa tête,
Et partout, sur leurs pas, il dégoutte du sang !

(1) Le canon était tiré sur le tertre du Pont-Neuf. Voy. *Tableaux de Paris pendant la Révolution française*, dessins de J.-L. Prieur, n° 60.

LA PRINCESSE DE LAMBALLE (1)

Gemono i rivi, e mormorano i venti

Dans vos monts de Savoie et votre Alpe natale
Murmurent le Zéphyr et le ruisseau voisin ;
— Ici des cliquetis de fer, des cris sans fin ;
C'est l'Abbaye. — Entrez ! princesse de Lamballe !

Dans le flot ondoyant de ses cheveux d'or pâle.
Toute nue, elle gît au milieu du chemin,
Et c'est un perruquier dont la sanglante main
Tâte et palpe sa chair, tiède encor, sur la dalle !

(1) Il y a une inexactitude dans ce sonnet tragique. Ce n'est pas à l'Abbaye, déjà suffisamment célèbre, mais à la prison de la Force que la princesse de Lamballe fut égorgée. Cette prison donnait sur la rue du roi de Sicile, dénommée pendant la Révolution rue des Droits de l'Homme ; en face de l'entrée s'ouvrait la rue des Ballets, et la malheureuse victime fut décapitée sur une borne à l'angle des deux rues (3 sept. 1792). A l'itinéraire sinistre de la tête et du corps séparés il y a quelques variantes. Cependant il paraît certain que la tête, plantée au bout d'une pique par l'ignoble Charlat, fut promenée dans la rue de Cléry, portée aux Tuileries, au Temple et ramenée à la Force. Les mémoires de Cléry (édition Didot de 1884, p. 28), racontent la scène du Temple. Deux fois rappelé à la fenêtre, Cléry voit lui-même la tête portée au bout d'une pique « avec ses cheveux blonds encore bouclés » ; le « cœur tout sanglant » arraché et « tenu au bout d'un sabre » (voir aussi M. LENOTRE. *Massacres de Septembre*, p. 53 et suiv.).

Quel corps blanc, délicat ! Le cou flexible et frais
A la couleur d'un lis, et la bouche petite
Semble un œillet éclos dans un champ de muguets !

Les yeux, couleur de mer, ouvrez-les dans l'orbite !
Frisez les cheveux d'or ! — et portons le bonjour
De la morte à la Reine, au Temple, sous la Tour.

LE ROI AU TEMPLE

Oh ! non mai re di Francia al suo levare

Jamais les courtisans d'un roi de France, autour
De son lever, sont-ils venus en telle presse?
Dans le fracas confus, la vieille forteresse
Semble un oiseau nocturne ébloui par le jour !

Si Philippe le Bel dressa dans ce séjour
Le bûcher séculier, la plainte vengeresse
Du dernier Templier redescend, et s'abaisse
Vers le dernier Capet qui l'entend à son tour.

Ah ! l'horrible cortège, et la foule cynique !
La tête épouvantable est au bout d'une pique,
Et bat contre la vitre. — Et le roi, qui, parmi

Italie et Espagne.   16

Le tumulte, se penche au bord de la fenêtre (1),
Voit son peuple, et demande, en priant pour l'ancêtre,
A Dieu de pardonner la Saint-Barthélemy.

LA FORÊT D'ARGONNE

Al calpestio de' barbari cavalli

Les chevaux ennemis ont-ils sous leurs foulées
Eveillé du sommeil de la tombe Bayard ?
Ou Jeanne la Pucelle a-t-elle, en ses vallées
Du doux Orléanais, arboré l'étendard ?

Viennent-ils en chantant de la Saône ou du Gard,
Ces guerriers qui, sapant les forêts écroulées,
Font un retranchement de branches épaulées ?
Un Vercingétorix brave-t-il un César ?

Mais non ! C'est Dumouriez, l'espion (2) ! Une carte
Est sous ses yeux, ouverte, et dans son regard clair
L'âme du grand Condé passe et jette un éclair !

(1) Le roi et la reine entendirent les cris de la foule et subirent même
la grossièreté d' « un municipal portant deux épaulettes et armé d'un
grand sabre », qui voulait les obliger à se rendre à la fenêtre. Le dévouement de leurs serviteurs parvint à leur éviter cette humiliation
et cette douleur (Mém. de CLÉRY, loc. cit.).

(2) Voy. *la Trahison de Dumouriez* par M. Arthur CHUQUET. Le nom
véritable est du Périer du Mouriès. Il était d'origine provençale.
Après avoir quitté la France, il demeura jusqu'à sa mort en Angleterre où il touchait une pension du Trésor britannique et une rente
de 8.000 francs du landgrave de Hesse.

Soudain, le doigt posé : « C'est là, nouvelle Sparte »,
Dit-il, montrant d'obscurs replis, sur le terrain,
« Que la France aura ses Thermopyles, demain ! »

―――――

VALMY

Marciate, o de la patria incliti figli

Allons ! marchez ! courez ! enfants de la Patrie !
Volez au bruit des chants comme au son du canon,
Le jour de gloire arrive, et dans l'air se déplie
Le drapeau tricolore, en haut du bataillon.

Pour les Prussiens la route au retour est remplie
D'épouvante, de honte et de dangers sans nom,
Et la faim et le froid et la dysenterie
Font cortège aux soldats de l'émigration.

Le soleil qui se couche éclaire un lac de fange
Sinistre, ténébreux — d'une lueur étrange
Le sommet des côteaux voisins est couronné ;

Et le soir au bivouac, causant dans la nuit noire,
Wolfgang de Gœthe dit : « Ce jour est pour l'histoire
Un tournant solennel : un nouveau siècle est né ! »

―――――

MAZZINI

Qual da gli aridi scogli erma su' l mare... (1)

Telle, au milieu des rocs, dominant le flot clair,
Gênes semble surgir, dans le marbre, géante ;
Tel, sur le flot dormeur d'une époque stagnante,
Apparaît Mazzini, grand, immobile et fier !

Au lieu même où Colomb pressentait outre mer
Des nouveaux continents l'ossature puissante,
Joignant le cœur d'un Gracque au front pensif de Dante,
Mazzini devinait dans les brumes de l'air

La future Italie et sa troisième aurore.
Les yeux fixés sur elle et pour la voir éclore,
A travers les tombeaux et les morts il marchait.

Maintenant, vers le ciel qui l'a laissé proscrire
Levant son regard doux et triste, sans sourire,
Il murmure : « Idéal, il n'est que toi de vrai ! »

(1) *Poesie* di Giosue CARDUCCI. Bologna, Nicola Zanichelli.

DANS L'ÉGLISE SANTA CROCE
29 mai 1859

Non lagrime, non ghirlande e non concento (1)

Aux guerriers qui sont morts il ne faut point de chants,
De guirlandes de fleurs, de strophes pathétiques ;
C'est du sang que la Grèce offrit, aux temps Persiques,
Comme un pur sacrifice aux Mânes des Trois cents !

O soldats ! qui jurez — parmi ces monuments
Consacrés à la Mort — de mourir héroïques,
Venez, comme venaient vos ancêtres antiques,
En présence de Dieu répéter vos serments !

Par le sang des Héros, par les larmes amères
Des vieillards, par le deuil qui plane sur les mères
Et frappe les enfants orphelins au berceau,

Qu'aux Allemands soit faite une guerre éternelle,
Qu'ils meurent sans revoir la maison paternelle,
Et que dans l'Italie ils trouvent leur tombeau !

(1) *Poesie* di Giosue CARDUCCI. Bologna, Nicola Zanichelli.

16*

CHANSON

Rompendo il sole tra e nuvoli bianchi e l'azurro (1)

Trouant l'azur et le nuage,
Le soleil sourit au passage,
Et dit : « Printemps, tu peux venir ! »

Sous l'air frais, parmi la verdure,
La rivière qui fuit murmure
Et dit : « Printemps, tu peux venir ! »

« Tu peux venir, Printemps ! » répète,
O Glycère, aussi le poète,
Quand il voit tes beaux yeux s'ouvrir !

(1) *Poesie* di Giosue CARDUCCI. Bologna, Nicola Zanichelli.

EDMONDO DE AMICIS
1846-1908

LE DÉJEUNER CHEZ LE CURÉ (1)

Le déjeuner du bon curé
Était prêt dans la chambre nue,
Avec banc, table, et mur paré
D'une croix de bois suspendue.

La nappe blanche fleurait bon,
Le vin clair luisait aux carafes,
Les peupliers, au mur du fond,
Dessinaient leur ombre en paraphes.

De la sacristie, il venait
Une odeur d'encens par bouffée,
Tandis qu'en sabots trottinait
La vieille bonne, blanc coiffée.

Que l'ombre était douce, et l'air frais
Dans cette humble et modeste pièce !
Quel charme honnête, et quelle paix,
Quelle aimable et saine vieillesse !

(1) *In casa del curato. Poesie* di EDMONDO DE AMICIS. Milano,
1907, Fratelli Trèves editori.

Il me parlait de son jardin,
Du vin, des gens, de sa chapelle ;
Son langage était simple et fin,
Son âme était naïve et belle.

Il mirait au jour la liqueur,
Souriait à la couleur claire,
Et, sa large main sur son cœur,
Vidait à petits coups son verre.

Et puis, me regardant tout droit,
Comme pour me mettre en demeure :
— « Eh bien ! cher Monsieur, dites-moi,
Qu'a-t-on en chantier, à cette heure ? »

Il reprenait un doigt de vin
Et puis ajoutait : « Sans reproches,
On doit se soutenir un brin,
Quand les quatre-vingts ans sont proches. »

Pour que le modeste festin
Qu'il présentait pût mieux me plaire :
« Goûtez ! C'est du jus de raisin,
C'est du beurre qu'on vient de faire ! »

Puis, la main dans ses cheveux blancs,
Il semblait suivre une pensée ;
L'oiseau gazouillait dans les champs,
La pioche tombait cadencée,

Des sarments de vigne crissaient,
Au souffle du vent, sur les grilles ;
Et des parfums nous caressaient
De froment mûr et de charmilles !

Calme exquis, intime douceur
Qui pénétrait le fond de l'être !
Que j'eusse embrassé de bon cœur
Sa joue honnête, à ce saint prêtre !

LES LIVRES PRÊTÉS (1)

Un bon jeune homme ayant acheté d'un libraire
Mon livre, un jour plus tard, l'offrit au Professeur,
Lequel gratifia de la même faveur
Huit dames, dont chacune était millionnaire.

La huitième au préfet prêta son exemplaire
(De toute œuvre prêtée il était grand liseur).
Le préfet, à son tour (car il avait bon cœur),
Passa la même aubaine au clan fonctionnaire.

Par la poste, l'objet vint alors en présent,
A Syracuse, aux mains d'une charmante fille,
De qui l'eut un marquis de Turin. En passant

Celui-ci me disait : « Eh ! le livre se vend !
« Il doit se débiter à dizaines de mille ! »
— Les brigands ! Tous, en bloc, cela leur coûte... un franc !

(1) *La Circolazione dei Libri. Poesie* di EDMONDO DE AMICIS.
Milano, Fratelli Trèves editori.

A. FOGAZZARO (1)
1842

SILENCE

A solitario caprifico avvinta
La barca mia riposa. Non e voce

Au tronc d'un caprier sauvage
Sommeille, accroché, mon bateau.
La montagne est sans voix, et ce n'est plus de l'eau
Qui flotte sur le lac, mais un mol assemblage
De laiteuses vapeurs en forme de nuage,
Et de bruns reflets de coteau.
Mon cœur aussi, muet, s'endort dans un silence
Que seuls traversent par instants
Des fantômes légers, ombres sans consistance,
Rêves d'amour flottants !
Mais, comme une nuée obscure
Sous un rais de soleil s'argente de clarté,
Surgit en mon cœur claire et pure
L'aurore de l'éternité.

(1) Antonio FOGAZZARO. *Poesie scelte.* Milano, Casa editrice Galli.

Mon âme plonge, ardente, en ces lueurs profondes,
Et voguant par delà les bords mystérieux
Où la Création a limité les mondes,
Elle s'anéantit, comme fait sous mes yeux
La bulle qui bouillonne, et monte à fleur des ondes
    Dans un orbe silencieux.

DÉSIR (1)

L'ombre du soir qui monte à travers la maison
Fait ma chambre plus vide ; et la fenêtre ouverte
Sous un nuage ardent me montre, à l'horizon,
Le lac comme une mer infinie et déserte.

Sur cette mer déserte, oh ! que ne puis-je fuir,
Voguer à pleine voile, errer à toute rame,
Et suivre loin des bords, limites du désir,
Le gré capricieux des flots et de mon âme.

Les spectres dont mon cœur est l'abri décevant
Sortiraient au grand jour, et je leur ferais place ;
Je m'assiérais en poupe, ils seraient à l'avant,
Et nous pourrions nous voir, sans parler, face à face.

(1) Antonio Fogazzaro. *Poesie scelte.* Milano, Casa editrice Galli.

TRANSCRIPTIONS DE MUSIQUE (1)

CHOPIN (Mazurka, op. 17, n° 4.)
Une Dame s'adresse à son mari qui gît sur un lit de mort.

Il dort, mon bien-aimé ! si calme ! on n'entend pas
Même un souffle, un soupir ! Je vais dire tout bas,
Tout bas, pour l'éveiller, une chanson bien lente !

Ne dors plus ! mon amour. C'est moi ! moi ! ton amante.
Dormir toujours ! c'est mal ! Cesse, vilain moqueur.
Ne dors plus et souris, serre-moi sur ton cœur.
Tu ne dis rien ! Pourquoi ? — Monseigneur, prenez
[garde !

J'avais un beau baiser aux lèvres. Je le garde ;
Et vous ne l'aurez point. Je ne vous aime plus !
— Mais non ! ce n'est qu'un jeu ! ne prends pas l'air
[confus !
Je fais grâce et suis gaie, et veux danser et rire !

Qu'il me plaît de danser, lorsque ton bras m'attire
Et m'entraîne à son gré, berceur comme la mer,
Comme le vent puissant qui tourbillonne en l'air,
Lorsque les yeux sur toi, sur ton cœur, je me livre
A l'éblouissement du bonheur qui t'enivre.

(1) Antonio FOGAZZARO. *Poesie scelte.* Milano, Casa editrice Galli.

Tu dors encor ! J'ai peur ! Je prends, j'embrasse en
[vain
Ta main ! Elle est glacée, ah ! glacée est ta main !
Et glacée est ta lèvre, et glacé ton cœur tendre !
Tu ne dis rien ! je parle à genoux ! Daigne entendre !

Écoute-moi ! C'est grave ! à t'éloigner de moi
Tu trahis ton serment : il faut garder ta foi,
En quoi t'ai-je offensé ? Réponds devant Dieu même !
Qu'il m'entende et me juge, et dise si je t'aime.
Terre et ciel et patrie, et parents n'étaient rien
Pour moi ; je ne m'aimais que dans toi ! mon seul bien !
Je n'ai plus à t'offrir rien ! Tu m'as tout entière,
Et tu pars, sans songer que je me désespère,
Si froid, sans un seul mot, sans un baiser d'adieu !
Je crie à toi, je crie au monde, au ciel, à Dieu
Ma peine ! et nul n'entend ! Tout est vide et silence !

Mais je suis folle, aussi ! Vous avez bien licence
D'aller et de partir ! Qu'importe mon amour !
Mais une heure... est-ce trop ! un moment !... c'est si
[court...
(Vous qui fûtes toujours si bon, si doux, si tendre !)
Raillez la pauvre enfant qui reste sans comprendre !
Mais elle est triste, seule, et son cœur est si las
Qu'il ne faut point partir sans la prendre en vos bras !
Prends-moi donc ! Garde-moi dans ces bras que j'adore !
Par pitié ! répondez !

Ami ! tu dors encore !

Je suis faible ! et je sens qu'en moi l'esprit, la voix
Et la douleur s'en vont ! J'ai sommeil ! je ne vois
Qu'un rêve insaisissable, obscur, calme, qui passe !

Près de toi !... Sur ce lit !,.. permets que je me place.
O maître ! que tu sais dominer ma douleur !
Qu'avec toi le repos glisse bien dans mon cœur !
Mais mon œil est voilé, mon oreille se glace,
L'ombre vient, le sommeil m'emporte, tout s'efface.

(*Elle meurt.*)

LE SOIR TOMBE (1)

Voici le soir qui va descendre ;
Moi ! que l'aube a vu si vaillant,
Au poste que j'eus à défendre,
Epuisé je reste, et, sanglant,

Je gis sur la cîme, la tête
En face des astres, là-haut ;
Le chemin fut long jusqu'au faîte,
Le jour dur et le soleil chaud.

(1) Antonio Fogazzaro. *Poesie scelte* Milano. Casa editrice Galli.

Et maintenant, en vain, des plaines
Vers moi s'élève un bruit lointain ;
Rien ne fait plus battre mes veines,
Ni la gloire ni le dédain.

J'ai servi mon Dieu, je n'implore,
De lui que le calme et la paix,
Et j'attends, tourné vers l'aurore,
Que mes yeux soient clos à jamais.

Mais un rayon vers moi se penche !
Astre du soir ! que me veux-tu?
Que viens-tu donc, étoile blanche
Redire à ce cœur abattu ?

N'ai-je pas répandu sans trêve
Tout mon sang, lutté jusqu'au bout?
Dieu veut-il que je me relève
Pour me battre, et meure debout ?

Eh ! bien, soit ! s'il le faut ! Courage !
Marchons sans craindre ou reculer,
Mon cœur ! ouvre-toi davantage,
Ton sang peut encore couler !

GIOVANNI PASCOLI
1855

L'ANGELUS

I

Oui — c'était bien l'appel d'une cloche lointaine (1) ;
Qu'on entendait mourir. — Alors un penailleux
Qui buvait, appuyé du bras à la fontaine,
Cessa de boire, et, droit, fit le geste pieux
Qui chasse le démon. — Pendant ce temps, la cloche
De San Vito, d'abord, puis de la Badia,
Puis celles d'autres bourgs, tintant de proche en proche,
Se donnaient rendez-vous pour l'Ave Maria.
On eût dit que volaient, muets, autour des sources,
Des esprits éveillés au bruit lourd des bourdons,
Ils frémissaient, croisant et recroisant leurs courses,
Et leur murmure clair refluait jusqu'aux monts.

Mère et filles sortaient, quand, du clocher, encore
Il se mit à pleuvoir, du battant soulevé,
En flots d'or et d'argent un carillon sonore.

O mon Dieu ! tu naquis jadis d'un humble Ave !

(1) POEMETTI di Giovanni PASCOLI. Milano-Palermo, Remo Sandron.

II

O Dieu ! toi qui naquis jadis d'un humble Ave,
D'un sourire et d'un mot pur et doux comme une aile,
(Disait le lourd bourdon par les airs soulevé)
Toi qui, sur l'aire blanche où le soleil ruisselle,
— Petit grain de froment — étais, sans être encor,
Épave du panier que le vanneur balance,
L'homme t'a pris bientôt pour te donner la mort !
L'homme t'a fait périr, o mignonne semence !
Et de toi cependant les épis, la moisson,
De toi provient la vie ! Oh ! fais que dans la plaine
Où ces gens ont semé, le noir et dur sillon
Du pain de chaque jour récompense leur peine !
O Dieu ! ménage pluie et neige au blé futur,
Fais qu'un soleil fécond lui prête sa clémence,
Fais que, gonflé de grain, se courbe l'épi mûr,
Toi dont l'homme a jeté dans les cieux la semence !

III

Ainsi le son doré des cloches de la Tour
S'égrenait dans les airs — et priant à leur tour
Les laboureurs mêlaient à cette fin du jour
L'Angelus et l'Ave — Souriante, la mère
Allait vers eux se joindre à leur courte prière,
Et, dans leur svelte grâce, auprès d'elle, étaient là
La blonde Rose avec la brune Viola.

LA HAIE (1)

I

Belle haie, où s'enclôt mon modeste héritage,
Ton enceinte pieuse entoure tout mon bien,
Comme fait à mon doigt l'anneau de mariage
Qui dit qu'est bien à moi celle dont tout est mien.

(Ne suis-je pas aussi l'époux qui te couronne
De fleurs, ma brune terre, aux robustes attraits !
Douce et docile au bras qui te bêche et façonne,
Comme au soc reluisant qui creuse tes guérets ?)

Par toi, pieuse haie, et tes vives aiguilles
Est exclus le larron, dormeur de tout le jour ;
Mais aux nids des oiseaux tu prêtes tes charmilles,
Et l'abeille y bourdonne et butine alentour.

Mes mains ont, à mesure, affermi tes enceintes,
Et par de nouveaux brins remplacé les anciens,
Tandis que ma famille, en affections saintes,
Accroissait mon bonheur sans accroître mes biens.

(1) *La Siepe. Poemetti* di Giovanni Pascoli, Milano-Palermo.
Remo Sandron.

De prunier, de grenade ainsi que d'aubépine
Comme de chèvrefeuille odorant j'ai planté
Ton abri qui me fait libre au sol qu'il domine,
O rempart verdoyant, gardien de ma cité !

II

Que j'aime ta douceur ! Le pauvre qui voyage
A-t-il soif ? Ton fruit s'offre au timide étranger :
Et cependant, c'est toi qui défends de l'outrage
La poire suspendue aux arbres du verger !

Tu n'as rien pour le sac secret de la servante ;
Mais, par toi, la cerise abonde au cerisier,
Tu ne m'enrichis point — mais, quand le coucou chante
Et que je bois mon vin, au rebord du sentier,

La vigne dit tout bas : « Oui, c'est bien toi le père
« Qui sur le peuplier tends le courson nouveau,
« Ou réduis ses excès ; mais elle, elle est ma mère,
« La maternelle haie, abri de mon berceau. »

— « Oui ! c'est elle qui fait que l'huile emplit l'amphore
Et le vin le cellier », dis-je. Le coq joyeux
M'applaudit, et mon chien lance un aboi sonore.
Le chien te sert de voix, buisson silencieux !

III

Tu sais parler pourtant, haie immobile et sûre !
Ton langage si bref est clair à l'étranger
Et chacun lit de loin, en voyant ta verdure,
Un écriteau piquant qui défend le verger !

Mais ton accueil fleuri m'est doux et m'encourage,
Haie à d'autres sévère, et pour moi cher lien,
Comme ce cercle d'or, l'anneau de mariage
Qui dit qu'est bien à moi celle dont tout est mien !

MADAME ADA NEGRI
1870

LE GAMIN DES RUES (1)

(Il birichino di strada).

Quand, sur le pavé gras des rues,
Je le vois sale et beau pourtant,
Fier dans ses loques décousues,
Ses souliers crevés, et sifflant ;

Quand il court parmi les voitures,
Harcelant de pierres les chiens,
Déjà voleur, prêt aux souillures,
Les yeux effrontés et vauriens ;

Tandis qu'il rit, saute et gamine,
Pauvre aubépine de buisson,
Je crois voir sa mère à l'usine,
L'âtre éteint, le père en prison ;

(1) Mme Ada Negri, auteur de *Fatalita*, les *Tempeste*. Milano
Fratelli Treves, editori.

Et d'angoisse mon cœur se serre,
Et je songe : « Hélas ! quel destin
Peut bien t'attendre, ô pauvre hère,
Que nul ne veille, en ton chemin ? »

Rossignol bavard des chaumières,
Dans vingt ans, quel sera ton sort ?
Camelot, rôdeur de barrières,
Ouvrier au bras sûr et fort !

Vas-tu porter la blouse honnête,
Ou la bure du prisonnier ?
Tenir haute, ou basse, la tête,
Au geôle, à l'hospice, au chantier ?

Je voudrais pouvoir dans la rue
Aller le presser sur mon cœur,
Et mettre en une étreinte émue
Ma pitié, comme ma douleur ;

Sur sa bouche et sur sa poitrine
Pleuvraient mes baisers, mes sanglots,
Et d'une voix de sœur câline,
Je lui murmurerais ces mots :

« Je suis aussi fleur d'aubépine,
J'ai lutté, souffert aussi, moi !
Ma mère aussi fut à l'usine !
Pauvre enfant ! Mon cœur est à toi ! »

RICCARDO SELVATICO
1901

AVANT ET APRÈS

Quel che il prete m'avea deto.
Mi dasseno no lo so...

Que lut le prêtre à la chapelle,
Vraiment, je ne m'en souviens pas,
Mais après, je me le rappelle,
Nous sommes partis bras à bras.

Pauvre cher ! à l'époque ancienne,
Toujours, moi ! je lui disais : « Non ! »
Mais, si sa main frôlait la mienne,
Le rouge me montait au front !

Et maintenant s'il me demande
De moi quelque chose aujourd'hui,
Ma rougeur est tout aussi grande,
Toujours pourtant je réponds : « Oui ! »

———

APRÈS ET AVANT

Si te vardo li me ridi,
Ne piu 'l viso li te scondi

Sous mon regard je te vois rire
Et tes yeux n'ont plus peur de moi,
Si j'appelle, je t'entends dire :
« Cher cœur, je suis là près de toi ! »

Tu m'es plus belle que naguère,
Mon joyau, ma perle aujourd'hui,
Tu cherches ce qui peut me plaire,
Tu me réponds toujours un « Oui ! »

Et pourtant ! quelle étrange affaire
Il me vient à l'esprit parfois,
Que malgré tout cela, ma chère,
Tu m'aimais bien mieux, autrefois !

Je me dépite et me tourmente
Quand je pense que, désormais,
Ces beaux jours, cette heure charmante
Ne nous reviendront plus jamais !

Ces beaux jours de jadis, ma belle,
Où quand se rencontraient nos yeux,
Nous sentions, je me le rappelle,
Nos genoux trembler, à tous deux ;

Ces beaux jours où, devenant rose,
Tu disais : « Je ne veux pas, là ! »
Et moi je te disais : « A cause ? »
Et toi : « Parce que c'est çà ! »

ERSILIO BICCI
1849

DÉPIT

Quando passo cantando per la via,

Lorsque je passe sur la route,
Et me prends parfois à chanter,
Ce n'est pas que d'elle, sans doute,
Le portrait vienne me hanter.

Elle peut, dans sa jalousie,
Tout à son gré se dessécher ;
Moi, j'en fais à ma fantaisie,
Et je marche où je veux marcher.

Si parfois ma voix, quand je chante,
S'étrangle au milieu du couplet
L'autre m'est bien indifférente !
Je tiens ma voix comme il me plaît !

A quoi bon chercher à lui dire
Que je sèche et que j'ai maigri :
C'est le temps ! cela doit suffire,
Sans ajouter qu'on m'a trahi !

A quoi bon conter que j'appelle
Et que j'ai le goût de la mort ?
Elle rirait de la nouvelle !
Suis-je son homme, moi ! d'abord !

Mais qu'un beau jour, dans la campagne
Ou la rue, on la voie encor
Avec Gigi..., je vais au bagne,
Moi ! du coup ! — elle au champ de mort !

RENATO FUCINI
1843

LE DRAME D'HIER

Se ci siam divertite? da impazzare!

Verdiana. — Ce qu'on s'est amusé ! Ce qu'on a ri, ! ma chère.
Il y avait surtout un acte..., le dernier...,
Quand il trouve sa femme.... Ah ! pense un peu ! l'affaire...!

Beppa. — Vite ! allons ! hâte-toi..., tu me ferais griller !

Verdiana. — Voilà l'histoire. Il part pour une année entière.
Mais ce n'est qu'une frime ! il revient sans crier
Gare, et voit l'autre là, qui ne l'attendait guère,
Et donnait son portrait sans plus se méfier.

Alors, lui, que fait-il ? Il décampe et s'amène,
Sans chapeau, chez son oncle.... Imagine la scène....
Il dit : « Qu'il meure ou moi ! Ça ne va pas traîner ! »

Elle, pendant ce temps, ne se fait pas de bile !
Elle a, comme la mienne, une robe de ville,
Mais magnifique, en noir..., et court s'empoisonner.

♣

STECCHETTI (OLINDO GUERRINI)
1865

RÉVEILLON

Non sentite, in mezzo al canto

Au cours de la fête enivrante,
Écoutez près de vous, navrante,
Une voix, un cri d'épouvante,
Qui passe, au travers des sanglots !

Cette voix, ce cri, c'est l'attente
De la faim âpre et grelottante,
C'est, dans la nuit, la flamme absente,
Le cœur meurtri qui saigne à flots !

C'est le vertige et la tourmente,
C'est l'âme affolée et démente,
Qu'attire le champ de repos !

Pitié pour la voix gémissante,
Pour la longue plainte incessante,
Pour la faim qui hurle aux échos !

(1) *Poesie* di STECCHETTI. Bologna, Nicola Zanichelli, editore.

BICYCLETTE

Tutte le case han le finestre aperte

Dans toutes les maisons on ouvre les fenêtres,
Aux toits les premiers nids chantent leurs virelais,
Les bois comme les prés sont pleins de fleurs champêtre
Dans l'air flotte une odeur de Femme et de Muguets ;
Et sur ma bicyclette assurant mes jarrets
Au gai soleil pour toi je rime ces couplets.

On vante l'Arcadie ? Elle est ici — c'est elle
Qui, près de ces agneaux, montre un pâtre accoté,
La terre et l'homme ici rhythment l'hymne éternelle
Des parfums, des couleurs, des chansons de l'été ;
Et l'infini qui plane au ciel et me domine
Crie aux cœurs : « Poésie », à l'estomac : « Famine ! »

(1) *Poésie* di STECCHETTI, Bologna, Nicola Zanichelli, editore.

TRISTIA

La tristezza il vol spalanca

La tristesse vole et succombe
Sur un sol boueux et glacé;
Le vent se tait, le jour se plombe,
Partout l'ennui lourd s'est glissé.

Blanche, blanche, la neige tombe !
Ses flocons lents, au vol lassé,
Sont comme un duvet de colombe
Par routes et toits entassé.

L'heure est à peine évanouie ;
Dans son morne voile enfouie
Déjà la cité gît et dort.

Ah ! qui dira quel froid suaire
Jette la neige funéraire
Sur mon cœur, comme sur un mort.

GABRIELE D'ANNUNZIO
1864

SOUVENIR DE RIPETTA (1)

Telle qu'au premier jour je vous aimai, présente
Telle encore je vous vois. Vous alliez d'un pas fier
Et souple, lumineuse ensemble et souriante,
Par le froid sec et vif d'un beau matin d'hiver.

Derrière vous, étaient aux mains d'une suivante
Des gerbes d'amandiers ; et vous aviez bien l'air
D'une apparition florale, si charmante,
Que les yeux en gardaient longtemps le reflet clair.

Sous le soleil, la rue était muette et blanche,
L'amandier rose en fleur jetait par chaque branche
Sur le ciel de turquoise un décor enchanté.

Et le palais Borghèse, au milieu de ces arbres,
Faisait jaillir soudain la blancheur de ses marbres.
Comme la vision d'un grand orgue argenté (2).

(1) *Poesie* di Gabriele D'ANNUNZIO, Canto novo. Intermezzo 1881-
1883. Milano, Fratelli Treves, editori.

(2) « Ce fut d'abord le vaste palais Borghèse, le piano des Borghèse
comme l'a fait surnommer la forme du clavecin adoptée par l'archi-
ecte... » (BOURGET, *Cosmopolis*, ch. II, p. 38).

LA DAME DE LA MER (1)

lle était à dormir ; et l'Océan divin
rotégeait sous les eaux la divine dormeuse ;
Jne clarté lunaire, une pâleur douteuse,
eule transparaissait dans l'antre sous-marin.

'était comme un remous dans ce jour vague et fin
e formes qui flottaient. Noirâtre et tortueuse,
'algue courbait un col de couleuvre onduleuse
ur le corps blanc, tandis qu'à son front le carmin

u corail s'enroulait, nuptial diadème ;
t prolifique, un banc de lourds mollusques, même,
uprès du monstre humain s'accroissait lentement.

ependant, étonnés, des crustacés énormes
uvraient un œil stupide, et contemplaient les formes
e l'animal nouveau, bizarre et si charmant.

(1) *La donna del Mare, Poesie* di Gabriele d'ANNUNZIO, Milano,
ratelli Treves, editori.

MADAMA VIOLANTE (1)

Il tombe à la renverse, une pointe brutale
D'acier clouée au cœur, le beau page amoureux ;
Il gît, le page imberbe, élégant, aux yeux bleus,
Au nez aquilin, blond, au joli galbe ovale !

L'ombre du baldaquin retombe, triomphale,
Sur lui, sur le grand lit large et voluptueux
D'où l'enfant, absorbé dans un beau songe heureux,
Ne croyait s'exiler qu'à l'aube matinale.

Aucun bruit, sauf des dents qui claquent, des sanglots
Entrecoupés d'appels à Dieu — (car tout est clos,
Et le sang répandu présage un autre drame).

Sans prononcer un mot, alors, le meurtrier
Se retourne, et, jetant un regard sur l'acier,
D'un geste calme essuie au drap la longue lame.

(1) *Poesie* di Gabriele d'Annunzio. Milano, Fratelli Treves, editori.

ÉLÉGIES ROMAINES, VILLA CHIGI (1)

Toujours j'ai sous les yeux, sans pouvoir l'oublier
Ce spectacle. O Forêt ! muette, nue et pâle !

Un homme nous montrait la route, et l'escalier
Moite, étroit, descendait dans l'ombre glaciale.

Elle marchait d'abord ; et sur le mur, parfois,
S'appuyait de la main, dans la pente un peu forte.

Et je la regardais ! Si blancs étaient les doigts
Que la main semblait morte! Ah! pauvre main! Toi! morte!

Main ! toi, qui m'apportas à ton appel surgi
Un tel rêve de gloire et de tendresse humai..e !

Nous étions seuls ! Au loin, le vieux palais Chigi.
Fier se dressait ; tout près pleurait une fontaine.

Au ciel s'éparpillaient de petits flocons blancs,
Sous une frange d'or; — dans des brumes légères,

D'or s'effilaient perdus les grands sommets tremblants
Et dans l'or s'allumaient les pointes des fougères.

(1) Gabriele d'Annunzio, *Le Elegie romane*, in Milano, presse la libreria editrice Lombarda: A: de Mohr, Antogini e Cª:

Ses yeux seuls me parlaient ; mais l'accent douloureux
De la grande âme triste y paraissait plus tendre.

Ils disaient : « Aux grands bois, qui chantaient sur nous deu
L'adieu de ton amour, sans larmes, va s'épandre ;

« Dans ce même et si cher silence, j'entendrai
Le mot cruel ! Pourquoi, mon unique tendresse,

« M'avoir conduite ici, choisir ce lieu sacré
Où le Printemps, jadis, a fêté mon ivresse ! »

II

O Printemps ! Tes frissons éveillaient dans les bois
La racine endormie et la cime mobile,

Et les soupirs lointains qu'on entendait parfois,
Printemps ! semblaient ton souffle et ta langueur subtile

Elle me regardait, muette. — Et j'entendais
Son cœur ; mais rien, non ! rien ne sortait de ma bouche

J'étais à bout d'effort. Comme un glaçon épais
Ma lèvre était scellée ; invincible, farouche,

D'Elle un dégoût au cœur me montait sourdement!
Ma chair n'en voulait plus. Ma tendresse était morte.

En silence — et rivés ensemble, tristement,
Ainsi que ces damnés que la tourmente emporte,

Nous allions, le corps las, une lourdeur aux yeux,
Et des brouillards noyaient nos paupières brisées.

Toute la nuit (que l'aube a tardé pour mes vœux !)
J'avais, en prodiguant mes ardeurs insensées,

Tenté de ranimer l'amour sous mes baisers !
Mais elle, en ses baisers, ne buvait plus mon âme ;

Et c'était ses pleurs seuls que buvaient ses baisers !
O pleurs ! Pleurs des doux yeux ! J'ai senti votre flamme

Qui traversait ce flot de dégoûts angoissés !
Pleurs des yeux qui faisaient mon ciel ! doux yeux de femme !

V

Oui ! je revois toujours, sans pouvoir l'oublier,
Ce spectacle, o Forêt muette, nue et pâle !

Le ciel était couvert : un souffle irrégulier
Sur la cîme des bois glissait par intervalles.

Quelques tas de charbon, sur le sentier désert,
Comme des bûchers faits de cendres sépulcrales,

Achevaient de fumer ; et l'on voyait dans l'air
Lentement s'élever et fondre leurs spirales.

Et sur la feuille morte, et sur le sol, tombeau
De l'automne, couraient des ombres de nuage,

Dociles, fumée, ombre et cendre aux lois d'en haut !
Hélas ! faut-il que tout ! le corps et le feuillage

Et les choses de l'âme, et nos plus beaux essors
Tombent, fangeux débris, masse décomposée ?

De tes enivrements, homme ! de tes transports,
Ne dois-tu retenir qu'amertume et nausée ?

POÈTES ESPAGNOLS

LE ROMANCERO

N n'est pas bien fixé sur les débuts de la poésie lyrique en Espagne.

Le soulèvement national contre les Maures donna lieu de bonne heure à des récits assonancés où les poètes errants, *jugladores* ou *trovadores*, mêlaient singulièrement la légende et la vérité.

De ces anciens *Cantares de gesta*, deux fragments précieux nous ont été conservés à peu près dans leur forme primitive. L'un d'eux est un débris du fameux *Poème sur le Cid*, qui donna naissance à un cycle nombreux ; le second est un épisode de l'histoire des *Enfants de Lara*, retrouvé par un érudit sous la prose assonancée de la *Cronica general*.

A côté de ces grandes compositions qui rappellent les *chansons de geste* françaises, et s'inspirent d'elles, se place une série d'œuvres plus courtes et d'allure plus vive, destinées à célébrer des traditions héroïques. Ce sont les *romances*, ainsi nommés d'après la langue où ils furent conçus d'abord. Le *Romancero general* qui les contient, est devenu, par le fait, la véritable épopée nationale de l'Espagne.

Cependant il ne faut pas s'en exagérer l'antiquité dans sa forme actuelle. On sait aujourd'hui qu'aucun *romance* n'a été fixé par écrit avant le xvie siècle, et que d'autres sont postérieurs. Les sources en sont diverses. Les uns sont des fragments de *cantares de gesta* disparus ; les autres nous arrivent de ce fonds commun de légendes ou de faits réels transformés, qui constitue la tradition orale ; quelques-uns sont l'œuvre de poètes connus, Lope de Vega, don Luis de Gongora, etc., quelques autres, de poètes anonymes, comme ce « Caballero Cesareo » qui fut l'ami de Sepulveda, le premier éditeur du *Romancero* (1).

(1) Si nous effleurons ces problèmes délicats et complexes des origines du Romancero, l'excuse de notre hardiesse est qu'elle nous permet de citer quelques uns des maîtres qui les ont traités.

La *littérature espagnole* de M. FITZMAURICE-KELLY, traduction H. DAVRAY (A. Colin, Paris, 1904), est une source des plus précieuses pour les renseignements et la bibliographie.

On trouve aussi toute une nomenclature dans le *petit Romancero* du comte de PUYMAIGRE (Paris, 1878). Plusieurs articles sur le même sujet ont été réunis par M. GASTON PARIS, dans *Poèmes et légendes du Moyen-Age* (Paris, 1900) ; par M. le comte de PUYMAIGRE, dans *Folklore* (Paris, 1885) ; et par M. BORIS DE TANNENBERG, l'*Espagne littéraire* (Paris et Toulouse, 1903. — Les grands noms de savants espagnols sont : MM. MILA Y FONTANALS, *Poesia heroico-popular Castillana* (Barcelone, 1874), etc. ; MENENDEZ PIDAL, *la leyenda de los Infantes de Lara* (Madrid 1896) ; MENENDEZ Y PELAYO, *Tratado de los romances viejos* (Madrid, 1903)

Le principal recueil des Romances est la collection publiée en 1882 chez Rivadaneyra, Madrid, 2 vol. gr. in-8, de la *Bibliotheca de autores espanoles* (*Romancero general*, par don Agustin DURAN).

ROMANCE TRÈS DOULOUREUSE
DU SIÈGE ET DE LA PRISE D'ALHAMA (1)

Paseavase el rey Moro
Por la ciudad de Granada.

Le roi passe à travers Grenade,
Le roi more Bobadilla :
Et d'Elvira la cavalcade
S'en va jusqu'à Bivarembla.
    O malheur ! Alhama ! (2)

Un courrier arrête le maître :
« Les Chrétiens ont pris Alhama ! »
Il fait au feu jeter la lettre ;
Il fait tuer qui l'alarma
    O malheur ! Alhama !

(1) Ce romance a été recueilli par lord Byron dans ses voyages en Espagne, et inséré par lui, texte et traduction, dans ses œuvres :

> *The Moorish king rides up and down*
> *Through Granada's royal town...*

Il existait en langue arabe aussi bien qu'en espagnole. L'impression qu'il produisait à Grenade sur les Musulmans était si grande, dit encore Byron, qu'on avait défendu de le chanter dans l'intérieur de la ville.

(2) ... La ville d'Alhama en Espagne dont la place, formée par la cime d'un pic, est rayée de grandes stries creusées au ciseau, pour retenir le pied des gens et des bêtes qui sans cela rouleraient au bas de la montagne. Il semble, en traversant cette place, qu'on marche sur une énorme lime (THÉOPHILE GAUTIER, *Les Vacances du lundi. Le mont Cervin*, p. 292.)

Puis il descend de mule, il saute
A cheval en hâte, et s'en va
De Zacatin brûlant la côte
A son palais de l'Alhambra !
    O malheur ! Alhama !

De l'Alhambra ses estafettes
Vont porter le commandement ;
Il faut qu'on sonne les trompettes,
Qu'on sonne les clairons d'argent !
    O malheur ! Alhama !

Il faut que les tambours de guerre
Convoquent auprès de l'Aga
Ceux de la ville et de la terre
De Grenade et de la Véga !
    O malheur ! Alhama !

Au son guerrier de la trompette,
On voit un à un, deux à deux,
Sous les étendards du Prophète
Les Mores accourir nombreux.
    O malheur ! Alhama !

Mais un More se mit à dire
Un vieux More, au menton branlant :
« Que veux-tu faire de nous, Sire ?
Que faire ainsi, nous rassemblant ?
    O malheur ! Alhama !

« Amis, il me faut vous apprendre
Un fait de disgrâce et douleur !
Les Chrétiens viennent de nous prendre
Alhama, par grande valeur ! »
    O malheur ! Alhama !

Alors dit, la barbe chenue,
Un vieil Alfaqui (1) rudement.
« Roi ! de toi la faute est venue !
A toi revient le châtiment !
    O malheur ! Alhama !

« Grâce à toi, la fleur de Grenade,
Les Abencerrages sont morts !
Ceux-là seuls ont ton accolade
Que Cordoue a bannis dehors !
    O malheur ! Alhama !

« Tu verras ta faute suivie
De double peine à l'avenir,
Tu perdras le trône et la vie ;
Tu verras Grenade finir !
    O malheur ! Alhama !

(1) Docteur de la loi, théologien, cette désignation peut être aussi appliquée à un chrétien : dans le drame religieux de Calderon, *la Vierge du Sagrario*, c'est ainsi que Selim qualifie Bernard l'ancien bénédictin envoyé en Espagne par Saint-Hugues de Cluny, et que Constance a fait archevêque de Tolède (3e journée). Il est vrai que Berceo (*Vie de San Milan*, copla 255) appelle un iman *obispo*. On dirait une équivalence de titres.

« Quand la loi n'est pas respectée,
La loi dit que tout doit mourir.
Adieu ! Grenade si vantée !
Adieu ! roi ! vous allez périr. »
    O malheur ! Alhama !

Le feu jaillit de la prunelle
Du roi more, entendant ces mots,
Tandis que le vieillard rappelle
Les lois en si hardis propos !
    O malheur ! Alhama !

« Elle est brève et ne dure guère
La loi qui se raille du roi ! »
S'écrie, en un ton de colère,
Le roi more, blême d'émoi !
    O malheur ! Alhama !

« Ah ! vieillard à la barbe grise,
More Alfaqui ! More Alfaqui !
Puisque Alhama, ma ville, est prise,
Tu prendras la geôle aujourd'hui !
    O malheur ! Alhama !

« Et ta tête on s'en va la mettre
Sur les crochets de l'Alhambra,
Cela t'assagira peut-être ;
Et tremblera qui le verra ! »
    O malheur ! Alhama !

— « Cavaliers, hommes de naissance,
De ma part annoncez au roi,
Au roi qu'il fait erreur s'il pense
Avoir quelque prise sur moi !
    O malheur ! Alhama !

« Mais mon cœur est plein de tristesse
Depuis la perte d'Alhama,
Si le roi perd sa forteresse,
Chacun perd un bien qu'il aima !
    O malheur ! Alhama !

« Les enfants y perdent leur père,
Et la femme y perd son mari ;
Les uns pleurent des choses chères,
D'autres pleurent l'honneur meurtri !
    O malheur ! Alhama !

« Je perds ma fille, damoiselle,
La plus belle fleur du pays !
Cent doublons de rançon pour elle
N'eussent pas été trop de prix. »
    O malheur ! Alhama !

Il dit — on lui coupa la tête,
On l'accrocha dans l'Alhambra
Sur la tour de Justice, au faîte,
Ainsi que le roi le jura.
    O malheur ! Alhama !

Les hommes, les enfants, les femmes
Pleurèrent des destins si durs,
Et pleurèrent les nobles dames
Que Grenade avait dans ses murs.
    O malheur ! Alhama !

Chaque rue et chaque demeure
Laissa voir sa peine et son deuil ;
Comme une femme, le roi pleure
Alhama, son bien, son orgueil !
    O malheur ! Alhama !

BOABDIL ET VINDARAJA

Con los francos Bencerages
El rey chico de Granada
Estando en Generalife
Una muy fresca manana....

Avec les chefs Abencerrages
Goûtant la fraîcheur du matin,
Le roi more, sous les ombrages
Du Généralife, au jardin
Écoutait frémir dans les arbres
Le vent qui berçait les rameaux,
Et parmi la blancheur des marbres
Regardait courir les ruisseaux.
Les rossignols, sous la feuillée,
Roucoulaient des chansons d'amour
Et des Moresques, éveillée,
La troupe dansait au tambour,
Tandis que sur leurs chevelures
Pendaient les fleurs, souples parures,
Dont leurs amants avaient fait choix.

Au milieu de ces doux emplois,
Les myrtes entr'ouverts font place

Au bond soudain d'un cavalier.
Son caftan bleu flotte en disgrâce ;
Il n'a lance ni bouclier ;
Son épée est nue et sans gaine,
Son turban ne tient plus qu'à peine,
Sa barbe rude flotte au vent.
Couvert de sueur et sanglant,
Il tombe aux pieds du roi, farouche ;
Aucun mot ne sort de sa bouche,
Mais au creux de son cœur il prend
Un papier où la cire sainte
Onze fois a mis son empreinte ;
Trois fois il le baise et le tend.

Le roi le saisit pour le lire ;
Mais, même avant d'avoir fini,
Il gémit, s'attriste et soupire,
Et son œil de pleurs est terni :
« Hélas ! Antequera, ma ville (1),
Ma citadelle, ma bastille,
Je te pleure et me plains déjà !
Mais double est le mal qui me blesse
Car je perds aussi ma maîtresse
Mon doux amour, Lindaraja !

(1) Antequera, place forte près de Malaga, sur le Guadalhorce,
commandait la route du Guadalquivir. Non loin de là est la ville
d'Osuna, berceau de la famille des comtes de Tellez Giron, dont
deux pages d'un papier de grand format ne suffiraient pas à énumérer
tous les titres et tous les noms (Louis ULBACH. Espagne et Portugal,
1886).

Ah ! que tu sois mourante ou vive
Que tu sois libre ou bien captive,
Reste fidèle aux lois d'Allah
O toi, ma maîtresse et ma reine !
Car pour toi, douce souveraine,
Je suis prêt à donner sans peine
Tous mes trésors et l'Alhambra ! »
Ainsi dit le roi plein de larmes,
Et fifres, clairons et tambours
Battant, sonnant, il fait aux armes
Appeler le ban d'alentour.

L'ÉPREUVE (1)

Don Diègue est rongé de tristesse ;
Il songe à l'insulte qui blesse
Lui, ses aïeux et sa maison !
Est-il trop vieux pour la vengeance?
Va-t-il supporter une offense
Sans pouvoir en tirer raison?

La nuit ne clôt point sa paupière ;
Il tient les yeux fixés à terre,
Les mets lui tournent sur le cœur ;
Il ne veut parler à personne,
Et craint que son souffle empoisonne
Venant d'un homme sans honneur.

Il rumine ce qu'il doit faire,
Il cherche un signe qui l'éclaire,
Il quitte et prend plus d'un dessein.
Ses fils sont là. Qu'on les amène,
Il faut qu'il les tâte et qu'il prenne
Leur main jeune en sa rude main !

(1) Ce romance a été en partie traduit et imité par M. DE HEREDIA
dans la pièce des *Trophées* intitulée « Le serrement de mains » et
traduit littéralement par M. de PUYMAIGRE (*petit Romancero*).

Pour connaître s'ils seront dignes,
Il ne va pas scruter des lignes,
Ainsi qu'agirait un sorcier,
Mais il tend ses forces dernières,
Ses muscles, ses nerfs, ses artères,
Qu'il forge en étau pour broyer !

L'âge — il est vrai — déjà le glace ;
Mais les enfants demandent grâce
Et l'implorent tout haletants :
« Votre main, seigneur, est trop dure,
« Épargnez-nous cette torture,
« Voulez-vous tuer vos enfants ! »

Il les abandonne en silence,
Il voit s'éloigner l'espérance,
L'œil éteint, le cœur refroidi ;
Mais quand Rodrigue des remplace,
C'est un tigre enflammé d'audace,
Sous l'outrage il a rebondi.

« Que votre poignet se desserre !
« Certes, si vous n'étiez mon père,
« Il m'en faudrait rendre raison,
« Car j'arracherais vos entrailles,
« N'eussé-je, à forer des entailles
« Que mon doigt pour estramaçon ! »

Mais le vieillard à barbe blanche
Frissonne de joie et se penche
Vers son fils qu'il mouille de pleurs :
« C'est bien ! cher enfant de mon âme !
« J'aime ta colère et ta flamme !
« J'aime tes cris et tes fureurs ! »

« Et puisque telle est ta vaillance,
« C'est à toi de laver l'offense
« Qui m'a fait empourprer le front ! »
Il lui confie alors sa honte,
L'arme, le bénit ; et du comte
Rodrigue part venger l'affront.

L'ARCHIPRÊTRE DE HITA (XIVe SIÈCLE)

Parmi les originaux et les excentriques qui émaillent la société espagnole au XIVe siècle, il convient de donner une place à part à l'archiprêtre de Hita, don Juan Ruis.

Ecclésiastique en lutte avec son supérieur, l'archevêque de Tolède, emprisonné treize ans par la volonté de celui-ci, il a écrit pendant sa captivité un livre humoristique et piquant. C'est le *Libro de buen amor*, précurseur de la *Celestina* de Rojas, le premier en date des romans picaresques, et dont le mordant n'est en rien diminué par les protestations honnêtes de la préface.

L'auteur suppose qu'ayant dessein de se marier, il entre en conversation avec le cavalier don Amor, et avec Dame Venus. Il en reçoit des conseils qu'Ovide n'eût pas désavoués, et bientôt il est mis en rapport avec une personne très vivante et très remuante, dame Trota-Conventos, qui mènera toute l'action.

Cette « Madame la Ressource » est d'une complaisance inépuisable. Elle circule de rue en place, de maisons en églises et en couvents, propose des bijoux, des objets de parure et de toilette, écoute les confidences, et place à la fois, contre argent, ses marchandises et ses conseils. Elle nous fait connaître tour à tour une veuve à marier, une paysanne de la montagne, une bohémienne moresque, une fausse nonne ; elle montre même quelques héros de second plan, un gentilhomme bellâtre, et cet ancêtre du serviteur de notre Marot, valet modèle, qui « sauf quatorze chefs, était le meilleur fils du monde ».

Les personnages réels et fictifs se mêlent ainsi au gré d'une verve intarissable et spirituelle. En même temps

se succèdent les apologues, les chansons , les fables, les
invectives, les épisodes burlesques et les dissertations
pieuses. La langue est pleine de verdeur et de souplesse ;
l'œuvre puissante échappe aux formules, et fait songer
parfois à Rabelais, à Villon, à Régnier, à La Fontaine et
à Le Sage.

DON JUAN RUIS
ARCHIPRÊTRE DE HITA
1343

ÉLOGE DES FEMMES PETITES

Avant tout, un sermon me plaît par sa mesure,
Le mien sera très court et prendra peu de temps.
Une femme petite, un propos qui ne dure,
Sont, à bien y penser, deux points très importants.

Femme petite est faite et de neige et de flamme.
Si l'abord en est froid, l'amour en est brûlant.
C'est un charme au dehors, un délice pour l'âme,
C'est au dedans, un sens, un esprit excellent !

Vois le grain de piment. Sous un faible volume
Il a, plus que la noix, force saveur et goût ;
Une femme petite, en qui l'amour s'allume,
Est un trésor sans prix qui passe et prime tout.

Faible est le rossignol, petite l'alouette,
Mais des oiseaux plus forts sont de moins bons chanteurs,
Une femme petite est une violette,
Un pur miel qui se cache au calice des fleurs.

Une femme petite est une enchanteresse,
Un Paradis sur terre, une joie, un bonheur ;
Elle nous réconforte et fait notre allégresse ;
Si la louer est doux, la connaître est meilleur.

A grande femme, donc, préfère une petite.
Le sage d'un grand mal se gare quelquefois.
Quand le mal est moins grand, c'est encore un mérite :
Plus petite est ta femme, et meilleur est ton choix (1).

(1) Le moine espagnol avait-il connaissance des vers amers que
PLAUTE a dirigés contre les femmes (*Stichus*, 1, 2.) :

    Autant que me l'apprend ma propre expérience,
    Au plus petit des maux donne la préférence ;
    Et bien heureux qui peut de femmes se passer !

(*E multis malis malum quod minimum est, minime malum est*).

La poésie religieuse

La multiplicité des centres de culture littéraire, la rivalité des dialectes et la dispersion des individus et de leurs œuvres rendent difficile la classification de ces premiers âges. Les érudits d'Espagne, d'Angleterre, d'Allemagne et de France s'y sont employés avec une sagacité et une patience admirables.

Nous ne pouvons les suivre, et nous nous contenterons d'une division peu scientifique, mais assez commode, en séparant la poésie religieuse et la poésie chevaleresque.

Il nous aurait plu d'insister sur le prêtre bénédictin don Berceo qui fut un des écrivains les plus féconds des anciens âges, et le premier dont le nom soit resté. On sait qu'il naquit aux environs de 1198, et qu'il a figuré dans des actes entre 1237 et 1246. Sa verve est copieuse. On lui doit plus de treize mille vers : sa *Vie de saint Milan* contient 489 strophes, le *poème des miracles de Notre-Dame*, 911, la *Vie d'Alexandre le Grand*, 2 510, etc.

Dans ses récits, les faits se déroulent, comme sur la trame des tapisseries tissées à Arras, Paris ou Bruxelles. Les gestes sont gauches, mais une certaine vérité naturelle s'y fait sentir et nous plaît. La parole qui s'essaie a encore la fleur et la spontanéité des premières impressions ; le traducteur peut-il lui conserver un charme aussi fragile ?

Berceo tient plutôt du poète épique que du poète lyrique. Pour trouver l'expression directe d'une personnalité, il faut attendre les *Canticas de Santa Maria* d'Alphonse X ; et la poésie religieuse n'atteint tout son développement qu'avec Jean de la Croix, fra Luis Ponce de Leon, Sainte Thérèse d'Avila, et se prolonge jusqu'à Lope de Vega et Luis de Gongora.

Fra Luis de Leon (1527-1591) est le plus grand de ces poètes mystiques. Il était célèbre comme professeur de théologie à Salamanque. La jalousie de ses rivaux le fit accuser d'avoir contrevenu aux lois de l'Église par la traduction en langue vulgaire du Cantique de Salomon. Il fut jeté en prison et y demeura quatre ans à attendre le jugement du Saint-Office. Absous, il en sortit sans rancune et sans murmures. L'humilité qu'il professait aurait même pu amener la perte de ses poésies, qu'il ne destinait pas au public. Ce fut l'évêque de Cordoue qui les fit recueillir, et elles furent publiées pour la première fois par Quevedo.

Faut-il ajouter que l'inspiration religieuse, en Espagne, ne s'est pas confinée dans la poésie lyrique, et qu'elle se retrouve dans une partie notable du théâtre espagnol, si voisin d'ailleurs du lyrisme. Les *Autos sacramentales*, distincts des simples comédies à tendances religieuses *Comedias ('e Santos*, étaient la mise en scène du mystère de l'Eucharistie, et se célébraient toujours après la procession du Saint-Sacrement, dont elles étaient, en quelque sorte, partie annexe. Lope de Vega et Calderon ont consacré le genre par des chefs-d'œuvre.

FRAY LUIS DE LÉON
1527-1591

A L'ASCENSION
PLAINTES ET REGRETS DES APÔTRES

Y dejas, Pastor santo,
Tu grey en este valle hondo, oscuro.

Quoi ! divin Pasteur, tu délaisses
Ton troupeau dans ce val obscur,
Comblé de deuil et de tristesses ;
Et, dans ta gloire, tu t'empresses
Vers le but immortel et sûr !

Tes apôtres, heureux naguère,
Ont les yeux inondés de pleurs ;
Privés de l'appui tutélaire
Que leur offrait le sein d'un père,
Où vont-ils abriter leurs cœurs?

Pourront-ils chérir d'autre image,
Ces tristes yeux qui t'ont connu ?
Quelle est la douceur de langage
Qui ne ravive davantage
Le regret de t'avoir perdu ?

Qui domptera la mer démente?
Qui fera retomber l'effort
Des vents déchaînés en tourmente?
Est-il une autre étoile aimante
Qui conduira leur barque au port?

Sur tes ailes, nue envieuse !
Notre bonheur trop court s'enfuit ;
Et quand tu montes lumineuse,
Ton ascension glorieuse
Nous laisse, aveugles, dans la nuit !

SAINTE THÉRÈSE (D'AVILA)
1515-1582

La vie de sainte Thérèse est un des joyaux les plus purs du catholicisme et de l'histoire d'Espagne. On y retrouve l'abnégation et la gaîté vaillante des chevaliers-poètes ses contemporains, et son bon sens est illuminé des lueurs les plus délicates et les plus mystérieuses de la vie spirituelle.

Elle naît le 28 mars 1515 à Avila, vieille ville de chevaliers, aux murailles fières, scandées de tours saillantes, et dominées par une cathédrale fortifiée. Son père est Alphonse Sanchez de Cepeda, sa mère Beatrix de Ahumeda, tous deux de bonne noblesse. Trois enfants sont issus d'un premier mariage ; elle est la troisième née du second, qui lui donne encore six frères et sœurs. La plus tendre affection unit ensemble toute cette jeune famille.

Thérèse était grande et gracieuse, d'un beau teint clair, avec des sourcils châtains, des yeux et des cheveux noirs, un air noble et intelligent, et un joli sourire. Ajoutons qu'elle aurait pu se prévaloir d'une tournure élégante et qu'on a conservé le souvenir d'une de ses robes, « de couleur oranger, bordée de velours noir ».

Mais sa vocation n'était pas du côté du siècle. Elle entre au monastère de l'Incarnation le 2 novembre 1535, et, après vingt-cinq années de recueillement, excitée par des sollicitations spirituelles irrésistibles, elle se décide à entreprendre le grand œuvre de sa vie, la réforme des ordres des Carmélites.

En même temps elle propage les maisons de son ordre.
De 1567 à 1571, sainte Thérèse fonde dix-sept monastères à
Avila, Valladolid, Tolède, Salamanque, Séville, Grenade, etc... Elle est même chargée, dans l'intervalle, de pro-
céder à la réforme des couvents d'hommes des Carmes.

On a peine à s'imaginer ce que représente de fatigues,
de persévérance et de courage la vie errante qu'elle
adopta. Elle voyageait dans une mauvaise charrette,
recouverte de toile, pour que cet abri misérable pût se
transformer en lieu d'oraison. Les chemins étaient
affreux, souvent défoncés par les orages ; les privations
étaient continuelles, et la sainte n'avait qu'un souci, celui
d'échapper sur sa route aux témoignages d'admiration
et de respect.

Dans ces épreuves son esprit reste clair et ferme, son
sens droit et son imagination riante. « L'oraison la plus
agréable à Dieu, dit-elle, est celle qui produit les meilleurs effets.... J'appelle bons effets ceux qui se traduisent
par des œuvres. » Elle établit des règles d'abstinence et
de jeûne sévères, mais en proscrit l'exagération : il ne
faut pas « qu'un travail corporel excessif étouffe l'esprit
des religieuses », elle condamne, en souriant, semble-t-il,
les Carmes qui veulent se priver même de sandales, et qui
sont obligés de monter sur des mulets. Elle désire qu'il
« entre dans les Ordres des hommes de talent » ; « il ne
faut pas les rebuter par une trop grande austérité ».
« Triste sort, dit-elle encore, si nous ne pouvons chercher
Dieu, qu'après être morts au monde. »

Le côté surnaturel de ses ravissements nous dépasse ;
rappelons seulement le miracle du cœur transpercé par
la flèche d'or d'un Séraphin et où l'autopsie (1) révéla
la présence d'une cicatrice longue et profonde qui le divi-
sait presque en entier.

(1) Voy. *Vie de sainte Thérèse,* par M. Henri JOLY (Lecoffre, Paris).

Nous ne pouvons mieux terminer qu'en citant quelques lignes de M. Gebhardt. Sous le charme de cette « originalité séduisante », il a admiré lui aussi le génie « de cette femme singulière, l'élan sublime de son mysticisme et la finesse de son esprit, la hardiesse de sa théologie et la sûreté de son bon sens, son indulgence pour autrui et la tendresse de son cœur, enfin je ne sais quelle grâce alerte et souriante qui nous fait imaginer d'elle une figure toujours jeune, d'une infinie douceur ».

Outre une correspondance considérable, il reste de sainte Thérèse de nombreux écrits en prose pleins de grâce, de pittoresque, d'enthousiasme, et d'une incroyable finesse d'analyse psychologique. Il reste aussi une pièce de vers célèbres, dont nous avons traduit ci-dessous plusieurs strophes.

CANTIQUE

Cette union d'amour divine
Où je vis avec mon Sauveur,
Met Dieu captif en ma poitrine,
Et libre franchise en mon cœur ;
Mais un tel transport me domine
A voir mon Dieu m'appartenir
Que je meurs de ne point mourir !

Je ne vis que de l'assurance
Où je suis d'avoir à mourir :
La mort est ma vraie espérance,

Seule, elle est ma vie à venir.
Pour que ma vie enfin commence,
O mort ! hâte-toi d'accourir,
Car je meurs de ne point mourir

De l'amour vois la force extrême.
O vie ! et daigne t'attendrir ;
Daigne remplir mon vœu suprême ;
Te perdre pour te conquérir.
Vienne, vienne la mort que j'aime,
La mort si légère à sentir.
Car je meurs de ne point mourir !

Le vrai principe de la vie
N'est que dans le ciel seulement ;
C'est lorsque la vie est ravie
Qu'on peut en jouir pleinement.
O mort ! qui de vie es suivie,
Viens remplir mon plus cher désir,
Car je meurs de ne point mourir !

O vie ! ai-je donc mieux à faire
Quand en moi Dieu vit aujourd'hui,
Que de te perdre tout entière
Pour mieux me confondre avec lui !
Ce n'est qu'en mourant que j'espère
A celui que j'aime m'unir !
Et je meurs de ne point mourir !

Italie et Espagne.   20

Si le lointain espoir m'enivre
De te voir en face, o Seigneur,
A peine osé-je pourtant vivre,
Tant je crains de perdre ton cœur.
Entre l'espoir où je me livre
Et la peur du risque à courir.
Je me meurs de ne point mourir !

Seigneur ! d'un état qui me tue
Ote-moi pour revivre en toi !
Ne me laisse pas abattue
Dans les filets noués sur moi.
Je meurs de désirer ta vue,
Loin de toi vivre, c'est périr :
Je me meurs de ne point mourir !

Je pleure cette mort trop lente,
Je pleure aussi ces tristes jours
Où je me traîne chancelante
Sous le poids de péchés trop lourds.
Quand donc viendra l'heure brûlante,
Où je m'écrierai, sans mentir,
Que c'est l'heure où je vais mourir !

Poésie lyrique chevaleresque jusqu'au XVII⁰ siècle

La poésie lyrique chevaleresque s'épanouit d'abord en Galice ; Alphonse X le Sage est un de ses derniers représentants; cependant, il adopte le castillan pour ses Codes et ses chroniques, et ce dialecte l'emporte et devient d'un usage général.

Citons quelques noms des écrivains, hommes de guerre ou d'État, qui honorent cette période : l'infant don JUAN MANUEL (1282-1348), batailleur et écrivain infatigable ; à qui l'on doit un recueil de contes *El Conde Lucanor* ; PERO LOPEZ DE AYALA (1332-1407), auteur de satires amères, ministre sous Pierre le Cruel, Henri II, Jean Ier, Henri III. Enfermé pendant quinze mois dans une cage de fer au château d'Oviedes, il y puisa sans doute l'âpreté de ses réflexions.

Sous Jean II (1419-1454), le nom principal est JUAN DE MENA (1411-1456), surnommé « le prince des poètes castillans » et dont les œuvres ont servi de point de départ au recueil de Quintana. Deux épisodes de son poème (*el Labyrinto de Fortuna*) sont restés célèbres : ce sont la mort héroïque du comte de Niebla et les lamentations de la mère de Lorenzo d'Avalos.

Le marquis de SANTILLANA (1398-1458) montre de la souplesse et de l'ingéniosité dans de petites poésies légères.

Sous les règnes de Henri IV et des Rois Catholiques, on trouve l'INFANT DON JORGE (1440-1478), dont il reste une longue complainte sur la mort de son père, don Rodrigo. De frappantes analogies s'y font sentir avec la fameuse chanson de Villon (1431-1484), qui était contemporain. Est-ce imitation ou simplement rencontre?

MACIAS O NAMORADO (mort dans les dernières années du xvᵉ siècle) est resté populaire, grâce à la légende qui fait de lui le type de l'amant fidèle et malheureux.

A la suite des guerres d'Italie, l'Espagne s'engage sous la domination littéraire de la Péninsule. Le sonnet triomphe définitivement ; il est accompagné des trois rimes enchaînées de Dante (la *terza rima*), et du huitain (l'*ottava*) du Politien et de l'Arioste. Les vieilles formes sont définitivement abandonnées ; on ne reverra jamais les quatre rimes accouplées de Berceo et de Hita, ni l'Alexandrin du poème du *Cid*. Il restera la *letrilla* (couplets lyriques) et la *redondilla* (rondeau).

Les poètes de cette époque appartiennent à l'Église ou à l'aristocratie. Tel est le noble et infortuné GARCILASO DE LA VEGA (1503-1536), capitaine, diplomate et linguiste remarquable, qui périt à l'assaut du fort de Muy en Provence, où, pour être mieux vu, il s'était dépouillé de son heaume et de sa cuirasse.

A côté de lui se placent les noms des deux frères BARTOLOMÉ et LUPERCIO DE ARGENSOLA (1563-1613 ; 1562-1633) dont les odes, les sonnets et les satires sont demeurés classiques ; de VILLEGAS (1595-1669), qui publia ses vers, étant encore étudiant ; de CERVANTES, de LOPE DE VEGA, de QUEVEDO ; de GONGORA (1561-1627), inventeur du style maniéré qui porte son nom; de MARTINEZ DE JAUREGUI (1647), écuyer de la reine Isabelle de Bourbon, femme de Philippe IV, etc.

FERNANDO DE HERRERA (1534-1597), qui fut engagé dans les ordres, mérite une place à part pour la fougue belliqueuse de ses odes. Il a célébré la bataille de Lépante, le départ de don Juan d'Autriche contre les Maures soulevés et déploré le désastre de don Sébastien de Portugal en Afrique.

L'époque de Charles-Quint correspond au plus grand développement de la Pastorale. Ce genre de poésie imité des Eglogues latines apparaît à la cour de Henri IV. avec Juan de Encina que l'on a regardé comme le père du théâtre espagnol. Par la simplicité de son intrigue, elle se prête au luxe des décors, au déploiement des danses, des mascarades et des cortèges, et s'associe aux fêtes et aux divertissements des Grands (Fêtes en 1500, à Barcelone et Perpignan; en 1526, à Séville; en 1527 à Valladolid, etc.)

Le peuple, au contraire, préfère un théâtre réaliste et plus vivant. Telle sont les pièces comiques ou tragiques de Lope de Rueda, qui annoncent celles de Lope de Vega et de Calderon.

Mais la greffe italienne communique une force nouvelle à la Pastorale. Le Catalan Juan Boscan Almogaver (1490?-1542) acclimate avec habileté dans ce genre les rimes · ⁺ les sujets d'outre-mer (1534). Près de lui Garcilaso de la Vega, son ami, montre une souplesse et une élégance supérieures. Enfin la *Diana* de Monte-mayor, mouvementée et amusante, excite de nombreuses imitations et provoque les œuvres de Figueroa, de Balbuena, etc., Jauregui traduit l'*Aminta* du Tasse, Villegas imite Théocrite.

La France sera atteinte à son tour du même engouement et l'on verra la chaîne se continuer par Belleforest, Hardy, d'Urfé, Racan, Théophile Mairet et Gombauld. C'est ainsi que nous touchons, par l'intermédiaire d'un genre disparu, à la tragédie classique, à Quinault et à l'Opéra moderne (1).

(1) V. *Littérature espagnole* de Fitz Maurice Kelly très détaillée; et l'étude très complète de M. J. Marsan sur la *Pastorale dramatique en France*. Toulouse, Privat, 1905.

MACIAS O NAMORADO
1400

LA DAME ET LE MIROIR

El gentil nino Narciso
En una fuente gayado

Au clair miroir d'une fontaine,
Narcisse (1), un jour, jetant les yeux,
Devint de lui-même amoureux,
Et la mort le prit, inhumaine.
Dame aux doux yeux, aux jolis traits,
A la grâce fine et discrète,
Gardez que votre œil ne s'arrête
Sur fleuve ou fontaine, jamais !

Voyez ! Là beauté du jeune âge
Fit la perte du pauvre amant :
Il fut pris à l'enchantement
D'une trop séduisante image.

(1) L'histoire de Narcisse était populaire au moyen âge. Elle fait
partie des contes du Novellino italien qui est de la fin du xiie siècle.

O vous, mon astre et son soleil,
Jeunesse et charme tout ensemble,
Si votre éclat au sien ressemble,
Prenez bien garde à sort pareil !

Contemplez le pré qui verdoie,
Le parterre émaillé de fleurs ;
Écoutez les oiseaux chanteurs,
Leurs hymnes d'amour et de joie ;
Mais, quand bien même de ses rais
Le soleil brûlerait les plaines,
N'allez pas au bord des fontaines
Goûter l'ombre douce et le frais.

Et vos jours me sont trop à cure
Pour que même dans un miroir
Je vous conseille aussi de voir
Votre image charmante et pure.
Vous ne sauriez vous détacher
De cette vue enchanteresse,
Et, comme à Narcisse, traîtresse,
La mort viendrait vous y chercher.

DON JORGE MANRIQUE

1440-1478

Ce monde-ci n'est qu'un voyage,
Et le but du pèlerinage
    Est tout là-bas.
Qui veut bien atteindre le terme,
Doit rester de sens droit et ferme
    Jusqu'au trépas.

Notre départ, c'est la naissance,
Notre chemin, c'est l'existence,
    Et nous courons
Jusqu'aux confins de la vieillesse,
Où tout tracas enfin nous laisse
    Quand nous mourons !...

Hélas ! bientôt s'en vont flétries
Toutes les choses si chéries
    De nos désirs !
Le monde trahit notre envie,
Et nous perdons avant la vie
    Tous nos plaisirs...

Le roi don Juan, à cette heure,
Les infants que l'Aragon pleure,

Où donc sont-ils?
Gentils hommes de mines fières
De douces et hautes manières,
　Et si subtils ?

Joûtes, tournois, galanteries,
Habits semés de broderies,
　Cimiers dorés.
Tout se consume et tout s'effrite ;
Et sur le sol fane moins vite
　L'herbe des prés....

Où sont les Dames bien parées,
Aux nobles robes saturées
　De douce odeur ;
Leurs voix et leurs grâces si belles ;
Les amants qui brûlaient pour elles
　De tant d'ardeur...

Et cet orgueilleux connétable
Qu'une faveur incomparable
　Mettait si haut,
Quoi qu'on puisse en penser ou dire,
Nous venons de le voir conduire
　A l'échafaud ! (1)

Tous ces héros si pleins d'audace,
La mort d'un seul coup les terrasse...

(1) Alvaro de Luna décapité en 1453.

GARCILASO DE LA VEGA

1503-1536

Gracias al cielo doy que ya del cuello.

Grâces à Dieu, j'ai secoué
Le joug qui pesait sur ma tête ;
Je suis au port ; j'ai déjoué
Les flots amers et la tempête !

Désormais qu'un autre, engoué,
Auprès de blonds cheveux s'arrête,
Qu'au conseil le plus dévoué
Il demeure sourd et s'entête.

J'ai grand'joie à voir cet amant !
Mais, si j'aime à savoir sa peine,
Ce n'est point d'une âme inhumaine ;

Il me plaît de voir seulement,
En lieu sûr, l'image prochaine
D'un mal vaincu si durement !

♣

FERNANDO DE HERRERA
1534-1597

LÉPANTE

Hondo Ponto que bramas atronado

De tes gouffres troublés jusqu'en leur profondeur,
Océan ! lève-toi ! vois la guerre allumée !
Partout le canon tonne, et règne la terreur !
Dans un remous sanglant court la vague enflammée !

Chrétiens et Sarrazins, pour vider leur fureur,
Ont entassé leur flotte en une mer fermée ;
Mais enfin l'infidèle est en fuite, et d'horreur
Se perd dans l'incendie et la noire fumée !

O murmures des mers ! Chant grave et solennel,
Dites les durs combats, la victoire qui vole
Un triomphe qui n'eut pas d'égal sous le ciel !

Dites que ces vainqueurs que la gloire auréole,
Ceux qui vous ont conquis un renom immortel,
Sont l'Infant de l'Autriche, et l'Audace Espagnole !

———————

ODE SUR LA BATAILLE DE LÉPANTE

I

« Chantons le Seigneur qui, dans le champ clos d'une mer étroite, a vaincu le Thrace orgueilleux !

« Tu es le Dieu des batailles, tu es notre droite, notre salut et notre gloire. Tu as brisé la force, tu as abattu le front orgueilleux du Pharaon ; l'élite de ses princes a rempli les abîmes de la mer, ils sont descendus dans le gouffre comme une pierre, et ton courroux les a dévorés comme le feu dévore la paille sèche.

« Tyran superbe, il se confiait dans la masse innombrable de ses navires... ; la colère enflammait son cœur contre les deux Hespéries que baigne la mer, parce que, confiantes en toi, elles osaient lui résister, appuyées sur ta foi et ton amour !

« Il disait dans son orgueil : « Ces nations ignorent-elles le poids de ma colère?... Ont-elles pu s'opposer « à moi dans la guerre avec le Hongrois, le Dalmate et « Rhodes?... Ont-elles sauvé l'Autriche et l'Alle-magne?... »

« Mais toi ! Seigneur, tu ne permets pas que ta gloire soit usurpée par l'homme orgueilleux !...

« Ils occupaient les golfes de la mer. Devant eux, la terre était muette de terreur.... Mais le Seigneur leur a opposé le jeune héros de l'Autriche et l'Espagnol belliqueux ; il ne veut pas que Sion reste en captivité!...»

IMPRUDENCE

Del mar las ondas quebrantarse via

Depuis les quais du port, j'apercevais les flots
Et les rochers battus par leur fougue écumante ;
Tandis que les autans déchaînés en tourmente
Faisaient entrechoquer vaisseaux contre vaisseaux.

Alors, considérant mon calme et mon repos,
Le naufrage certain sur la mer inclémente,
Je disais : « Non ! jamais, il ne faut que je tente
Avec mon frêle esquif de traverser les eaux. »

Hélas ! à mes désirs à peine l'espérance
Laisse-t-elle voir un coin de ciel, qu'en confiance
Je sors et tends ma voile aux souffles incertains.

Mais le courant m'emporte ; et soudain la tempête,
S'abattant sur ma barque et mes frêles destins,
Étend son voile noir au-dessus de ma tête ! (1)

(1) Fernando de Herrera était engagé dans les ordres, ce qui ne l'empêcha point de pétrarquiser, de faire des élégies, et d'adresser des sonnets à Leonor de Mila, comtesse de Gelves, femme de Alvaro Colon de Portugal. V. *Littérature espagnole* de Fitz Maurice KELLY, traduction de Henry D. DAVRAY, p. 189, Librairie Armand Colin.

LUPERCIO LEONARDO DE ARGENSOLA
1559-1613

LE LABOUREUR

Tras importunas lluvias amanece

En dépit de l'averse humide,
Le soleil pointe à l'horizon
Et du lit et de la maison
Chasse le paysan avide.

Sous le joug, et sous l'ardillon,
Le bœuf familier suit son guide
Et, d'un pas robuste et solide,
Sous le soc trace le sillon.

L'homme, au soir, rentre las. Sa femme
Apprête la table et la flamme,
Ses fils l'entourent de gaîté.

D'un repas simple et sans contrainte,
Il dîne ; et puis s'endort sans crainte.
— O mœurs des cours ! o vanité !

————

LE CAUCHEMAR

Imagen espantosa de la muerte

Image de la mort, cauchemar effroyable,
Rends la paix à mon cœur. Sous ton poids odieux
Je voyais près de moi l'Océan furieux
Ronger mon seul refuge, un mince îlot de sable.

Fais trembler le tyran qu'un rempart formidable
Un toit d'or et d'acier dérobe à tous les yeux ;
Agite, en son grabat, quelque avare odieux
Qui s'éveille, trempé de sueur, misérable !

Que l'un rêve d'un peuple en révolte, soudain
Faisant crouler les murs et les portes d'airain !
Qu'il soupçonne dans l'ombre un poignard infidèle !

Que l'autre entende un pas près de son coffre-fort,
Une pince, une clef grinçant sur le ressort !
Moi ! qu'un songe d'amour m'effleure de son aile !

L'AUTOMNE

Lleva tras si los pampanos octubre

Octobre couronné de raisins est venu.
L'Èbre, gonflé de pluie et dévalant des pentes,
Déborde hors des ponts, des digues impuissantes,
Et fait des champs voisins comme un lac continu.

Vers le ciel, Moncayo soulève un front chenu
Qu'entoure le bandeau des neiges blanchissantes,
Et, sous l'écran blafard des brumes grandissantes,
Le soleil, au lever, à peine est reconnu.

Sur les forêts de pins, sur les flots qu'il écrête,
L'Aquilon se déchaîne ; — et craignant la tempête,
Le marin reste au port, le paysan chez lui.

Cependant Fabius, à la porte cruelle
De sa Thaïs, se couche, et fait couler pour elle
Des larmes, que vaut seul le temps qui s'est enfui.

ELVIRE

Yo os quiero confesar, don Juan, primero

Il faut l'avouer, don Juan,
Le blanc et le carmin d'Elvire
Ne brillent sur son teint qu'autant
Que sa bourse vient y suffire.

Mais le mensonge est si charmant
Que l'on est bien tenté de dire
Qu'auprès d'un tel enchantement
La vérité semblerait pire.

Longtemps de cette douce erreur,
Que veux-tu? s'est bercé mon cœur ;
La nature est seule coupable.

On vante le bleu d'un ciel pur
Sans qu'il soit de ciel ni d'azur !
Le Beau n'est souvent qu'une fable !

BARTOLOME LEONARDO DE ARGENSOLA
1562-1631

Viendose en un fiel cristal.

Lycé, jadis belle, au miroir
Cherche un reflet de son image ;
Mais la glace ne lui fait voir
Que flétrissure et que ravage
« Ah ! dit-elle avec un soupir,
La beauté suit la loi commune
Elle naît, elle doit périr ;
Des flèches de l'amour pas une
Ne l'empêche de se flétrir !
Mourir, passe encor ! mais vieillir ? » (1).

(1) Que de regrets n'a pas connus la glace impassible ? On se sou
vient de l'épigramme grecque, si joliment traduite par VOLTAIRE :

« Je le donne à Vénus, car elle est toujours belle.
    Il redouble trop mes ennuis.
Je ne saurais me voir dans ce miroir fidèle,
    Ni telle que j'étais, ni telle que je suis. »

Le même sujet a tenté le crayon mordant de GOYA. Les *Caprichos*
contiennent une page d'une ironie amère et terrible. Une coquette,
les bras, le corps et la figure fanés et décharnés, s'est assise, pour
essayer une coiffure extravagante. Devant elle est un miroir où se
peint sa lamentable image ; trois personnages accessoires, sont à côté
d'elle : un homme qui rit en se pinçant les lèvres, un autre qui lève
les yeux au ciel, de pitié, et en arrière-plan, une camériste. On a
voulu reconnaître dans ce masque une grande dame, vivante à cette
époque. L'épigraphe porte : « *Hasta la muerte* », Jusqu'à la mort !

DON ESTEBAN MANUEL DE VILLEGAS
1595-1669

ODE ANACRÉONTIQUE

Ces deux tyranneaux que redoute
Fleur timide ou cœur amoureux,
L'abeille et l'amour, en leur route,
Près d'un rosier vinrent tous deux.
D'une flèche à pointe légère
L'arc de l'amour étincelait ;
Et d'une aiguille meurtrière
L'insecte armait son corselet.
En bourdonnant, l'abeille vire
Et vole aux boutons entr'ouverts ;
Le Dieu joue et se plaît à rire
Et prodigue chansons et vers.
Mais bientôt fortune pareille
Vient venger les cœurs et les fleurs.
Sur la rose expire l'abeille
Et l'amour blessé fuit en pleurs.

DON LUIS DE GONGORA
1561-1627

SONNET IMITÉ DU TASSE

Quand, séduits par l'attrait d'une bouche charmante,
Vous goûtez sous la perle un miel délicieux,
Rival de la liqueur divine, que présente
L'échanson de l'Ida sur la table des Dieux,

Prenez bien garde, amants ! quelque ardeur qui vous tente !
Car entre lèvre et lèvre un hôte insidieux,
L'Amour, d'un sûr poison, guette l'âme imprudente,
Comme, entre fleur et fleur, un serpent odieux.

Restez indifférents à l'éclat de ces roses
Si douces au regard, si fraîchement écloses
Que des mains de l'Aurore elles semblent jaillir.

Ce sont fruits de Tantale, et non roses nouvelles ;
Et, quand votre désir veut se hausser vers elles,
C'est le venin d'Amour qui va vous envahir.

———

LETTRILLA

Dineros son calidad Verdad

Prouver par l'or sa qualité,
         C'est vérité ;
Soupirer pour prouver son cœur,
         C'est une erreur.

Par Crusade on acquiert des aïeux aux Croisades (1),
         L'Écu redore les Écus,
         Et les brelandiers des arcades
         Escomptent les Comtés perdus !
Sans Couronnes les fronts couronnés sont maussades ;
         Quand tombe mal un Dé jeté,
         Bien des Ducs ont l'air déjeté.
                  C'est vérité !

(1) Les vers de Gongora sont une suite de jeux de mots ; nous avons essayé d'en donner une idée. Voici la strophe originale :

> *Cruzados hacen cruzados*
> *Escudos pintan escudos*
> *Y tahures muy desnudos*
> *Con dados ganan condados,*
> *Ducados dejan ducados,*
> *Y coronas magestad.*

Un peu plus loin, cinquième strophe, est également un jeu de mots qui mérite explication. Il ne s'agit pas seulement de passer d'un fleuve d'Amérique dans un autre, mais d'une rivière embrouillée d'herbes (*marana*) dans une autre qui roule de l'argent (*Plata*).

En ne tenant pas compte du pouvoir comparatif de l'argent, on peut dire approximativement que l'*Ecu* valait 10 francs, la *Couronne* 6 francs, et la *Cruzade* 2 fr. 50. La plus petite monnaie était le *Maravédis*, dont 34 équivalaient à un *Réal*, soit à 0 fr. 25 centimes.

Se regarder comme seul maître
D'une porte où vont bien des clés,
Supposer qu'un sourire, un air gai peut permettre
De s'armer de sévérités,
Et croire au bon billet que vient de vous remettre
Marfire, en jurant sur l'honneur :
          C'est une erreur !

En ces temps-ci tout est à vendre ;
L'argent fait partout le niveau :
En Cour il vous porte au plus haut ;
En guerre il permet d'entreprendre ;
Et même à l'Université
La science est à prix coté :
          C'est vérité.

Quand on est une ouate molle,
Soutenir que l'on a des os,
Vouloir tromper les gens en empesant de colle
La fraise qu'on a sur le dos ;
Avec la pommade et la cire
S'empoisser le toupet, la moustache, et puis dire
Qu'on est un homme de valeur :
          C'est une erreur !

Mais traiter en paix ses litiges,
Quand même on serait sûr que le droit éclatât ;
C'est délaisser un fleuve embarrassé de tiges,
Pour un que la Fortune a comblé de prestiges,

Le Maranon pour la Plata ;
C'est choisir un courant tranquille,
Une rive douce et fertile,
Un port de toute sûreté :
C'est vérité (1) !

(1) Depuis l'antiquité, on ne compte plus les invectives adressées à l'Avarice et à l'Argent. Citons seulement en Espagne les amusants couplets de Quevedo :

> *Poderoso caballero*
> *Es don Dinero.*

(C'est un seigneur puissant, que don Dinero.)

Les Imagiers du moyen âge ont souvent traité le sujet et semé leurs caricatures sur les stalles et les miséricordes des Églises (V. *Le genre satirique..., dans la sculpture flamande et wallonne*, par L. MAETERLINCK, Paris, Schemit, 1910).

A ce propos, l'auteur cite plusieurs chansons satiriques de l'époque (p. 146). L'une d'elles, datée du XIIIe siècle, a de nombreuses analogies avec celle de Quevedo :

> *Dons Deniers est mult redoulés*
> *Deniers est mult en chambres amés.*

(Il est à remarquer que *Dons Deniers* est au singulier, malgré l's terminale, conformément aux règles orthographiques qui subsistèrent à peu près jusqu'à la fin du XIIIe siècle).

JUAN MARTINEZ DE JAUREGUI
1583-1641

ANTOINE ET CLÉOPATRE

Sobre las ondas acosado Antonio

Antoine, poursuivi sur les mers de l'Épire,
A dans un même temps deux combats à livrer :
Sous son joug Cléopâtre aspire à l'attirer,
César prétend sur lui gagner Rome et l'empire.

Mais un esprit guerrier n'est plus ce qui l'inspire.
Au gré d'un vil amour il se laisse égarer.
Sur une flotte immense et qu'on ne peut nombrer,
L'Afrique, avec l'Asie, en vain pour lui conspire.

En luttant contre Auguste, il pourrait triompher;
S'il fuyait Cléopâtre, il pourrait étouffer
Le feu déshonorant dont l'embrasent ses charmes.

Mais de chaque dessein c'est l'opposé qu'il suit,
Et faisant voile après sa maîtresse qui fuit,
A Mars comme à l'Amour il cède et rend les armes.

GUTIERRE DE CETINA
1518?-1572?

Ojos claros serenos,
Si de dulce mirar sois alabados

Beaux yeux si clairs, beaux yeux si doux,
Beaux yeux de charme et de tendresse,
Pourquoi me regarder d'un regard de courroux?
Vous avez tant de douceur qui caresse !
Serai-je le seul entre tous
A qui leur colère s'adresse?
Belle aux yeux clairs, belle aux yeux doux,
Regardez-moi, même en courroux (1)!

(1) Gutierre de Cetina guerroya en Italie et en Allemagne de 1542 à 1547. Il partit pour le Mexique en 1547. Il avait comme protecteur et ami Don Diego de Mendoza, ambassadeur, érudit, poëte, à qui on a longtemps attribué, à tort d'après M. Morel-Fatio, le roman de Lazarelle de Tormes. On loue l'harmonie et la délicatesse des vers de Gutierre, dans ses sonnets et ses Pastorales.

DON MIGUEL CERVANTES DE SAAVEDRA
1457-1616

Les poésies de Cervantes sont loin d'être son principal titre de gloire ; au moins nous permettent-elles de faire figurer ici l'un des plus chevaleresques et des plus sympathiques parmi les écrivains espagnols. Mais n'est-ce pas vraiment un poème que ce don Quichotte, et n'est-il pas inspiré du souffle le plus généreux et le plus épique ? Peut-être l'auteur n'a-t-il pas, lui-même, saisi du premier coup toute la portée de son œuvre : l'aventure n'est pas rare. Cela empêche-t-il que Cervantes ne s'y retrouve tout entier avec sa foi ardente, sa résignation noble, et cette forme supérieure du courage, sa gaîté ironique et courtoise (1).

On sait quelles furent les péripéties de son existence :

(1) Cervantes et le *Don Quichotte* ont fait en tout pays l'objet d'études approfondies. Citons l'*Essai sur la vie et les œuvres de Cervantes* d'après un travail inédit de D. Luis CARRERAS, par C.-B. DUMAINE (Lemerre, éditeur), les *Études sur l'Espagne* de M. MOREL-FATIO, tome I (Bouillon, éditeur) : la préface mise par M. L. VIARDOT en tête de son édition de *Don Quichotte* (Lecou, 1853), etc. Les fêtes du centenaire de Don Quichotte en 1905 ont donné lieu à des manifestations enthousiastes. Parmi celles qui ont eu lieu à Madrid, notons une retraite aux flambeaux donnée par l'armée en l'honneur du soldat de Lepante, et la reconstitution au Musée national de la bibliothèque de Don Quichotte avec « ces trois cents volumes qu'il eût offerts à Cardenio, si un nécromant ne les eût enlevés » en éditions du XVIᵉ siècle. Une autre salle contenait les 61 éditions de l'œuvre, des traductions diverses, etc. Les jurisconsultes ont publié des essais sur les idées juridiques, les Écoles normales sur les idées pédagogiques de l'immortel hidalgo. Enfin M. Juan Valera constatait dans un discours applaudi que Sancho était l'idéal populaire et don Quichotte l'idéal chevaleresque de l'époque (*Journal des Débats*, 12 mai 1905, H. BIDOU).

son rôle à la bataille de Lépante, où il perdit la main, sa dure captivité à Alger de 1575 à 1580, et la noblesse avec laquelle, confiné dans des emplois obscurs et peu lucratifs, il supporta la misère. Le *Don Quichotte*, publié à deux reprises en 1605 et 1615, les *Nouvelles* imprimées en 1613 lui donnèrent la gloire sans lui donner l'aisance, et il ne trouva d'appui qu'à la fin de sa vie, auprès de l'archevêque de Tolède et du comte de Lemos.

Partagé entre des obligations prosaïques et vulgaires, et des rêves d'une humanité et d'une justice supérieures, il semble que Cervantes se soit dédoublé lui-même pour créer ses deux héros. Une réalité puissante les pénètre. On trouve même en eux cette marque suprême de vérité que la particularité qui les singularise n'est pas absolue, et que leur caractère comporte des contrastes de demi-teinte et se prête à des jeux de lumière qui l'enrichissent et le complètent. L'idéaliste utopique est doué d'un raisonnement délié et subtil ; le pratique Sancho se laisse aller à tous les rêves qui miroitent sous ses yeux ; le maître et le valet se reflètent et se pénètrent, et peut-être est-ce là un des secrets de leur attachement réciproque. Et que de revirements amusants ! Sancho a beau se laisser entraîner aux aventures les plus folles ; il s'y comporte avec bon sens et fait preuve de jugement dans le gouvernement fantastique de l'île de Barataria. Les conseils de don Quichotte sont les plus sages du monde.

Le charme sans rival de cette merveilleuse épopée, c'est l'inaltérable bonne humeur, l'atmosphère de courtoisie délicate et familière qui la pénètre. Même battu et raillé, don Quichotte conserve sa dignité ; si les arguments de Sancho sont terre-à-terre, sa conduite n'a rien de bas ni de vil. Il y a plus. Les élans de justice et de charité sociale où s'emporte l'âme idéaliste de don Quichotte se teintent légèrement de ridicule par une poursuite prématurée. Infortuné champion des nobles chimères, il tend la main comme un enfant, vers un but dont il ne mesure pas la distance ; mais cela même est une dernière et exquise habileté du poète qui ne veut ni se poser en professeur de morale, ni s'égarer dans un attendrissement intempestif.

Nous avons traduit trois sonnets de Cervantes. Le premier est emprunté à l'histoire du Captif, si remplie de détails biographiques sur l'auteur (*Don Quijote*, livre I, ch. XL). L'événement dont il s'agit est un des plus tragiques de l'histoire d'Espagne. C'est le massacre des défenseurs du fort de la Goulette près de Tunis en 1574 L'expédition victorieuse de Charles-Quint en 1534 avait semblé y établir sur des bases solides la domination espagnole. L'enthousiasme était au comble, et il nous en reste un merveilleux témoignage dans les tapisseries tissées par Pannemaker, de 1549 à 1554 (MUNTZ, *Les Tapisseries*, p. 218). Don Juan d'Autriche venait de faire réparer le fort ; ce fut en vain ; les 3000 défenseurs furent submergés sous un flot de 80.000 Arabes.

Le second sonnet rappelle l'admiration qu'inspirait la Rome pontificale. Le troisième est une imitation et une raillerie du langage des Pastorales.

PREMIER SONNET DU CAPTIF

Almas dichosas que del mortal velo

Dans de pieux combats, vos âmes immortelles,
O martyrs, ont rompu les chaînes de vos corps,
Et, ravis maintenant vers les célestes ports,
Vous planez dans l'azur aux voûtes éternelles.

Champions du Seigneur, pour ses justes querelles,
Le courroux anima vos bras et vos efforts,
Quand le sol africain mélangea, sur ses bords,
Votre sang généreux au sang des infidèles.

La force vous trahit, mais non point la valeur :
L'épée à votre main faillit, mais non le cœur ;
Aussi, bien que vaincus, vous avez la victoire,

Et 'a rigueur du fer, dans le fatal rempart
En moissonnant vos jours, a fixé votre part
De renom sur la terre, et, dans le ciel, de gloire !

———

ROME CHRÉTIENNE

Oh grande, oh poderosa, oh sacrosancta...

Rome, cité puissante et sainte,
Mère unique du genre humain,
J'admire, simple pèlerin,
La beauté sur ton front empreinte

Par l'éclat présent est éteinte
La gloire de ton nom ancien,

C'est pieds déchaux et d'amour plein
Qu'on doit entrer dans ton enceinte (1).

Sublime héritière du monde,
Le sang de tes martyrs féconde
Et consacre en toi chaque lieu ;

En toi tout est saint, tout révèle
L'image sûre et le modèle
De la grande Cité de Dieu !

SONNET DE CARDENIO
Don Quijote, I, c. XXIII.

O le falta al amor conocimiento

L'amour, est-ce un enfant sans yeux ni conscience ?
Dans ses jeux inhumains se laisse-t-il duper ?
Cache-t-il dans ses traits plus de vive souffrance
Qu'on n'en dût craindre alors qu'on s'est senti frapper ?

Mais, si l'amour est Dieu, ce n'est pas d'ignorance
Ni de vouloir méchant qu'il le faut inculper,
Quelle épreuve est-ce donc ? et d'où prend sa naissance
Le mal exquis et doux qui vient m'envelopper ?

(1) C'est ainsi que frère Antonin, moine au couvent de Fiesole, évêque de Florence en 1445, voulut pénétrer dans la ville, et entrer dans la cathédrale pour prendre possession du siège.

En êtes-vous la cause, o Philis? Dois-je dire
Que d'un si bel objet peut naître un tel martyre?
Le ciel engendre-t-il les flammes de l'Enfer?

Hélas ! je vais mourir, et ma mort est certaine,
Quand celui qui se plaint ne peut nommer sa peine,
Pourra-t-il se guérir du mal qu'il a souffert ?

LOPE DE VEGA
1562-1635

Lope de Vega naît, en 1562, au moment où la puissance espagnole est à l'apogée. Bientôt vont s'ouvrir les guerres des Pays-Bas (1566-1581), les luttes avec l'Angleterre et la France, qui épuiseront les forces et les finances du pays. Bientôt commenceront à se faire sentir les funestes effets de la persécution des Moresques. L'édit de 1566, qui leur défend l'usage de leur langue, de leurs vêtements, de leurs cérémonies, de leurs noms, provoquera la révolte de 1570 et l'édit de Philippe II en 1609 rendra leur expulsion définitive. Mais les résultats de cette détestable politique sont loin, et il n'y a pas lieu de songer encore aux traités de Westphalie et à celui des Pyrénées (1643 et 1653).

En ce moment, la domination du souverain s'étend sur toute la Péninsule, sur l'Italie, la Sicile et les Pays-Bas. L'Allemagne, que gouverne la descendance de Ferdinand Ier, frère de Charles-Quint, lui est alliée. L'Angleterre même vient de lui être unie par le bref mariage de Philippe II et de Marie Tudor (1554-1558), et le Nouveau Monde apporte ses trésors dans les ports de Cadix, de Huelva et de Séville. La flotte est puissante ; et les généraux habiles disposent « cette redoutable infanterie », les tercios, que Bossuet célébrera encore plus tard.

L'Espagne possède déjà tous les monuments d'architecture militaire, civile ou religieuse, qui ont fait sa gloire. Elle n'a pas encore la grande école de peinture du XVIIe siècle ; elle a cependant des artistes éminents : Pacheco, Navarrete ; et elle s'enrichit des merveilles de

Rubens et de Titien. Le goût du faste et du luxe est général, le monde entier lui fournit les objets qu'elle ne produit pas.

Lope de Vega est le poète de ces jours heureux. De bonne naissance, mais de peu de fortune, il approche des puissants de jour et devient secrétaire du petit-fils du fameux duc d'Albe (1584). Il a donc sous les yeux des spectacles de richesse et de joie ; il a surtout une fraîcheur de sentiments et une exubérance de jeunesse et de force qui revêtent à ses yeux toutes les choses des plus vives couleurs de l'imagination.

Son existence est assez agitée. On en a le récit dans ses œuvres mêmes. Ses jeunes amours lui ont inspiré la comédie de *Dorothée* ; sa disgrâce et son exil, l'*Arcadie* ; ses joies paternelles, et l'isolement du veuvage, quelques pièces touchantes. La fin de sa vie fut attristée par la mort de sa seconde femme, et par la perte de plusieurs enfants. Il entra dans les ordres, se fit prêtre en 1609, et mourut en 1635, sans avoir interrompu sa production dramatique. Les sentiments qu'il exprime sont d'ailleurs empreints de tant de noblesse, de loyalisme et de piété qu'il n'avait ni retouche ni retranchement à y faire.

Extrêmement charitable, il vécut toujours pauvre et modeste, malgré les sommes considérables que ses œuvres lui ont rapportées. Au moment de ses funérailles, la population de Madrid qui l'adorait vint tout entière pour lui rendre hommage et se pressa derrière son cercueil. Elle exigea même que le cortège funèbre fît un détour et passât au pied des fenêtres grillées du couvent des Trinitarias Descalzadas, où veillait dona Marcelle, seule fille survivante du poète. Peut-être pensait-elle que ce cœur paternel y pourrait tressaillir une dernière fois.

Nous ne parlerons pas du théâtre de Lope, bien qu'il soit essentiellement lyrique, et renferme même des couplets et des sonnets véritables. Le sujet est exploré ; les

pièces sont innombrables (1 800 tragédies ou comédies,
400 *autos sacramentales*, etc.). Nous nous bornons à traduire quelques sonnets gracieux ou touchants (1).

SONNET AU GUADALQUIVIR

Asi en las olas de la mar feroces
Betis, mil siglos tu cristal esconda

Noble Guadalquivir, qu'en des siècles sans fin
S'écoule à l'Océan le cristal de tes ondes !
Que, dans tes ports heureux, les flottes vagabondes
De mobiles cités promènent le dessin !

Que les vaisseaux de l'homme, et sa voix et sa main,
Respectent le repos de tes grottes profondes,
Et que dans tes guérêts couverts de moissons blondes
La faux du moissonneur se rompe sous le grain !

(1) Les sonnets de Lope de Vega ont été souvent imités par les
poètes français du XVIIᵉ siècle. Ainsi nous retrouvons dans les œuvres
de Scarron (1610-1660) le sonnet *Soberbias torres, altos edificios...*
« Superbes monuments de l'orgueil des humains... » et un peu défi-
guré le sonnet : *Caen de un monte a un valle...* « Un mont tout hérissé
de rochers et de pins... ».

L'abbé Régnier Desmarais (1632-1713) a traduit le sonnet, *Un
soneto me manda hacer Violante* : « Doris qui sait qu'aux vers quelquefois je me plais. »

Sur le même sujet, Voiture (1598-1648) avait rimé le rondeau
alerte : « Ma foi, c'est fait ! »

Boileau lui-même, dans son énigme sur la Puce, s'inspira du sonnet : *Pico atrevido un atomo viviente.*

Que l'Inde t'offre en paix ses richesses captives,
Que plus de lingots d'or s'entassent sur tes rives
Qu'il n'est d'astres au ciel y mirant leurs reflets !

Mais, quand le pied léger de Lucinde t'effleure,
Baise-le doucement, que l'empreinte en demeure :
Je veux lire en jaloux tous les pas qu'elle a faits !

SUR LA PLAGE DE CADIX

Esparcido el cabello por la espalda

Ses beaux cheveux flottants, l'épaule découverte,
Dédaignant du soleil les baisers amoureux,
Silvia ramassait, auprès de la mer verte,
Des coquilles, aux plis de son jupon soyeux.

L'émeraude de l'eau suivait sa marche alerte,
Et roulait sur ses pieds en plis voluptueux,
Tandis que, de roseaux la tête recouverte,
Elle portait tressé le feuillage rameux.

Pour rentrer à Cadix, elle quitta la plage ;
« Eau méchante, dit-elle ! un peu de sel ravage
Si vite, à ton contact, les pieds, les vêtements ! »

J'étais alors près d'elle, et lui dis : « Quel dommage
Ne me fait pas aussi ton clair et beau visage,
Sel qui me prend le cœur, et cause mes tourments ! »

DAPHNÉ

Como suele correr desnudo atleta

Tel qu'au stade un athlète est ardent à courir,
Libre de vêtements, au but qu'on lui propose,
Ainsi le Dieu-Soleil, auteur de toute chose,
Vers la Nymphe Daphné court pour la conquérir.

La sandale défaite, et prête de périr,
La vierge se désole ; et la métarmophose
Change le corps charmant en un beau laurier-rose
Dont poète et guerrier verront leurs fronts fleurir.

Comme Daphné, tu fuis, et ma course importune
En vain attache à toi ma vie et ma fortune ;
Deviendras-tu pour moi l'arbrisseau d'Apollon ?

Juana, doux tyran de mon âme captive,
La baie où mon désir prétend n'est pas l'olive,
Mais le divin laurier dont s'ennoblit le front.

L'AGNEAU FAVORI

Suelta mi manso, mayoral extraño (1)

Détache mon agneau, berger au cœur avide,
L'autre, qui t'appartient, n'est pas moins bel à voir,
Mais dans ce cher objet tout mon amour réside ;
Si ton gain fait ta joie, il fait mon désespoir.

Remets-lui son collier d'étain clair et lucide,
De tes sonnettes d'or ôte-lui le fermoir ;
Et ce taureau, d'à peine un an, que ma main guide,
En échange amical daigne le recevoir.

Comment l'indiquer mieux pour le faire connaître?
Il a le poil frisé, gris : et l'on voit paraître
Dans son regard rêveur des sourires empreints ;

Alcin, si tu doutais que je fusse son maître,
Rends-le libre ; il viendra dans ma hutte champêtre,
Quand même un autre aurait du sel entre ses mains !

(1) On a de Lope de Vega une description de la vie rurale en
Espagne dans la comédie célèbre, *Los Tellos de Meneses* et dans
d'autres pièces.

SONNET BURLESQUE

Al pie del jaspe de un feroz penasco...

A l'abri des rochers d'une haute montagne
Dont l'été dans sa force a grillé les gazons,
Pousse un pré verdoyant. Là, sous l'ombre qui gagne
Et renvoie en exil Phœbus et ses rayons,

Damon tient ses pipeaux, qu'une gourde accompagne,
Et pour gagner le prix apprête ses chansons ;
Son rival est Tircis, l'honneur de la campagne,
Dont l'archet fait vibrer le rebec aux doux sons.

Le juge est Elisée. En couronne il assemble
A défaut de laurier quelques feuilles de tremble :
Le vent berce l'écho, tout bruit cesse partout.

Mais, quand Tircis prélude et qu'il commence à peine,
Le chien Mélampe aboie, Antandre crie : « Au loup ! »
Et les chants sont remis pour une fois prochaine.

PÉNITENCE

Pastor que con tus silbos amorosos

Pasteur ! dont la voix adorable
Chasse la torpeur de mes sens,
Qui changes en houlette aimable
La croix où sont tes bras puissants,

Regarde d'un œil favorable
Les remords amers que je sens,
Car je veux suivre, invariable,
Tes pas et tes divins accents.

Pasteur ! qui mourus par tendresse,
Pardonne à mon âme en détresse,
Sois doux aux péchés avoués.

Attends-moi, consens à m'entendre !
Hélas ! puis-je parler d'attendre
Quand tu m'attends, les pieds cloués ?

FRANCISCO DE QUEVEDO
1580-1635

Une heureuse fortune nous a conservé le portrait gravé de Lope de Vega à 70 ans, et celui de Quevedo à 50 ans. La comparaison de ces deux physionomies permet déjà de saisir la différence des caractères et des talents. Lope de Vega est de noble stature; il a le visage fin, le front haut et dégagé, les yeux profonds. Quevedo est de taille médiocre; il a un beau front, la figure pleine, les yeux pétillants de malice sous d'énormes verres de myope, la moustache retroussée et provoquante, l'air à la fois d'un homme d'étude et d'un esprit alerte. Sur le pourpoint est brodée la croix militaire de Saint-Jacques ; il tient une plume à la main, et l'on sait que, bien que disgracié du pied comme Byron, il fut adroit et excellent escrimeur.

Francisco Gomez de Quevedo y Villegas, naît à Madrid en 1580, d'une famille originaire de la montagne de Burgos « ce berceau de la noblesse espagnole (1) », il a quelque aisance, et, bien qu'il ait perdu très jeune son père, secrétaire de dona Anna, femme de Philippe II, ses relations l'introduisent de bonne heure à la Cour. En même temps il suit les cours de l'université d'Alcala, très florissante à cette époque, et participe, au milieu d'un monde mêlé de parasites et de déclassés « picaros », à la gaîté et aux frasques de ses condisciples.

A partir de 1600, on le retrouve à Valladolid, séjour de la

(1) *Essai sur la vie et les œuvres de Francisco de Quevedo* — par E. Mérimée, Paris, Picard, 1886 — œuvre pleine de recherches qui nous a beaucoup servi.

cour de Philippe II, au milieu des divertissements et des êtes que prodigue le duc de Lerme.

Grâce à une précoce expérience de la vie, il peut de bonne heure, sur les traces de l'auteur de *Lazarille de Tormès* et de ROJAS, écrire quelques écrits picaresques qui font sa réputation, sa *lettre du Chevalier des Tenailles*, et surtout le roman du *Buscon*. Il continuera d'exploiter la même veine dans ses *Suènos* qu'il publie de 1608 à 1628.

Un recueil de poésies est dédié par lui au duc d'Osuna en 1609 ; et, quand un duel malheureux l'oblige à quitter l'Espagne, il se réfugie auprès de ce grand seigneur, deve-nu vice-roi de Sicile.

Toutefois, ce n'est qu'après un nouveau retour en Espagne, et la publication de plusieurs ouvrages de piété, qu'il se rend définitivement en 1613 auprès du duc dont il devient le secrétaire et le favori. A ce moment, il se trouve mêlé à plusieurs affaires délicates qui témoignent du dévouement de l'un et de la confiance de l'autre. Il participe en 1613 à une tentative périlleuse pour enlever Nice au duc de Savoie. En 1615, il vient en Espagne né-gocier, à grand renfort de cadeaux, la nomination du duc d'Osuna à la vice-royauté de Naples. En 1616, quand la guerre recommence entre l'Espagne et Venise, il se rend auprès du pape, puis auprès de la cour de Madrid, et sem-ble participer à la conspiration mystérieuse des ducs de Bedmar. Il faillit même être enveloppé dans le drame et ne parvint à s'enfuir de Venise qu'à grand'peine, sous un déguisement.

Cependant, vivement attaqué auprès du duc d'Osuna, il le quitta en 1620. Après avoir manié des sommes consi-dérables, il se retirait sans en avoir recueilli d'avantage matériel ; et, malgré la disgr' .e qui frappa bientôt son protecteur, il lui resta fidèle et loyal.

Philippe III meurt le 31 mars 1620. Quevedo espère rentrer en faveur auprès d'Olivares et lui offre *la Po-*

litique de Dieu, ouvrage qui peut passer pour la condamnation des anciennes pratiques, et pour une marque d'espérance dans le nouveau règne. Il se rapproche, en effet,
de la Cour, et, sans tenir de fonctions définies, il devient
le poète chargé d'en célébrer les événements et les fêtes;
c'est une période calme et prospère. Quevedo publie des
Silves et différentes pièces de circonstance, il imprime des
Suenos, etc... Mais cette heureuse tranquillité finit, quand
il se marie à cinquante-deux ans, en 1632 ou 1634, sous les
auspices du duc d'Olivares; 'union qu'il contracte se dé-
fait presque aussitôt; et la publication de ses œuvres
lui vaut des envieux et des ennemis. A ce moment il se
mêle à une querelle bien bizarre dont toute l'Espagne
est occupée : faut-il conserver saint Jacques de Compos-
telle pour patron unique du pays? peut-on établir un
compadronat entre lui et sainte Thérèse, canonisée en
1621? Quevedo prend résolument parti pour le vieux
saint, vainqueur des Maures, et l'ardeur qu'il déploye lui
attire des haines nouvelles et un ordre d'exil.

La théologie le retient quelque temps, mais il ne peut
s'empêcher d'écrire sur les affaires du temps. Il publie le
Brutus, la *Politique*, l'*Heure pour tous*, le *Padre nostro*.
Un *mémorial* remis au roi, et dont Quevedo semble bien
l'auteur, fait déborder la colère d'Olivares.

Quevedo est brusquement enlevé, la nuit, de la maison
du duc de Medina Celi, jeté en voiture presque sans vêtements, « un alguazil lui fait l'aumône d'un manteau grossier et de deux chemises ». Il est enfermé dans le couvent
royal de Saint-Marc de Léon (7 décembre 1639) et y passe
quatre ans, dans un cachot humide, creusé au-dessous du
niveau de la rivière, obligé de brûler lui-même les ulcères
que ses blessures et l'humidité ont ouverts dans ses
jambes.

La disgrâce du duc d'Olivares, que rien n'a pu fléchir,
le délivre en juillet 1643. Mais Quevedo est épuisé, et il

meurt quelque temps après, en 1645, après avoir donné la marque d'une résignation et d'une force d'âme singulière.

Né plus tard que Cervantes et que Lope de Vega, Quevedo a moins d'invention géniale et de goût, bien qu'il ait une force comique, une vivacité et une souplesse rares. Son plus grand honneur, c'est d'avoir été avec courage l'un des derniers représentants d'une pensée libre, généreuse et hardie.

SUR LE DUC D'OSUNA

Faltar pudo su patria al grande Osuna

Le grand cœur d'Osuna brava l'ingratitude (1) ;
Il fit à sa patrie un rempart de son bras ;
Mais celle-ci paya par les fers, le trépas,
La Fortune domptée et mise en servitude.

Peut-il être un pays, en Espagne ou là-bas,
Que n'ait point fait pleurer cette vicissitude?
Sers lui de tombe, ô Flandre, où vainquit sa main rude !
Lune teinte de sang, rappelle ses combats (2) !

(1) La disgrâce du duc d'Osuna fut imputée à des projets ambitieux. Il aurait aspiré « à diminuer de deux lettres son titre de *vi-rey* (vice-roi) » et à se créer un royaume indépendant en Italie. Il avait aussi le tort de tenir les discours les plus imprudents. Rappelé à Madrid, en 1620, il fut jeté en prison et mourut peu après. Quevedo écrivit son panégyrique « *Dichos y hechos del duque de Osuna* ».
(2) Allusion aux figures du blason.

Quand il rendit son âme, et pour lui faire hommage,
A Naples le Vésuve, et l'Etna sur les flots
Firent jaillir leurs feux dans des lueurs d'orage ;

Mais, sur le seuil céleste, accueillit le héros,
Et la Meuse, et le Rhin, le Danube et le Tage
A leur cours assombri mêlèrent des sanglots.

TRISTESSE

Mire los muros de la patria mia

J'ai vu les murs de ma patrie
Démantelés et sans créneaux ;
L'âge a détruit tours et châteaux :
Leur couronne antique est flétrie.

Je suis allé dans la prairie,
Le soleil a bu les ruisseaux ;
Sur la montagne, les troupeaux
Pleurent la lumière assombrie.

Je suis entré dans ma maison (1),

(1) Ce sonnet, d'une mélancolie ironique, est la pure expression de
la vérité. Les Quevedo « tous vieux chrétiens (suivant la formule
consacrée, rapportée par M. Mérimée, *op. cit.*), purs de toute mésal-
liance, n'ayant jamais encouru condamnation du Saint-Office de

L'âge a miné toit et cloison ;
Il ébrèche mon bâton même ;

Le temps ronge mon fer trop vieux,
Et je ne vois rien sous mes yeux
Qui de la mort ne soit l'emblême.

ORPHÉE

Al infierno el tracio Orfeo

Orphée, afin d'avoir sa femme
Aux enfers courut l'arracher :
Fâcheux désir qu'il eut dans l'âme !
Fâcheux endroit pour la chercher !

Les supplices du sombre empire
S'arrêtèrent subitement,
Moins sous le charme de la lyre
Que sous l'excès d'étonnement ;

l'Inquisition, hidalgos de sang noble, au vu et au su de tous... »,
vivaient de père en fils dans une noble oisiveté. La maison patri-
moniale, *casa solariega*, » située sur la colline de Zerceda, entre les
villages de Barcena et de Béjoris, val de Toranzo, province de San-
tander, était fortement délabrée — et, comme dit ailleurs, dans un jeu
de mots, Quevedo, « le soleil, par manque de toit, y entrait à toutes
les heures ».

Pluton, fâché qu'un téméraire
Dans son royaume eut tout brouillé,
Afin de prouver sa colère
Lui restitua sa moitié.

Pourtant, après l'avoir rendue
Au chanteur, il se repentit ;
Et (grâce au talent en soit due !)
A la reprendre il consentit (1).

LA PENSÉE DU DERNIER JOUR

Ya formidable y espantoso suena

Je vois planer sur ma pensée (2)
Le jour dernier, jour de terreur ;
Son ombre funeste et glacée
Descend jusqu'au fond de mon cœur.

(1) Cette pièce satirique a été imitée et développée par SENÉCÉ (*Romances historiques tendres et burlesques*, 1767) :

> *Pour ravoir sa femme Eurydice,*
> *Orphée aux enfers s'en alla.*

(2) Ce sonnet, demeuré célèbre, fut écrit vers la fin de la vie du poète, et sans doute à Torre del Abad où il résida après sa délivrance de captivité. Le village de ce nom est situé sur les pentes de la Sierra Morena, province de Cuidad Réal, près de Villa nueva de los Infantes, à vingt-huit lieues de Tolède (E. MÉRIMÉE, *op. cit.*). C'est là que Quevedo s'était réfugié dans son exil en 1612 et en 1634, après la rupture de la vie conjugale. Sa femme resta à Cetina (près d'Alhama de Aragon, vallée du Jalon). Quevedo vécut longtemps à Torre, occupé avec ses vassaux de vingt-deux procès qu'il ne termina qu'en 1630 ; il y mourut le 8 septembre 1645.

Mort ! par qui l'âme est apaisée
Pourquoi te voiler de noirceur?
Ton masque nous fait voir tracée
Moins d'âpreté que de douceur.

Seul, l'aveuglement de la crainte
Méconnaît ta calme contrainte
Par qui tout mal est emporté !

Je t'aime, et j'attends, Bienfaitrice,
Sans trembler, que mon temps finisse,
Et que j'entre en l'éternité !

XVIIe et XVIIIe siècles.

Après Quevedo, les poètes lyriques cèdent le pas aux auteurs dramatiques, qui occupent toutes les avenues du pays littéraire. Héritiers et continuateurs de Lope de Vega, ils exercent aux dépens des autres genres une véritable royauté en Espagne, et leur influence pénètre en Angleterre, en France et en Allemagne, soit par l'imitation directe, soit par le goût du romanesque théâtral et des idées à grande envergure.

Ce serait une lacune, et une injustice pour leur siècle que de les passer sous silence ; aussi en citerons-nous quelques-uns. GUILLEN DE CASTRO (1569-1631) est l'auteur des *Mocedades del Cid*. TIRSO DE MOLINA (1571-1658), de son vrai nom le moine GABRIEL TELLES, a écrit 400 pièces pleines d'émotion dramatique et de sentiment. On lui doit le type de don Juan dans *el Burlador de Sevilla*. ALARCON (1581-1659), artiste délicat, a fourni le type du *Menteur*, et s'est vu souvent imité à l'étranger. CALDERON DE LA BARCA (1600-1681) est peut-être le plus grand nom depuis Lope. On possède de lui 120 pièces de théâtre dramatique et une centaine d'*autos sacramentales* ou sujets religieux. Il a été admiré de Shelley et de Gœthe, souvent étudié et souvent imité. De nombreux auteurs seraient encore à nommer : l'élégant MORETO (1618-1669). ANTONIO DE SOLIS, MARIA DE ZAYAS Y SOTOMAYOR, GRACIAN, etc.

Au XVIIIe siècle, il n'y a qu'un seul nom qui soit éminent, celui de JOVELLANOS (1744-1814) qui fait plus loin l'objet d'une notice. Son disciple, Leandro-Antonio-

E.-M.-F. DE MORATIN (1760-1828), fils d'un poète peu
connu, est auteur lui-même d'agréables comédies. Nous
avons traduit ci-dessous une fable de YRIARTE qui acquit
une renommée en ce genre, une épigramme d'IGLESIAS et
un conte de PABLO DE JERICE.

DON TOMAS DE YRIARTE
1750-1791

LE CANARD ET LE SERPENT

Sur la rive d'un marécage,
En se rengorgeant, un canard
Disait : « J'ai bien de l'avantage ;
J'ai tous les talents pour ma part !
Je règne sur les eaux, sur le ciel, sur la terre !
Je puis marcher, et pour changer,
Je vole, si je le préfère.
S'il me plaît mieux, je puis nager. »
Un serpent vieux, et dont l'écaille
Avait usé plus d'une maille,
Siffla, puis dit à l'étourdi :
     « Mon ami !
Tu t'offres des louanges vaines !
Comme le cerf, cours-tu par bois et plaines?
Peux-tu planer comme un faucon,
Ou nager comme un barbillon?
Crois-moi, je t'assure, et pour cause,
Ce qu'il est bon de désirer,
C'est non pas de tout effleurer,
Mais d'exceller en quelque chose ! »

DON JOSÉ IGLÉSIAS DE LA CASA

1753-1791

ÉPIGRAMME

J'eus des maîtres ; et je crus bien
En voir ma vie empoisonnée ;
Car leur sagesse était bornée
Et leurs conseils ne valaient rien.
Mais, qu'à la gloire je m'élève
Quelque jour, j'aurai beau nier ;
J'entendrai plus d'un s'écrier :
« Voyez-le donc ! c'est mon élève ! »

DON PABLO DE JÉRICE
1781

LA CONFESSION

Cierto joven que a casarse — gozoso se preparaba....

Certain garçon, ayant dessein
De prendre femme en mariage,
Allait aux pieds d'un capucin
S'agenouiller selon l'usage.
« Je viens, lui dit-il humblement,
Me confesser à vous, mon frère,
Des péchés que j'ai bien pu faire.
Je vais épouser à l'instant
La plus belle des jeunes filles.
On m'attend ; il faut me presser. »
Il conta donc ses peccadilles
Sans rien omettre ou déguiser,
Et, tout en l'écoutant, le frère
Restait bien tranquille en sa chaire,
Et se contentait de priser.
Quand l'homme eut achevé de dire,
Le frère l'absout tout d'un trait ;
Puis il se lève et se retire.
Le pénitent bien satisfait

Allait aussi quiter l'église,
Quand tout d'un coup il se ravise,
Cherche le frère et court vers lui :
« Vous n'avez pas songé, mon frère,
A m'indiquer quelque prière,
Ou bien quelque œuvre qu'aujourd'hui
En pénitence j'aie à faire ! »
Le frère, alors, gravement prit
Sa barbe entre ses mains, et dit :
« Vous voulez faire pénitence !
Mais il fut entendu d'avance
Que vous preniez femme aujourd'hui ! »

LA SATIRE

La Satire, importée d'Italie, convenait à merveille au tempérament espagnol. Par un mélange heureux d'influences, elle fleurit dès que les rythmes et les formules importées d'Italie ont assoupli la langue littéraire, et que les universités ouvertes à Salamanque, à Alcala, Siguenza, Avila, Valence (1) ont rendu familiers aux esprits cultivés les trésors de l'antiquité latine.

Deux écrivains remarquables se signalent du premier coup, ce sont les deux frères Lupercio et Bartolomé LEONARDO DE ARGENSOLA. — Lupercio de Argensola fait des personnalités mordantes; Bartolomé, recherche plutôt les idées générales et la moralité des choses. Une de ses satires est un dialogue avec la muse qui lui reproche son oisiveté. Il s'excuse en montrant, déjà, que « la Fortune vend ce qu'on croit qu'elle donne ». Il dépeint les compromissions qui abaissent, l'égoïsme des particuliers, la lâcheté des peuples ; pour éviter outrages et déboires, le sage vivra seul à l'ombre et à l'écart. — Ailleurs, interrogé par un seigneur, Nuno, qui se propose d'envoyer ses jeunes fils à la Cour, Bartolomé décrit, pour le dissuader, les vices et la corruption qui règnent au pays de la faveur.

QUEVEDO est pétillant de verve et d'esprit, bien qu'il sacrifie trop le naturel à l'amour de la pointe. Une de ses satires est dirigée contre le mariage, dont il fit, sur le tard, une fâcheuse épreuve, une autre contre une dame ; l'épître adroite et courageuse qu'il adresse à Olivarès contient une critique générale des vanités et des sottises du temps. Mais la régularité du cadre ne lui suffit

(1) Vingt Universités sont fondées en cent ans (1472, Siguenza, 1572, Tarragone) (Gustave REYNIER, La vie universitaire en Espagne, p. 102).

pas ; et sa verve déborde dans une foule de chansons, d'épigrammes et de couplets, *lettrillas*, *redondillas*, *jacaras* (poésies bouffonnes, propos de Jaques, héros de bagne), *loas* (prologues de pièces), etc...

JOVELLANOS fait des descriptions de mœurs animées et pittoresques. Il est patriote comme Quintana. Ancien magistrat, persécuté et mis en prison par Godoy, délivré par les Français en 1808, il refuse néanmoins les offres du roi Joseph qui désirait l'attacher à sa personne. Il s'enrôle dans le mouvement insurrectionnel et devient membre de la junte de Séville.

On a remarqué les points de contact qui le rapprochent de l'italien Parini. Ce qui excite son indignation et sa verve, c'est la lâcheté et l'indolence de la jeune noblesse, infidèle à sa mission historique, uniquement occupée de chanteurs, d'actrices et de combats de taureaux. L'amertume de Jovellanos va même plus loin que les critiques de ses prédécesseurs. Il ne se contente pas de demander aux privilégiés plus de sérieux et de dignité, il attaque les principes traditionnels et les bases mêmes des privilèges.

Après lui, la satire descend de ces hauteurs. MORATIN est un versificateur élégant et facile, dominé par l'influence française ; c'est un critique littéraire sans indulgence plutôt qu'un moraliste. Ses satires ne valent pas son théâtre.

La satire est un genre qui disparaît avec son escrime légère, ses pointes, ses méchancetés savantes ; elle n'est à l'aise que dans l'atmosphère tempérée d'une cour ou d'un groupement aristocratique. La démocratie a peu de goût pour des luttes à fer émoussé.

La poésie lyrique, plus nerveuse, plus souple et plus frémissante, lui convient mieux ; mais elle-même, malgré sa puissance d'invective, ne suffit plus, et elle succombe aussi, submergée dans la vivacité brutale des polémiques quotidiennes.

GASPARD MELCHIOR DE JOVELLANOS
1744-1811

SATIRE DEUXIÈME

Vois ce Majo (1) là-bas, sur lequel, Arnesto,
Sept aunes de drap gris s'enroulent en manteau.
Sa joue, aux favoris extravagants, nous montre
Trois grands pouces de barbe ; et, sans vergogne, contre
Un angle de maison, il campe, regardant
Les gens d'un air canaille, et d'un front impudent.
Tu veux savoir son nom ? L'illustre camarade
A pour neuvième ancêtre un des rois de Grenade (2) ;
La culotte collante, avec un gilet court,

(1) Le costume de *Majo* est celui du « petit maître de basse con-
dition », du « coq de village » : c'est le vêtement national d'Andalousie
ou de Castille, tous deux très semblables. Les toreros le portent
encore de nos jours, dans une gamme plus éclatante. — Pour la
femme, le costume de *Maja* est aussi le vieux costume castillan :
courte casaque de soie claire, semée de dentelles noires, corset à
longue pointe et mantille dans les cheveux attachée par un long
peigne. Goya l'a souvent représenté. La vogue s'y était attachée à
l'époque de Jovellanos, en réaction des modes françaises, et grâce
à l'opposition faite par le prince héritier (plus tard Charles IV) aux
ordonnances que Charles III avait édictées dans un but d'hygiène.
Déjà les ordonnances de Philippe IV sur le même sujet avaient pro-
voqué les traits satiriques de Quevedo dans l'épître adressée au duc
d'Olivares.
(2) Cette désignation ne paraît se rapporter à aucun membre des
familles actuellement descendantes de Cid-Hiaya ou de Muley-Hacen
(M. MOREL-FATIO. *La satire de Jovellanos*, Bordeaux, 1899, Féret et fils).

L'Albornoz (1), dont les plis sont d'un si joli tour,
L'indiquent sur le champ ; et la veste de panne,
Avec mille boutons d'Afrique, en filigrane,
La ceinture à la taille, et le large couteau,
La harpe, la guitare achèvent le tableau.
Va, pour mieux te convaincre, en son palais, où porte
Tes yeux sur le blason en saillie, à la porte.
L'écu mince, meublé de croissants et turbans,
Pose sur des boulets, des balles en pendants,
Accostés de tambours, de lances, de bannières,
Plus nombreux que ne sont champignons en clairières.
Un aigle impérial, tout prêt à s'éployer,
Au centre, d'un bec double attaque le cimier ;
Le timbre est panaché de plumes ondoyantes,
Et, le long du métal et des pointes saillantes,
Un lion, un griffon affrontés en supports
Rampent sur les côtés, orgueilleux contreforts.

Avance encor. Regarde en la salle d'attente
L'arbre des ascendants dont sa race se vante :
Noirci par la fumée et rongé par les vers,
Craquelé, fissuré par mille endroits divers,
Il charge ses rameaux, lourds de noms et de titres,
De casques, de chapeaux, de crosses et de mitres.
Sur le pourtour des murs, en des cadres poudreux,
Pend la procession des figures d'aïeux ;
Tu verras peints au vif sur ces nobles peintures
De fiers accoutrements, et d'étranges tournures,

(1) Dans *albornoz* on retrouve le mot de *burnous*.

Hauts de chausses anciens, moustaches et collets
Où l'araignée habite et multiplie en paix !
Le mobilier aussi vaut bien une visite :
Ce sont d'anciens fauteuils, faits de cuir moscovite,
Des cabinets chinois, aux lourds parfums ambrés,
Des ébènes massifs, où les reflets nacrés
Se combinent au marbre, et qui, dans leur vieillesse,
Fatigués et disjoints, conservent leur noblesse.

Eh bien ! le possesseur de ces biens, l'héritier
De tels noms, n'a qu'un but : paraître un muletier !
Il pourrait aux Guzman (1) disputer l'avantage,
Il se vêt d'une cape et cache son visage ;
Il se plaque, en châtaigne, un énorme chignon
Et prend le ton et l'air d'un parfait maquignon.
Ses lèvres et ses doigts, durcis par le cigare.
Révèlent bien ses goûts et sa culture rare.
Il connaît son B. A. tout au plus ; il n'a pas
Plus loin que Xetafe (2) jamais porté ses pas,
Avec Paco, Carmen (3), s'il y vint l'autre année
Voir quelques *novillos* (4) et passer la journée,

(1) Quintana a raconté la vie de don Juan Ramirez de Guzman surnommé *el bueno*. Gouverneur de Tarifa pour le compte du roi Sanche, il laissa égorger son fils plutôt que de rendre la ville, et jeta même son couteau à l'ennemi pour remplir ce triste office (an 1294). Il mourut sur un champ de bataille en 1309 ; de lui descend la famille des Medina Sidonia.

(2) Xétafe, village à environ 20 kilomètres de Madrid sur la route de Tolède.

(3) Dans le texte : Paco-Trigo et la Caramba, noms de fantaisie pour désigner des gens sans aveu.

(4) C'est le mot qui désigne les jeunes taureaux destinés aux courses.

Il partit ivre-mort, et dormit en plein champ.

Veux-tu l'interroger ! il n'est rien d'approchant
Ce gouffre d'ignorance et de bêtise noire.
Les mots : Degrés, Cancer, Géographie, Histoire,
Pour lui sont langue morte. Il y reste perdu.
Dis-lui que le Bétis (1), en torrent descendu
Des monts Pyrénéens, a pour borne dernière
La mer d'Ontigola (2) ; dis-lui que l'Angleterre
A Puerto Lapichi (3) décharge ses vaisseaux
De gomme et de santal, et reprend par monceaux
L'étain et la morue,... il n'en fera point doute,
Non plus que des fagots qu'on lui débite en route....
N'affirme point pourtant qu'il ne sait rien du tout,
Ni que sa tête est vide. Il sait de bout en bout
Les aïeux de Marchand, comme ceux de Candide ;
Qui de Castillares ou Romero dévide (4)
Le mieux la muleta (5) ; quel est le torero

(1) Le Betis (Guadalquivir ou Oueld-el-Kebir) prend sa source dans la chaîne de montagnes qui sépare l'Andalousie de la mer, à la Sierra Sagra.

(2) La mer d'Ontigola est l'étang qui borde les jardins d'Aranjuez (province de Tolède, district d'Ocana) et sert à les arroser. Il fut agrandi et orné par Philippe II et Philippe IV, et ses paysages ont encadré des fêtes royales.

(3) Puerto-Lapichi, passage de montagne dans la province de Ciudad Real. Il y a la même analogie de mots — et la même méprise possible — en français, avec les *Ports* des Pyrénées.

(4) Candide, Marchand, Romero, Castillares sont des noms de toreros. En 1871, le roi Amédée dut un moment de popularité éphémère aux égards qu'il eut dans une corrida envers el Tato, torero fameux, récemment amputé d'une jambe.

(5) Pièce d'étoffe rouge, jaune ou verte, que l'on déplie et qu'on

Qui, sans faute, à la croix estoque son taureau (1) ;
Guerrero, Catuja (2) pour lui sont sans mystères ;
Il connaît les bons mots, les grâces, les misères
De cette délicate et belle Lavenant (3) ;
« Qui voit les astres clairs mûs par le Firmament (4) » ;
Voilà tous ses talents et toute sa science.

Qui prétendra, du moins, à sa reconnaissance ?
Est-ce le magister, l'inepte Gouverneur,
Mose-Marc, qui veillait sur le jeune seigneur !
Non. Qu'elle soit acquise aux hommes d'écurie,
Aux duègnes, aux laquais, aux gens de laverie

agite devant le taureau pour l'éviter, et au besoin pour le détourner d'un individu en danger.

(1) La croix est le point formé par l'intersection de la ligne des épaules et des vertèbres « ... Frascuelo choisit son point entre les deux cornes de l'animal.... Il faut que la pointe de l'épée vienne entre les vertèbres cervicales frapper le bon endroit, et c'est à peine si cet endroit est plus large qu'une pièce de cent sous.... » *L'Espagne*, p. 103, par Théodore SIMONS ; traduit par M. Lemercier, Paris, Ebhardt.)

(2) Guerrero, la Catuja, acteur et actrice de l'époque, chanteurs de *sainetes* ou *tonadillas* (intermèdes en musique). Sur les petits spectacles espagnols de cette époque, voy. Beaumarchais, *Lettre au duc de la Vallière*, du 24 décembre 1764 (LOMÉNIE, *Beaumarchais*, I, 506).

(3) En 1762.... Une célèbre comédienne Mariquita Ladvenant défrayait alors les curiosités du public Castillan par son talent, par sa beauté et par ses aventures, en attendant qu'elle l'édifiât par sa fin pieuse et repentante. (Le marquis de) Mora conçut pour elle une passion violente qu'il ne chercha guère à cacher. Le protecteur attitré de la dame, le duc de Villa-Hermosa, en fut outré de jalousie : une querelle s'ensuivit... Mariquita Ladvenant mourut à Madrid le 1er avril 1767, dans tout l'éclat de son talent et de sa beauté. Elle était née le 23 juillet 1741 (Julie de Lespinasse, par le marquis DE SÉGUR. *Revue des Deux Mondes*, 1er septembre 1905).

V. aussi Biographie..., par D. Emilio Cotarelo y Mori. Madrid, 1896.

(4) La jolie actrice était morte. Métaphore latine ancienne : « *polus dum sidera pascet* ». Le pôle est le pasteur qui mène les étoiles.

Qu'il eut pour compagnons de jeunesse assidus.
Nommons en premier lieu celui qui fit le plus,
Perihuelo le page. Ah ! le parfait artiste
Enragé Chorizo (1), consommé Pépelliste (2),
Vrai professeur d'ole, de vito, de jota (3),
Et le type accompli du bon guitarista.
A des maîtres pareils il ne serait pas juste
De ne pas ajouter le forgeron robuste
Andres, qui devant lui ferrait mule et chevaux,
Et dont, pendant des mois, il suivit les travaux.
Mais puis-je t'oublier, toi? noble institutrice,
Toi ! que prit au Refuge (4) et mit à son service
La mère du jeune homme, o Paca ! Qu'il est vrai

(1) Les Chorizos et les Polacos étaient deux partis qui régnaient les premiers au théâtre del Principe et les autres au théâtre de la Cruz et se croyaient le droit d'imposer leurs préférences au public, même au prix de mêlées sanglantes au couteau.
(Voy. M. MOREL-FATIO, *op. cit.*).

(2) *Pepillista.* Partisan du torero Jose Delgado, dit Pepe-illo, né à Séville le 14 mars 1734, tué le 11 mai 1801, représenté par Goya dans sa *Tauromachie* sous le n° 39 (Note de M. MOREL-FATIO, *op. cit.*).

(3) Que n'aurait-on pas à dire sur les danses espagnoles? Juvénal décrit déjà des danseuses de Cadix qui se faisaient accompagner d'une troupe de chanteuses (Sat. X, v. 162). Elles avaient détrôné, à Rome, les danses d'Ionie, imitées par les jeunes patriciennes au grand scandale d'Horace (Odes, III,6). La *Carmen* de P. Mérimée a rendu célèbre le *Flamenco*, Alfred de Musset a chanté l'*Ole*, Victor Hugo le *Fandango*. Une *malaguena* est décrite dans l'*Espagne* de SIMONS. La haute société n'a pas dédaigné cet art élégant (L. ULBACH. *Espagne et Portugal*, p. 138). Faut-il tenter ici un rapprochement avec la danse du châle (*Valérie*, par Mme de KRUDENER, lettre 18). Certaines danses comme la *Sarabande* dépassaient les bornes (MARIANA, citée dans le *Quevedo* de E. MÉRIMÉE, p. 384). Voir aussi LOMÉNIE, *Beaumarchais*, t. I (Lettre citée plus haut).

(4) Le Refuge, asile de filles repenties.

Que dans les cœurs bien nés rien n'efface un bienfait !
C'est toi qui lui montras à faire nique au père,
A cajoler le maître, à chiper de manière
Qu'on n'eût pas de soupçon, à corrompre en secret
La vieille qui le mieux prendrait son intérêt,
A mentir, à piper, à s'enivrer..., en somme
Tout ce qu'il faut savoir pour vraiment être un homme!

MANUEL JOSE QUINTANA
1772-1857

Quintana est littérateur, un avocat et un poète. Emporté par la tourmente politique et jeté au fort de l'action,
il a fait vaillamment son devoir, et dû à son patriotisme
ses plus belles inspirations.

Au moment de l'invasion française, il est parmi ceux
qui organisent la résistance. Il fonde des revues, se met
au service des Juntes insurrectionnelles, rédige les mani-
festes et publie l'ode fameuse sur le soulèvement de l'Espagne. Après le retour de Ferdinand VII, il est poursuivi
et incarcéré comme libéral. La révolution de 1820 le fait
sortir de prison et lui rend une situation qu'il perd de
nouveau en 1823, quand la réaction l'emporte. Sa vie
s'acheva dans les honneurs. Chargé, en 1835, du ministère
de l'Instruction publique, il l'occupa seize ans. Il fut
nommé sénateur, et préposé à l'éducation de la jeune
reine de 1843 à 1848. Le 25 mars 1855, on lui décerna les
honneurs d'un triomphe qui rappelle celui de Pétrarque.
Il mourut le 11 mars 1857.

On doit à Quintana des odes, des poésies intimes très
estimées, un recueil des anciens poètes et une série tout
à fait attachante de vies des Espagnols illustres.

———

ODE SUR LE SOULÈVEMENT DE L'ESPAGNE
CONTRE LES FRANÇAIS

I

« Je veux que règne sur le Monde
« Pour l'Éternité cette loi :
« L'empire des tyrans se fonde,
« Quand un peuple est lâche et sans foi :
« Mais si jamais la perfidie
« Provoque une race hardie,
« Pleine de sève et de vertu,
« Je veux que, dissipant le rêve,
« Le peuple en armes se soulève ;
« Et qu'assailli sans paix ni trêve,
« Le tyran succombe abattu. »

Dieu parle, et sous ses doigts la sentence éternelle
En traits de diamants se grave au fond des cieux ;
Et dans un flot de sang et de feu qui ruisselle,
Éclatent sur le sol les mots mystérieux.

III

Espagne ! vois ta destinée.
Tes princes t'ont été ravis,
Toute ta force est détournée,
Tes fils au joug sont asservis.

Menés par l'étoile homicide
Qu'adore leur servilité,
Les soldats, d'un retour perfide
Récompensent, comme leur guide,
L'accueil de l'hospitalité.
L'univers effrayé voit fuir la confiance,
La paix sainte et l'honneur, le respect de la foi ;
Que le faible ou la dupe y garde sa créance ;
Le Vandale étranger a la force pour loi ? (1)

IV

Eh bien ! que la force décide !
Le cœur ne nous manquera pas.
Seul doit trembler l'homme perfide !
Entendez-vous rugir là-bas
Le lion qui souffle la guerre,
Appel sauvage et sanguinaire,
Que l'écho répète en grondant ?
Entendez-vous les cris de joie
Des aigles lancés sur leur proie,
Tandis qu'à la main qui le choie
Le serpent répond en mordant ?
Ces vils serpents, jadis étouffés par Alcide,
Menacent le berceau de ton jeune bonheur.
Espagne ! éveille-toi ! Lève un bras intrépide,
Et que la Liberté te prête sa vigueur !

(1) Les eaux fortes de Goya, *Los desastres de la guerra*, ont drama-
tisé d'une façon saisissante les horreurs réciproques de cette guerre.

V

L'écho de la clameur guerrière
Monte et surgit de toute part;
Si l'Asturie est la première
A faire flotter l'étendard,
La révolte s'étend et gagne
A travers la riche campagne
De l'Ebre et du Guadalquivir.
Tel un bois que le feu ravage
Quand l'aquilon vient à sévir ;
La flamme croît malgré l'orage,
Et l'homme, en vain, contre sa rage
Détourne les flots du rivage;
Nul effort ne peut l'assouvir.
L'écho libérateur roule, grossit et gronde
Aux champs, dans les vergers d'oliviers andalous,
Et du massif Cantabre il descend jusqu'à l'onde
Où Cadix réfléchit l'azur du ciel jaloux.

. . . .

X

Esprits, dont la Victoire ailée
Attire les légers essaims
De Salamine et de Platée,
Que la palme flotte en vos mains !
Accompagnez dans l'auréole,
Au seuil de notre capitole,

Le vengeur, le victorieux !
Sur un char triomphal qu'il brille
Ainsi qu'un soleil glorieux,
Plus de deuil. Qu'au loin s'éparpille
Un peuple allègre qui fourmille,
Et qu'aux champs et monts de Castille
S'épanchent des hymnes joyeux !
Qu'en agitant des lins dans des blancheurs de fête,
Chacun s'écrie : « Honneur ! Gloire au Libérateur ! »
Que ce cri par le vent, par l'écho se répète,
Et des cieux ébranlés atteigne la hauteur !

XI

Jusqu'aux cimes des Pyrénées,
Envoie, Espagne, tes lions ;
Qu'il soit écrit sur tes trophées :
« Liberté pour les nations ! »
O noble, o glorieuse Espagne,
Tu ressembles dans la montagne
Au chêne qu'assiège l'antan !
L'assaut furieux l'environne,
Le vent déchaîné tourbillonne ;
Il siffle, il ébranle, il étonne,
Sans l'abattre, le vieux Titan !
Plus d'un rameau brisé se rompt sous la tempête.
Mais le sommet résiste, il dresse jusqu'aux cieux
Sa majesté tranquille, et bientôt dans le faîte
Le zéphir fait entendre un chant victorieux !

Poètes modernes et contemporains.

Au début du XIXᵉ siècle, l'empire un peu monotone de l'esprit classique se fait encore sentir en Espagne. Il est marqué chez GALLEGO (1777-1853), chanoine de Tolède, ancien chef insurrectionnel, dont nous avons deux odes estimées; l'une sur le *Deux Mai*, l'autre sur la *défense de Buenos-Aires*, et une élégie sur la *mort de la comtesse de Frias*.

Mais bientôt les influences de Walter Scott et de Byron se révèlent dans les œuvres du duc de RIVAS (1791-1865), dont le drame, *don Alonso*, fournit à Verdi le sujet de la *Forza del Destino*. JOSE ZORRILLA (1817-1893), auteur d'un poème de *Granada* et de la *Légende du Cid*, a dans le *don Juan Tenorio* imité un roman de Mérimée. Il partit momentanément pour le Mexique, en 1855, laissant une ode que nous traduisons.

Le génie de l'Espagne se tourne plutôt du côté du théâtre et du roman. Dans le roman brillent : Mme Bohl de Faber, qui a rendu célèbre le pseudonyme de FERNAN CABALLERO (1796-1877); M. LEOPOLDO ALAS (1852-1901); M. JUAN VALERA (1824), l'auteur de *Pepita Jimenez*, le doyen vénéré de l'Espagne ; M. Jose Maria DE PEREDA (1834), le peintre de scènes montagnardes ; M. PEREZ GALDOS (1845); Mme PARDO BARZAN (1851); M. VICENTE IBANEZ (1867), bien connus en France par des traductions ou des analyses.

Dans le domaine du théâtre, la tradition glorieuse d'autrefois n'est pas éteinte. Il suffit de citer MM. BRETON DE LOS HERREROS, plein d'une verve comique étincelante, EUGENIO HARTZENBUSCH, Antonio GARCIA GUTIERREZ ; et parmi les noms plus modernes, J. ECHEGARAY (1834), TAMAYO Y BAUS (1829-1898), l'auteur puissant de la *Folie de l'amour*, d'une *Affaire d'Honneur*, et d'un *Drame nouveau* ; enfin M. NUNEZ DE ARCE que nous retrouverons plus loin.

Obligés de nous restreindre, nous regrettons d'être si brefs et de ne donner qu'une idée sommaire du remarquable mouvement actuel des idées.

Dans la poésie lyrique, nous ne ferons que citer JOSE DE ESPRONCEDA (1809-1842) à la vie orageuse, à l'esprit tourmenté, et nous réservons notre attention à deux des écrivains les plus distingués de l'Espagne : MM. CAMPOAMOR et NUNEZ DE ARCE.

Don RAMON DE CAMPOAMOR Y CAMPOOSORIO (1817-1901) a rempli des fonctions politiques importantes ; il a été gouverneur d'Alicante, de Valence, secrétaire d'État, député. Écrivain plein d'humour, il a publié de nombreuses poésies sous les titres divers de *Doloras*, *Humoradas* et *Pequenos poemas*. Ses personnages et ses sentiments sont pris dans la vie courante. Un peu abondant, il est plein d'imagination, du naturel et de malice piquante.

M. Gaspar NUNEZ DE ARCE (1834-1903) fut également un homme politique considérable aussi bien qu'un grand poète. Député en 1685, Académicien en 1876, Ministre de l'*Ultramar* en 1882, il remplit les plus hautes charges et sut rester fidèle à la fois à la cause de la liberté et à celle de l'ordre. Après les déceptions de la première république, il soutint le roi Amédée ; après les déceptions de la seconde, il se dévoua à la jeune monarchie, dont il avait pressenti la nécessité (*Ode à Castelar*, 1873).

La carrière littéraire de M. Nunez de Arce est brillante et variée: On lui doit de nombreux drames appréciés du public, dont le plus connu est le *Haz de Leña* (1872), situé à l'époque de Philippe II : quelques poèmes: la *Vision de Fray Martin* (Luther), la *Ultima Iamentacion de Lord Byron* (1879) ; et plusieurs idylles, la *Pesca*, un *Idilio y una Elegia*. Le recueil intitulé *Gridos del Combate* contient des pièces tragiques comme l'histoire de Raymond Lull et la veillée funèbre de l'Escurial (le *Miserere*) ; il s'illumine surtout du reflet ardent des émotions patriotiques de l'auteur.

GALLEGO

1777-1853

LA MORT DE JUDAS (1)

Cuando el horror de su tracion impia

Quand Judas, conscient de son ignominie,
De honte et de remords eut perdu la raison,
Il se pendit lui-même à la branche honnie,
Et battit l'air, crispé par l'horreur du frisson.

(1) Le premier récit de la mort de Judas est inséré dans les Actes des Apôtres (1·18). On le retrouve mis en action dans le Mystère de la Passion d'Arnoul *Greban*, sous sa forme traditionnelle et réaliste (vers 22.016).

> BERICH........ *n'en peut issir*
>
> *son ame, mes qui la retient.*
>
> DÉSESPÉRANCE. *Haro ! je sais bien à quoi tient,*
>
> *Quand le lourdier sa foy brisa,*
> *Il vint et son maitre baisa,*
> *Et par cette bouche maligne*
> *Qui toucha à chose tant digne*
> *L'âme ne doit, ne peut passer.*
>
> BERICH........ *Si lui fault la panse casser.*

Le sonnet de Gallego est sans doute imité de celui de Francesco Gianni (poète italien qui vécut de 1760 à 1823) et qui a été traduit par Antoni Deschamps. (*Anthologie* de Lemerre, p. 259).

Pour savourer à l'aise une telle agonie,
Le démon l'enlaçait, corps à corps, front à front ;
Enfin, impatient de voir l'œuvre finie,
Il sauta sur les pieds, et les tira d'un bond.

Aux spasmes convulsifs dont tremblait la carcasse,
Au rictus des traits noirs et tordus en grimace,
Lorsque Satan connut que l'âme allait passer,

Un ricanement sec illumina sa face,
Et, tel qu'au mont Olive il l'avait vu poser,
Au traître, bouche à bouche, il rendit son baiser !

JOSE ZORRILLA
1817-1894

ADIEU !

Cuando yo vague per remotos climas

Lorsque j'irai sur d'autres rives,
Épave et jouet des destins,
Aime encor mes rimes plaintives
Redis-en les tristes refrains !

Que ma mémoire te soit chère,
Que veille en toi son dernier feu,
Comme sur l'autel solitaire
Brille la lampe du saint lieu,

Et protège la pauvre flamme
De peur que le vent de l'oubli,
Ne souffle en traître sur ton âme,
Et n'éteigne le feu pâli !

R. DE CAMPOAMOR
1817-1901

LA LETTRE (1)

Quien supiera escribir.

« Puis-je vous prier d'écrire une lettre,
Monsieur le Curé! » — « Je sais bien à qui. »
— « A qui ? dites-vous ! Une nuit, peut-être,
Avez-vous cru voir?... » — « Allons ! j'ai dit oui. »

— « Ah ! pardonnez-moi! » — « Mais oui ! l'on peut dire...
La nuit était noire... et l'occasion...
Voyons ! Passez-moi l'encre pour écrire?...
Merci !... Je commence... : *O mon cher Ramon !* »

— *« Mon cher !... Est-ce écrit. Eh! bien, soit !... mais toute...* »
— *« Vous voulez changer ! »* — « Non ! Non ! c'est cela ! »
— *« Que mon cœur se plaint!...N'est-ce pas ? »* — *« Sans doute. »*
— *« Que mon cœur se plaint quand tu n'es pas là !*

L'angoisse me prend si fort quand je pense.... »
— « Comment pouvez-vous connaître mon mal? »
— « Enfant, j'ai vécu ; c'est là ma science.
Pour un vieux, fillette a cœur de cristal ! »

(1) *Doloras*, par R. DE CAMPOAMOR. Espana moderna, Madrid.

Sans toi qu'est le monde? un val d'amertume.
Qu'est-il avec toi? C'est un Paradis! »
— « Écrivez cela bien net sous la plume !
Monsieur le Curé, cela, je vous dis ! »

— « *Ce dernier baiser qu'au départ encore*
Je t'avais donné ! » — « Mais qu'en savez-vous? »
— « Quand part ou revient celui qu'on adore
N'est-ce pas un peu votre usage à tous ?

Au retour, rends-moi toute la tendresse,
Car tu me ferais tellement souffrir !... »
— « Souffrir ! dites-vous ; souffrir de tristesse !
Monsieur le Curé, mais c'est bien mourir ! »

— « Mourir : c'est péché ! Corrigez, de grâce ! »
— « Mourir ! si ! mourir ! Monsieur le Curé ! »
— « Je ne l'écris pas! » — « Dieu ! quel cœur de glace !
Ah ! si je pouvais écrire à mon gré?

II

« Vous voulez pourtant, et j'en suis bien sûre,
Être bon pour moi, Monsieur le Recteur,
Mais qu'est-ce qu'un mot, si votre écriture
Ne fait pas aussi l'envoi de mon cœur?

« Dites combien tout me peine et me choque,
Mon âme me fuit et va se briser,

Et les pleurs noiraient mon cœur qui suffoque
S'il gardait le flot qu'il a dû verser.

« Ma lèvre, pour lui rivale des roses,
Aujourd'hui se fane et ne peut fleurir.
Et moi, qui riais si gaiment des choses,
Je sens ma gaîté mourante tarir.

« Le feu de mes yeux, des yeux qu'il admire,
Se voile aujourd'hui sous l'ombre du deuil,
Et comme ils n'ont plus son œil qui s'y mire,
Ils restent couverts comme d'un linceul.

« Dites que des maux que mon âme endure
L'absence est le pire, hélas !... chaque fois
Que j'entends un bruit, un son, un murmure,
Il me semble encore entendre sa voix.

« Dites que c'est lui qui fait mon martyre,
Pour lui que mon cœur est tout déchiré !
Seigneur ! que j'aurais de choses à dire
Si je lui pouvais écrire à mon gré !

III

ÉPILOGUE

« Un adieu bien tendre... et l'adresse à mettre,
Monsieur le Curé,... *Don Ramon*.... Enfin

Était-il besoin, pour ce bout de lettre,
De savoir le grec avec le latin ? »

CHARLES-QUINT A SAINT-JUST
Los grandes Hombres.

A Saint-Just, pieux sanctuaire,
Charles-Quint, le grand Empereur,
Voulut pressentir le calvaire
Que l'homme gravit quand il meurt.

Entre les planches d'une bière,
Vivant, il étendit son corps,
Et fit, tel qu'à l'heure dernière,
Célébrer l'office des morts.

Pendant qu'on priait pour son âme,
Que sur l'orgue un sanglot roulait,
Près du prince une vieille femme
Marmottait : « Qu'il est vieux et laid ! »

Et tandis que la foule émue
Croyait que le grand Empereur
Était, plus qu'en sa bière nue,
Enseveli dans la douleur,

Il n'avait qu'une idée en tête
Qui trottait et qui retrottait :
« Que cette vieille est laide et bête !
Qui me traite de vieux et laid? »

Le *Dies iræ*, cri suprême,
Courbait les fronts sous la terreur ;
Le roi répétait en lui-même :
« Maudite vieille de malheur ! »

L'hymne apportait à son oreille
L'épouvante des derniers jours ;
Mais le roi pensait à la vieille
Qui près de lui grognait toujours !

Il s'irrite d'une sottise
Et pense à la mort sans trembler ;
Tandis qu'on chante dans l'église :
« Le monde en cendres va crouler ! »

A côté de lui, la dévote
Défile psaume et chapelet ;
Et tout en défilant marmotte :
« Vraiment il est bien vieux et laid ! »

Sa Majesté, tout en colère,
S'agite et dit : « Tais-toi ! crampon ! »
Le chœur reprend : « Dieu tutélaire,
Délivre-nous du feu profond ! »

Les chants ont cessé. Sombre et pâle,
L'Empereur sort de son cercueil,
Et sa figure sépulcrale
Est le spectre même du deuil.

Chacun s'incline. Il passe et garde
L'air humble et fier dans sa douceur ;
Quant à la vieille, il la regarde
Avec un dédain d'Empereur !

DON GASPAR NUNEZ DE ARCE
1834-1903

Le sonnet à l'Espagne a été écrit au milieu des troubles qui assombrirent les premiers jours de l'année 1866, et comme en prévision des menaces de l'avenir.

Plusieurs mouvements insurrectionnels avaient été tentés depuis 1861. En 1865, l'agitation fut plus grave. La reine Isabelle avait fait proposer une loi par laquelle elle aurait cédé à l'État son patrimoine personnel, en échange d'une somme payée comptant. L'opposition discuta passionnément le projet, et la parole ardente de Castelar enflamma encore la discussion. La lutte se continua dans la rue; il y eut des émeutes d'étudiants, du sang versé, des arrestations et des condamnations.

Le sonnet douloureux était prophétique; le mouvement insurrectionnel recommença le 22 juin 1866, avec une violence terrible, et ne se termina que par la prise de force de la caserne San Gil, occupée par les soldats révoltés.

Le second sonnet a un sens tout opposé, et nous reporte plus loin, en 1876. La vieille dynastie a sombré en 1868 dans un mouvement insurrectionnel.

La première République s'est écroulée ensuite dans le désordre, en 1871; mais les efforts du noble Amédée (le duc d'Aoste) ont été impuissants pour acclimater en Espagne une dynastie étrangère. Il a abdiqué à son tour, enveloppé dans la trame d'une conspiration parlementaire (1873). La seconde République, qui l'a remplacé, vient de succomber sous la même instabilité que la première; et, de plus, a été ensanglantée par une guerre civile abominable.

Enfin le coup de main heureux du général Pavia, 3 janvier 1874, a rétabli sur le trône le fils d'Isabelle.

L'Espagne sort du cauchemar où l'ont plongée la guerre carliste, les incendies de Carthagène, et les horreurs d'Alcoy. La bonne grâce et la jeune vaillance du nouveau roi rétablissent l'ordre et la paix. Il ne faut pas toutefois qu'une réaction aveugle prenne le dessus, et M. Nunez de Arce salue avec des sentiments mêlés d'amour et de crainte la Liberté, sans le concours de laquelle l'ordre ne peut faire régner qu'une contrainte éphémère (1).

A L'ESPAGNE
6 janvier 1866

Mettant bas le respect, comme l'obéissance,
De Dieu comme des lois ayant brisé le frein,
Par la boue et les pleurs tu cours sans conscience,
Et sur ton front d'orage est gravé le dédain.

Ne cherche point quelle est la secrète puissance,
L'invisible cancer qui dévore ton sein :
C'est ton iniquité qui te ronge en silence
Et réduit à néant ton corps robuste et sain.

Ni troubles convulsifs, ni révoltes soudaines
Ne pourront expulser le poison de tes veines,
O Race ivre d'orgueil et de corruption !

(1) Gaspar NUNEZ DE ARCE, *Gridos del Combate*, Fernando Fe, Madrid, Séville.

Pleure la liberté qui fuit et se retire !
Un peuple où la vertu n'exerce plus d'empire
A le vice pour maître, et pour punition !

SONNET
1876

Quand en désordre, échevelée,
Le tumulte t'emporte entre ses bras hardis,
J'en ai honte et je pleure, et la tête voilée,
O Liberté ! je te maudis !

Je doute, et l'âme désolée,
Je mêle à mes sanglots l'insulte et le mépris,
Je renonce à ton culte, à ta gloire écroulée ;
Et pourtant dois te suivre, épris !

Je te suis malgré moi ! Songe vain ou chimère
Tu tiens ma volonté, tu prends ma vie entière ;
Je dois t'aimer jusqu'à la mort.

Car c'est toi l'adorée au perfide caprice
Dont le premier baiser ravît mon cœur novice,
Et que, bien qu'infidèle, il chérit plus encor !

SÉGUIDILLES ET COPLAS

Il faut en Espagne, comme en Italie, faire une place à la Poésie populaire qui naît d'un cri de joie ou de tristesse, vive, alerte, pimpante, sans cesse renouvelée, follement amoureuse de liberté et de plein air. La chanson court avec le muletier sur les routes poudreuses, soupire avec les *novios* sous les balcons, par les rues étroites et sombres, plaquées de blancheurs lunaires; elle suit l'étudiant en escapade, le contrebandier dans ses courses d'aventure, et résonne avec un grattement de guitare, le soir, dans l'ombre des posadas envahies par des bouffées capiteuses d'orangers.

La chanson populaire n'est pas le récit rimé ou la romance des vieux temps. Elle éclate, semble-t-il, avec les rimes alertes de l'archiprêtre de Hita ou du marquis de Sevillana, et avec les couplets à refrains, si fréquents aux XVIᵉ et XVIIᵉ siècles. A l'époque actuelle, elle a deux formes préférées : la séguidille et la copla.

L'acte de naissance de la SÉGUIDILLE a été enregistré par Cervantes. « C'était, dit la vieille Trufaldi... une sorte de poésie fort à la mode alors à Cordoja qu'on appelait des séguidilles. Quand ils chantaient, c'était la danse des âmes, l'agitation des corps, le transport du rire, et finalement le ravissement de tous les sens (*Don Quij.*, II, 28).

L'origine de la COPLA est plus obscure et plus ancienne, elle se rattache sans doute aux *coblas* des poètes provençaux. L'une et l'autre sont de très courts poèmes. La séguidille comprend sept vers rimés, terminés par un trait final. La copla renferme quatre vers de mesure égale avec une assonance. Plusieurs coplas peuvent être soudées, et faire une suite.

Ces cadres, très simples, conviennent parfaitement à l'expression de l'amour et de toutes ses nuances, passion, haine, dédain, doute, raillerie, colère...

Qu'au poète improvisé se présente une idée originale ou une image brillante, la strophe jaillit et enchâsse ces trésors comme des perles. Souvenir d'un monde qui s'en va, elle est la relique dernière de cette bohème amusante et pittoresque qui fit les délices de Cervantes, de Rojas et de Quevedo.

Quelques poètes modernes ont eu le goût de reprendre ces thèmes populaires et de polir leur simplicité touchante.

AUGUSTO FERRAN Y FORNIES a publié ainsi une collection de séguidilles tirées de motifs populaires, sous le nom de *Soledad*, titre d'une chanson andalouse.

Ainsi fit également M. Gustave BECQUER (1837-1870), écrivain spirituel et charmant qui vécut et mourut dans la misère. Il était à peine soutenu par « la traduction de quelques romans étrangers » et « par de pauvres besognes de journaliste » que lui confiaient les journaux *El contemporaneo* et *El museo universal* (1). Son premier conte fut publié à peu près à son insu par son ami Ramon Rodriguez Correa. Il ne fut guère plus heureux pour la première édition de ses œuvres, imprimée par charité (2). Il nous aurait plu de lui rendre un tardif hommage, et d'insérer ici la traduction de quelques-uns de ses vers (3). L'infortune semble poursuivre jusqu'après sa mort le délicat poète, et nous devons nous incliner avec regret, devant les exigences de l'éditeur.

(1) Littérature espagnole de Fitz-Maurice Kelly (*op. cit.*), p. 402.
(2) Préface de la 6ᵉ édition, 1907, p. 1.
(3) Une traduction française des *légendes* espagnoles et de quelques *Rimas* de Becquer, mises en prose par Achille Fouquier, a été publiée à Paris, en 1885 (Firmin-Didot).

COPLAS ! (1)

Abreme la puerta, nina

Écoute-moi, ma bien aimée !
Que ta porte daigne s'ouvrir !
S'il faut qu'elle me soit fermée,
La peine me fera mourir !

Le velours de tes lèvres semble
Un double rideau cramoisi ;
Écarte le rideau qui tremble,
Avec un sourire, et dis : oui !

A l'un des pieds de ta couchette
Tiens-moi par l'un de tes cheveux !
Je ne partirai pas, Ninette,
Quand le fil se romprait en deux !

Plus d'un sans doute viendra dire :
« Mignonne, amour, je meurs pour toi ! »
Mon cœur ne dit rien, mais soupire :
« Je t'aime, enfant, plus je te vois ! »

(1) *L'Espagne,* par Th. Simons (op. cit, p. 279).

COPLAS I (1)

Tes doux yeux, tes yeux bien aimés
Sont un pain tendre qui m'attire,
Et les miens sont des affamés
Qui près d'eux souffrent le martyre.

Tes yeux armés pour le pillage
Sont des voleurs prêts d'attaquer ;
Tes sourcils sont le mont sauvage
Sous lequel ils vont s'embusquer.

Tes yeux sont semblables, ma belle,
A ceux de l'Alcade Mayor ;
Sans que nul jamais en rappelle,
Ils vous condamnent à la mort.

J'ai senti ta prunelle noire,
Me conquérir et me lier ;
Hélas ! qui voudra jamais croire
Qu'un blanc d'un noir soit prisonnier !

Près de ta fenêtre hautaine,
Je vais, un poignard à la main,
Et ton cœur en sera la gaine,
Si tu n'es pas mienne demain.

(1) *Cancionero popular : coleccion escogida de seguidillas y coplas*,
par D. Em. LAPUENTE Y ALCANTARA, Madrid. Carlos Bailly-Bail-
lière, 1865.

SÉGUIDILLES

L'œil jeta la semence
D'où germa le désir,
D'où fleurit l'espérance
D'où l'amour va mûrir.
Heureux qui jette graine
Quand la moisson prochaine
Réserve tel plaisir.

Je n'ai rien qui m'afflige
Et suis triste pourtant ;
Je ne sais quel vertige
Me fait tout palpitant.
Hélas ! je ne respire
Que quand ton œil se mire
Au mien qui l'aime tant !

Une triple merveille
Étonne tour à tour :
Ta beauté sans pareille,
Ensuite mon amour ;
Et la plus surprenante
Est qu'un feu s'alimente
Quand la neige est autour !

(1) *Cancionero popular*, op. cit.

AUGUSTO FERRAN Y FORNIES

LA SOLEDAD

Los que quedan en el puerto.
Cuando la nave se va...

Ceux qui sont au port, quand la brise
Emporte le vaisseau qui part,
Disent, les yeux vers la mer grise :
« Qui sait s'ils rentreront plus tard ! »

Et les gens du vaisseau qui vire,
En regardant les gens du port,
Disent : « Au retour du navire,
Qui sait·s'ils y seront encor ! »

Tenia los labios rojos
Tan rojos como la grana...

Sa lèvre enfantine était rose
Comme une grenade en sa fleur,
Et l'on n'y rêvait autre chose
Qu'un éveil de baiser rieur.

(1) *La Soledad.* Aug. Ferran y Fornies, Madrid.

Sur la tombe où l'enfant repose,
Un cyprès croît pour la bercer,
Et la fleur de sa lèvre rose
N'a que la mort pour la baiser.

COPLAS

Yo me he querido venger.

Je pensais à tirer vengeance
De tous ceux qui me font souffrir,
Mais la voix de ma conscience
M'a dit d'abord de me punir !

Levantate si te caes

Si tu tombes, relève-toi,
Mais en quittant marque la place
Et laisse une pierre à l'endroit
Pour prévenir celui qui passe !

Yo no se lo que yo tengo

Je ne puis dire quelle cause
Me ronge le cœur à mourir,

Mais j'attends toujours quelque chose
Et ne puis savoir mon désir !

Si yo pudiera arrancar

Si l'astre du soir qui scintille
Vers ma main voulait s'abaisser
Pour te voir de loin, jeune fille,
Sur ton front j'irais le poser !

INDEX ALPHABÉTIQUE
DES POÈTES ITALIENS

INDEX ALPHABÉTIQUE

DES POÈTES ESPAGNOLS

TABLE

POÈTES ESPAGNOLS

ERRATA

Page 41, note 2ᵉ ligne, *au lieu de :* A mon ami Antonin Deschamps, *lire :* A mon ami Antoni Deschamps.

Page 66, 24ᵉ vers, *au lieu de :* Le nid qui se prêtait naguère, *lire :* Le nid qui me prêtait naguère.

Page 75, titre, *au lieu de :* Benedetto Gareth di Barcelone, *lire :* Benedetto Gareth de Barcelone.

Page 80, 3ᵉ ligne, *au lieu de :* Lorsque j'eus ces mots écouté, *lire :* Lorsque j'eus ces mots écoutés.

Page 96, 17ᵉ ligne, *au lieu de :* Sebastiano del Pirombo, *lire :* Sebastiano del Piombo.

Page 108, 5ᵉ vers, *au lieu de :* Colosses, Voûtes d'arc, Théâtres, Œuvres divines, *lire :* Colosses, Voûtes d'arc, Théâtre, Œuvres divines.

Page 151, 11ᵉ vers, *au lieu de :* Mon esprit et mon cœur sont toujours en combat, *lire :* Mon esprit et mon cœur sont toujours en combats.

Page 169, 2ᵉ vers, *au lieu de :* Des forges, d'ateliers, *lire :* De forges, d'ateliers.

Page 202, avant-dernière ligne, *au lieu de :* Voilà deux cents badauds, *lire :* je vois deux cents badauds.

Page 228, 8ᵉ vers, *au lieu de :* Ne le laissez-vous pas, *lire :* Ne le lairrez-vous pas.

Page 236, 14ᵉ ligne, *au lieu de :* M. Riccardo Salvatico, *lire :* M. Riccardo Selvatico.

Page 262, 12ᵉ vers, *au lieu de :* Au geole, a l'hospice, *lire :* en geôle, à l'hospice.

Page 339, 14ᵉ ligne, *au lieu de :* Et roulait sur ses pieds en plis *lire :* Et roulait sur ses pieds en flots.

11344-10. — Corbeil. Imprimerie Crété.

POETES CONTEMPORAINS

Paris. — Imp. A. LEMERRE, 6, rue des Bergers. — 5-0-5222.